INVENTEI VOCÊ?

Francesca Zappia

INVENTEI VOCÊ?

Tradução
Monique D'Orazio

1ª edição
Rio de Janeiro-RJ / Campinas-SP, 2017

VERUS
EDITORA

Editora
Raïssa Castro

Coordenadora editorial
Ana Paula Gomes

Copidesque
Katia Rossini

Revisão
Cleide Salme

Capa e ilustrações do miolo
Sylvie Le Floc'h

Arte da capa
© Triston Lane, 2015

Projeto gráfico e diagramação
André S. Tavares da Silva (baseado no projeto gráfico original de Sylvie Le Floc'h)

Título original
Made You Up

ISBN: 978-85-7686-424-0

Copyright © Francesca Zappia, 2015
Todos os direitos reservados.
Edição publicada mediante acordo com Lennart Sane Agency AB.

Tradução © Verus Editora, 2017
Direitos reservados em língua portuguesa, no Brasil, por Verus Editora. Nenhuma parte desta obra pode ser reproduzida ou transmitida por qualquer forma e/ou quaisquer meios (eletrônico ou mecânico, incluindo fotocópia e gravação) ou arquivada em qualquer sistema ou banco de dados sem permissão escrita da editora.

Verus Editora Ltda.
Rua Benedicto Aristides Ribeiro, 41, Jd. Santa Genebra II, Campinas/SP, 13084-753
Fone/Fax: (19) 3249-0001 | www.veruseditora.com.br

CIP-BRASIL. CATALOGAÇÃO NA FONTE
SINDICATO NACIONAL DOS EDITORES DE LIVROS, RJ

Z38i

Zappia, Francesca
  Inventei você? / Francesca Zappia ; tradução Monique D'Orazio. -- 1. ed. -- Campinas, SP : Verus, 2017.
  : il. ; 23 cm.

  Tradução de: Made You Up
  ISBN: 978-85-7686-424-0

  1. Ficção americana. 2. Esquizofrenia - Ficção. I. D'Orazio, Monique. II. Título.

17-39858
CDD: 813
CDU: 821.111(73)-3

Revisado conforme o novo acordo ortográfico

Para meus pais
(Eu não disse?)

Fecho os olhos e o mundo todo cai morto;
Ergo as pálpebras e tudo renasce.
(Acho que inventei você na minha cabeça.)

— SYLVIA PLATH,
"Canção de amor da jovem louca",
in A *redoma de vidro*

> *Você não ajuda em nada mesmo.*
> **Sem dúvida alguma**
> *Fico feliz por termos a mesma opinião.*

PRÓLOGO | A libertação das lagostas

Se eu me comportasse no supermercado, ganhava um achocolatado. Se me comportasse *muito bem*, podia ver as lagostas.

Hoje eu me comportei muito bem.

Minha mãe me deixou no tanque de lagostas, no meio do corredor principal, enquanto ia buscar as costeletas de porco do meu pai, no balcão da delicatéssen. As lagostas me fascinavam. Tudo, desde o nome até as garras e o vermelho magnífico, tinha me deixado vidrada.

Meus cabelos eram vermelhos assim, aquele tom de vermelho que fica bem em tudo, menos em gente, porque cabelo não é para ser vermelho. Alaranjado, sim. Ruivo, com certeza.

Não vermelho-lagosta.

Peguei minhas marias-chiquinhas, pressionei-as no vidro e fiquei olhando bem nos olhos da lagosta mais próxima.

Meu pai dizia que meus cabelos eram vermelho-lagosta. Minha mãe dizia que eram vermelho-comunista. Eu não sabia o que era comunista, mas não parecia algo bom. Mesmo grudando os cabelos no vidro, eu não sabia dizer se meu pai estava certo. Parte de mim não queria que nenhum dos dois estivesse.

— Me deixe sair — disse a lagosta.

Ela sempre dizia isso. Esfreguei os cabelos no vidro como se o tanque fosse a lâmpada de um gênio e o gesto fosse despertar um pouco de mágica. Talvez, de alguma forma, eu conseguisse tirar aquelas lagostas dali. Elas pareciam tão tristes, todas amontoadas umas sobre as outras, antenas mexendo, pinças presas com elásticos.

— Você vai comprar uma?

Vi o reflexo de Olhos Azuis no vidro do tanque de lagostas antes que ele falasse. Grandes olhos azuis. Azul da cor de mirtilo. Não, esse é muito escuro. Azul-oceano. Esverdeado demais. Azul como todos os gizes de cera azuis que eu tinha, todos fundidos em um só.

O canudo que eu tinha enfiado no gargalo da garrafinha de achocolatado ficou pendurado nos meus lábios.

— Você vai comprar uma? — ele perguntou de novo. Sacudi a cabeça. Ele empurrou os óculos da ponta do nariz de volta ao lugar, apoiados nas bochechas de sardas douradas. O colarinho sujo de sua blusa deslizou para revelar um ombro sardento. O fedor de peixe e sujeira de lagoa estava grudado nele.

— Sabia que fósseis de lagostas com pinças datam do período Cretáceo? — ele perguntou.

Sacudi a cabeça (eu teria que perguntar ao meu pai o que era "Cretáceo") e dei um longo e barulhento gole no achocolatado.

Ele estava me encarando, e não à lagosta.

— *Animalia Arthropoda Malacostraca Decapoda Nephropidae* — disse.

Ele se atrapalhou um pouco com a última palavra, mas não importava, já que eu não entendi nada do que tinha saído de sua boca.

— Eu gosto de classificação científica — disse ele.

— Não sei o que isso significa — respondi.

Ele ajeitou os óculos no nariz mais uma vez.

— *Plantae Sapindales Rutaceae Citrus*.

— Também não sei o que isso significa.

— Você tem cheiro de limão.

Senti uma onda de alegria delirante por ele ter dito "Você tem cheiro de limão", em vez de "Seu cabelo é vermelho".

Eu sabia que meu cabelo era vermelho. Todo mundo podia ver que meu cabelo era vermelho. Mas eu não sabia que tinha cheiro de fruta.

— Você tem cheiro de peixe — eu disse a ele.

Ele murchou, e as bochechas sardentas ficaram coradas.

— Eu sei.

Olhei em volta, à procura de minha mãe. Ela ainda estava na fila da delicatéssen e não parecia ter planos de me buscar num futuro próximo. Peguei a mão dele. Ele deu um pulo e ficou olhando para a conexão como se algo, ao mesmo tempo mágico e perigoso, tivesse acontecido.

— Quer ser meu amigo? — perguntei. Ele ergueu os olhos e arrumou de novo os óculos.

— Tá bom.

— Quer achocolatado? — ofereci a garrafinha.

— O que é achocolatado?

Coloquei a bebida um pouco mais perto de seu rosto, caso ele não tivesse visto. Ele pegou a garrafa e inspecionou o canudo.

— Minha mãe disse que eu não devo beber depois de outra pessoa. É anti-higiênico.

— Mas é chocolate — respondi.

Ele olhou, incerto, para a garrafa, antes de dar um gole meio frouxo e estendê-la de volta para mim. Não se mexeu por um segundo nem falou, mas depois se inclinou para outro gole.

No fim das contas, Olhos Azuis sabia muito mais do que a classificação científica de plantas e animais. Ele sabia tudo. Sabia os preços de tudo na loja. Sabia quanto custaria comprar todas as lagostas do tanque (101,68 dólares, mais impostos). Sabia o nome dos presidentes dos Estados Unidos e quem tinha vindo depois de quem. Sabia quais eram os imperadores romanos, o que me impressionou ainda mais. Ele sabia que a circunferência da Terra é de quarenta mil quilômetros e que apenas o pássaro cardeal macho é vermelho-vivo.

Mas ele realmente conhecia as palavras.

Olhos Azuis tinha uma palavra para tudo.

Palavras como "dactílio", "missiva" e "petricor". Palavras cujos significados escorregavam por entre meus dedos como se fossem água.

Eu não entendia a maior parte do que ele dizia, mas não me importava. Ele foi o primeiro amigo que eu tive. O primeiro amigo real.

Além disso, eu gostava muito de segurar sua mão.

— Por que você cheira a peixe? — perguntei. Caminhávamos devagar enquanto conversávamos, percorrendo longos círculos no corredor principal.

— Eu estava numa lagoa.

— Por quê?

— Fui jogado dentro.

— Por quê?

Ele deu de ombros e estendeu a mão para coçar as pernas, cobertas de band-aids.

— Por que você está machucado? — perguntei.

— *Animalia Annelida Hirudinea*.

As palavras deixaram sua boca como um xingamento. Suas bochechas ficaram muito vermelhas quando ele coçou com mais entusiasmo. Seus olhos tinham ficado inteiramente marejados. Paramos no tanque.

Um dos funcionários da loja saiu de trás do balcão de frutos do mar e, nos ignorando, abriu uma escotilha no topo do tanque de lagostas. Enfiou a mão enluvada lá dentro e tirou o sr. Lagosta. Depois, fechou a escotilha e levou a lagosta embora.

E eu tive uma ideia.

— Vem aqui. — Puxei Olhos Azuis para trás do tanque. Ele enxugou os olhos. Olhei para ele até que me olhasse também. — Você me ajuda a tirar as lagostas daí?

Ele fungou. Depois concordou com a cabeça.

Coloquei a garrafa de achocolatado no chão e ergui os braços.

— Você pode me levantar?

Ele passou os braços em volta da minha cintura e me levantou. Minha cabeça disparou acima do topo do tanque, os ombros nivelados com a escotilha. Eu era gordinha e achei que quebraria Olhos Azuis ao meio, mas ele só oscilou um pouco, grunhindo.

— Só fique parado — eu lhe disse.

A escotilha tinha uma haste perto da borda. Agarrei-a e puxei para abrir, tremendo por causa do ar frio que soprou de dentro do tanque.

— O que você está fazendo? — perguntou Olhos Azuis, com a voz abafada pelo esforço e pela minha blusa.

— Fique quieto! — eu disse, olhando ao redor. Ninguém tinha nos notado ainda.

As lagostas estavam empilhadas logo abaixo da escotilha. Mergulhei a mão lá. Senti um choque percorrer pela minha coluna por causa do frio. Meus dedos se fecharam ao redor da lagosta mais próxima.

Eu esperava que ela agitasse as pinças e enrolasse e desenrolasse a cauda, mas isso não aconteceu. Senti como se estivesse segurando um escudo pesado. Tirei-a da água.

— Obrigado — disse a lagosta.

— De nada — respondi. Joguei-a no chão.

Olhos Azuis tropeçou, mas não perdeu o controle embaixo de mim. A lagosta ficou parada ali por um momento, depois começou a rastejar sobre o ladrilho do chão.

Mergulhei a mão em direção a outra. E outra. E outra. E logo o tanque inteiro de lagostas estava rastejando pelo chão de ladrilhos do supermercado Meijer. Eu não sabia para onde estavam indo, mas elas pareciam ter uma boa ideia. Olhos Azuis me colocou no chão, bufando, e nós dois aterrissamos numa poça de água fria. Ele olhou para mim, os óculos pendendo da ponta do nariz.

— Você faz isso sempre? — perguntou.

— Não — disse eu. — Só hoje.

Ele sorriu.

Logo depois a gritaria começou. Mãos agarraram meus braços e me colocaram em pé, apressadamente. Minha mãe estava gritando para mim, me puxando para longe do tanque. Olhei além dela. As lagostas já tinham ido embora. Água gelada escorria do meu braço.

Olhos Azuis ainda estava na poça. Ele pegou a garrafa abandonada de achocolatado e se despediu com um aceno. Tentei fazer minha mãe parar, tentei voltar para perguntar o nome dele.

Ela simplesmente andou mais rápido.

PARTE I | O tanque

1

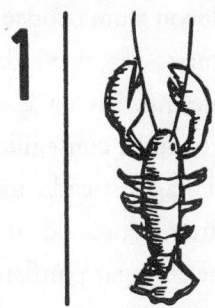

Às vezes, acho que as pessoas tomam a realidade como algo certo.

Quer dizer, como você pode distinguir um sonho da vida real? Quando está no meio do sonho, a pessoa pode não saber, mas, assim que acorda, entende que o sonho era um sonho e, seja lá o que tenha acontecido nele, bom ou ruim, não era real. A menos que se esteja na Matrix, este mundo é real, e o que se faz nele é real, e basicamente é só isso que se precisa saber.

As pessoas tomam isso como certo.

Por dois anos depois daquele dia fatídico no supermercado, pensei que realmente tinha soltado aquelas lagostas. Pensei que elas iriam se arrastar para longe, encontrar o mar e viver felizes para sempre. Quando fiz dez anos, minha mãe descobriu que eu achava que era algum tipo de salvadora de lagostas.

Também descobriu que, para mim, todas as lagostas eram vermelho-vivo.

Primeiro ela me disse que eu não tinha libertado lagosta nenhuma. Tinha enfiado o braço dentro do tanque, até que ela apareceu para me afastar dali, envergonhada. Então explicou que as lagostas só ficavam vermelho-vivo depois de cozidas. Eu não acreditei nela porque, para mim, lagostas nunca tiveram nenhuma outra cor. Minha mãe nunca mencionou Olhos

Azuis, e eu não precisei perguntar. Meu primeiro amigo na vida era uma alucinação: um detalhe brilhante no meu novo currículo de pessoa louca.

Então minha mãe me levou a uma consulta com um terapeuta infantil, e fui apresentada pela primeira vez, de verdade, à palavra "insana".

Não se esperava que a esquizofrenia se manifestasse até o fim da adolescência, no mínimo, mas eu tinha conseguido uma amostra dela com apenas sete anos de idade. Fui diagnosticada aos treze. "Paranoica" veio mais ou menos um ano mais tarde, depois de eu ter atacado verbalmente uma bibliotecária que tentou me entregar panfletos de propaganda de uma força comunista subterrânea, que operava no porão de uma biblioteca pública. (Ela sempre foi um tipo muito suspeito de bibliotecária — me recuso a acreditar que calçar luvas de borracha para lidar com livros seja uma prática normal e aceitável, e não me importo com o que as pessoas digam.)

Minha medicação ajudou algumas vezes. Eu sabia que estava fazendo efeito quando o mundo parou de ser tão colorido e interessante, como era normalmente. Como quando eu percebia que as lagostas no tanque não eram vermelho-vivo. Ou quando me dava conta de que verificar minha comida em busca de rastreadores era ridículo (mas fazia isso mesmo assim, porque acalmava a pontada de paranoia que eu sentia atrás do pescoço). Eu também sabia que estava funcionando quando eu não conseguia me lembrar das coisas claramente, sentia que não tinha dormido por dias e tentava calçar os sapatos ao contrário.

Metade do tempo, os médicos nem tinham certeza do que o remédio faria.

— Bem, deve diminuir a paranoia, os delírios e as alucinações, mas vamos ter que esperar para ver. Ah, e você provavelmente às vezes vai se sentir cansada. Também beba muito líquido, porque pode ficar desidratada facilmente. Além disso, pode causar muita flutuação de peso. Realmente, não dá para saber.

Os médicos foram de grande ajuda, mas desenvolvi meu próprio sistema para descobrir o que era real e o que não era. Eu tirava fotos. Ao longo do tempo, o real continuava na foto, enquanto as alucinações desapareciam. Descobri que tipos de coisas minha mente gostava de inventar. Como outdoors cujos ocupantes usavam máscaras de gás e lembravam aos transeuntes de que o gás venenoso da Alemanha nazista de Hitler ainda era uma ameaça muito real.

Eu não podia me dar ao luxo de tomar a realidade como algo bem definido. E não diria que odiava as pessoas que podiam, porque, basicamente, eram todas as pessoas. Eu não as odiava. Elas não viviam no meu mundo.

Mas isso nunca me impediu de desejar viver no delas.

2

Na véspera do meu primeiro dia no último ano da Escola de Ensino Médio East Shoal, sentei-me atrás do balcão no restaurante Finnegan's, analisando as janelas escurecidas em busca de sinais de movimentos suspeitos. Normalmente a paranoia não era tão ruim; eu culpava esse negócio de primeiro dia. Ser perseguida na última escola era uma coisa; começar em uma escola nova era algo completamente diferente. Eu havia passado o verão inteiro no Finnegan's, tentando não pensar a respeito.

— Sabe, se o Finnegan estivesse aqui, te chamaria de louca e mandaria você voltar ao trabalho.

Girei no lugar. Tucker estava inclinado na porta da cozinha, mãos enfiadas nos bolsos do avental, sorrindo para mim. Eu teria retrucado na lata se ele não fosse meu único informante sobre a East Shoal — e meu único amigo. Desengonçado, de óculos, cabelos pretos como uma mancha de óleo, sempre penteado para a frente com perfeição, Tucker era ajudante, garçom e caixa no Finnegan's, para não mencionar a pessoa mais inteligente que eu conhecia.

Ele não sabia sobre mim, por isso sua afirmação de que Finnegan teria me chamado de louca foi pura coincidência. Finnegan sabia, claro; a irmã dele era a minha mais nova terapeuta, que tinha conseguido aquele emprego para mim. Mas nenhum dos outros funcionários — como Gus, o cozinheiro mudo que fumava como uma chaminé — fazia ideia, e eu pretendia que todos continuassem sem saber.

— Ha, ha — respondi, tentando não dar importância. *Derrote a louca*, disse a vozinha no fundo da minha mente. *Não a deixe sair, sua idiota*. O único motivo pelo qual eu tinha aceitado o emprego era que eu precisava parecer normal. E talvez um pouquinho porque minha mãe me forçara a aceitar.

— Alguma pergunta? — disse Tucker, dando a volta para se apoiar no balcão a meu lado. — Ou a cruzada acabou?

— Você quer dizer a inquisição. E, sim, acabou. — Impedi que meus olhos voltassem para as janelas. — Já passei três anos no último colégio. A East Shoal não pode ser muito diferente da Hillpark.

Tucker fez um ruído de desdém pelo nariz.

— A East Shoal é diferente de *qualquer lugar*. Mas acho que você vai descobrir amanhã.

Tucker era a única pessoa que parecia pensar que a East Shoal não era o lugar perfeito para se estar. Minha mãe achava que uma escola nova era uma ótima ideia. Minha terapeuta insistiu que, lá, eu me sairia melhor. Meu pai disse que daria tudo certo, mas parecia que minha mãe o tinha ameaçado, e, se ele estivesse aqui e não em algum lugar na África, teria me contado o que realmente pensava.

— Enfim — disse Tucker —, as noites de semana não são nem de perto tão ruins quanto os fins de semana.

Eu imaginava. Eram dez e meia e o lugar estava morto. E, por morto, quero dizer igual a toda a população de gambás dos subúrbios de Indiana. Era para Tucker estar me ensinando a trabalhar no turno da noite. Eu sempre trabalhava no turno diurno durante o verão, um plano elaborado pela minha terapeuta, que rapidamente recebeu as bênçãos de minha mãe. Mas, agora que as aulas iriam voltar, tínhamos concordado que eu trabalharia à noite. Peguei a Bola 8 Mágica do Finnegan de trás do caixa. Meu polegar procurou a marca vermelha desgastada na parte de trás da bola, tentando esfregá-la como eu sempre fazia quando ficava entediada. Tucker agora estava perdido em pensamentos, enquanto alinhava uma cavalaria de pimenteiros em frente a um bloco de infantaria inimigo de saleiros.

— Ainda vamos receber alguns retardatários — disse ele. — O pessoal que vem tarde da noite é assustador. Uma vez entrou um cara muito bêbado. Lembra dele, Gus?

Um fio de fumaça de cigarro trilhou a janelinha de pedidos e subiu ao teto. Em resposta à pergunta de Tucker, várias baforadas maiores nublaram o ar. Eu tinha quase certeza de que o cigarro de Gus não era real. Se fosse, estaríamos violando umas cem políticas sanitárias.

A expressão de Tucker ficou sombria. As sobrancelhas se aproximaram e a voz ficou inexpressiva.

— Ah, e tem o Miles.

— Que Miles?

— Ele deve chegar logo. — Tucker apertou os olhos para sua batalha de temperos. — Vem do trabalho, a caminho de casa. Ele é *todo* seu.

Estreitei os olhos.

— E por que exatamente ele é *todo* meu?

— Você vai ver. — Ele ergueu os olhos quando um par de faróis iluminou o estacionamento. — Ele chegou. Regra número um: não faça contato visual.

— O quê? Ele é um gorila? Isso aqui é o Parque dos Dinossauros? Vou ser atacada?

Tucker me lançou um olhar sério.

— Sem dúvida, é uma possibilidade.

Um garoto da nossa idade entrou pela porta. Ele estava vestindo camiseta branca e jeans preto. Uma camisa polo estava pendurada em uma das mãos. Se esse era o Miles, ele não me deu muita chance de fazer contato visual; foi direto para a mesa do canto, no meu setor, e sentou de costas para a parede. Por experiência própria, eu sabia que aquele assento era o que tinha a melhor visão do salão. Mas nem todo mundo era paranoico como eu.

Tucker se inclinou para o vão da janelinha de pedidos.

— Ei, Gus. Está com o prato de sempre do Miles?

A fumaça de cigarro de Gus se enovelou no ar quando ele passou um cheeseburger com fritas. Tucker pegou o prato, encheu um copo com água e colocou tudo no balcão a meu lado.

Dei um salto quando percebi que Miles estava nos encarando sobre o aro dos óculos. Um bolinho de notas já havia sido colocado na beirada da mesa.

— Ele tem algum problema? — sussurrei. — Sabe... mental?

— Sem dúvida, ele não é como nós. — Tucker bufou e voltou a mexer com seus exércitos.

Ele não é comunista. Não está com equipamento de transmissão. Não olhe embaixo da mesa, idiota. É só um cara querendo comida.

Miles baixou os olhos quando eu cheguei perto.

— Oi! — disse eu, já me encolhendo na hora em que a palavra me escapou pela boca. Animada demais. Tossi e verifiquei as janelas dos dois lados da mesa. — Hum, sou a Alex. — Baixei a voz. — Vou ser sua garçonete. — Servi a comida e a água. — Algo mais?

— Não, obrigado. — Ele enfim olhou para cima.

Várias sinapses implodiram em meu cérebro. Os *olhos* dele.

Aqueles olhos.

O olhar fulminante descascou camadas de minha pele e me deixou presa no lugar. Sangue fluiu para meu rosto, pescoço, orelhas. Ele tinha os olhos mais azuis que eu já vira. E eram completamente impossíveis.

Minhas palmas coçaram, querendo minha câmera. Eu precisava tirar uma foto dele. Precisava documentar aquilo. Porque a Libertação das Lagostas não tinha sido real; nem ela, nem Olhos Azuis. Minha mãe nunca o havia mencionado. Não aos terapeutas, nem a meu pai, nem a ninguém. Ele não poderia ser real.

Gritei xingamentos para Finnegan em minha mente. Ele havia me proibido de trazer a câmera para o trabalho, depois que fotografei um homem irado com um tapa-olho e uma perna de pau.

Miles empurrou o maço de notas na minha direção com o indicador.

— Fique com o troco — murmurou.

Peguei e corri de volta para o balcão.

— *Oi!* — imitou Tucker num falsete.

— Cala a boca. Eu não falei desse jeito.

— Nem acredito que ele não arrancou a sua cabeça com uma mordida.

Enfiei o maço de notas na gaveta do caixa e afastei o cabelo do rosto com mãos trêmulas.

— É — respondi —, nem eu.

•••

Quando Tucker foi para os fundos fazer o intervalo, assumi o comando do exército de temperos. A fumaça de cigarro do Gus pairava até o teto, puxada pelo duto de ventilação. O ventilador giratório na parede fazia farfalhar os papéis no quadro de aviso dos funcionários.

No meio da minha recriação da Batalha do Bulge, sacudi a Bola 8 Mágica do Finnegan, para descobrir se o saleiro alemão teria sucesso na ofensiva.

Pergunte de novo mais tarde.

Negócio inútil. Se os Aliados tivessem seguido tal conselho, o Eixo teria ganhado a guerra. Evitei olhar para Miles pelo máximo de tempo possível, mas chegou uma hora em que meus olhos se voltaram para ele e eu não consegui desviar o olhar. Ele comia com movimentos rígidos, como se mal estivesse se contendo para enfiar tudo na boca de uma vez. E, a intervalos de poucos segundos, os óculos escorregavam pelo nariz e ele os empurrava de volta.

Ele não ergueu os olhos para mim quando enchi seu copo de água. Fiquei olhando para o topo de sua cabeça de cabelos cor de areia enquanto o servia, incitando-o mentalmente a levantar o olhar.

Estava tão ocupada em manter o foco que não notei o copo cheio até que transbordasse. Soltei a jarra, em choque. A água o molhou todo — o braço, a camisa, o colo. Ele se levantou tão depressa que a cabeça bateu na lâmpada suspensa e a mesa se inclinou.

— Eu... Ai, droga, desculpa... — Corri para o balcão, onde estava Tucker, a mão sobre a boca, o rosto ficando vermelho, e peguei uma toalha.

Miles usou a camisa polo para absorver um pouco da água, mas estava ensopado.

— *Mil* desculpas. — Tentei secar seu braço, muito consciente de que minhas mãos ainda estavam trêmulas.

Ele se encolheu antes que eu pudesse tocá-lo e olhou feio para mim, para a toalha e de volta para mim. Depois pegou a polo, empurrou os óculos no nariz e fugiu.

— Tudo bem — murmurou ao passar por mim. Estava fora da porta antes que eu pudesse dizer mais uma palavra.

Terminei de limpar a mesa, depois voltei para o balcão com passos pesados.

Tucker, controlado, pegou os pratos de minha mão.

— Bravo. Trabalho brilhante.

— Tucker.

— Sim?

— Cala a boca.

Ele riu e desapareceu dentro da cozinha.

Aquele era Olhos Azuis?

Peguei a Bola 8 Mágica e esfreguei a marca enquanto olhava pela janelinha circular.

Melhor não dizer agora.

Maldito negócio evasivo.

3

A primeira coisa que notei sobre a Escola de Ensino Médio East Shoal foi que não tinha um estacionamento para bicicletas. A gente sabe que a direção da escola é formada por filhos da mãe arrogantes quando eles nem sequer têm um estacionamento para bicicletas.

Enfiei Erwin atrás dos arbustos verdes em formato de bloco, que contornava o caminho de entrada, na frente da escola, e me afastei um pouco para garantir que as rodas e o guidão estivessem escondidos. Eu não esperava que o roubassem, tocassem ou notassem, já que a cor de diarreia enferrujada fazia as pessoas inconscientemente desviarem os olhos, mas eu me sentia melhor em saber que ele estava fora de perigo.

Verifiquei a mochila. Livros, pastas, cadernos, canetas e lápis. Minha câmera digital barata — uma das primeiras coisas que comprei quando consegui o emprego no Finnegan's — estava pendurada pela alça ao redor do meu pulso. Aquela manhã, eu já havia tirado uma foto de quatro esquilos de aparência suspeita alinhados no muro de tijolos avermelhados em frente à casa do meu vizinho, mas, fora isso, o cartão de memória estava vazio.

Depois, fiz minha verificação de perímetro. As verificações de perímetro incluíam três coisas: uma passada de vista de trezentos e sessenta graus pelos arredores, notando qualquer coisa que parecesse fora de lugar — como o projeto enorme de espiral chamuscada que cobria a superfície do estacionamento — e fichando essas coisas, para o caso de elas me pegarem de surpresa mais tarde.

Alunos seguiam o caminho dos carros até a escola, ignorando os homens de terno preto e gravata vermelha posicionados a intervalos regulares ao longo do telhado da escola. Eu deveria saber que escolas públicas teriam algum tipo de sistema de segurança esquisito. Tínhamos seguranças comuns na escola Hillpark, minha (ex-)escola particular.

Eu me juntei à procissão de alunos — mantendo distância de um braço deles, porque só Deus sabia quem trazia armas para a escola ultimamente —, por todo o caminho até a secretaria, onde fiquei durante quatro minutos em uma fila para pegar o horário das aulas. Enquanto estava ali, peguei vários panfletos de faculdades, em um expositor no canto, e os enfiei na mochila, ignorando os olhares esquisitos que recebi do menino a minha frente. Eu levava muito a sério tudo o que dizia respeito à faculdade; precisava entrar, não importava quão cedo tivesse de começar ou quantas inscrições precisasse fazer. Se tivesse sorte, poderia causar pena a ponto de conseguir bolsas de estudos para minorias em uma instituição ou outra, do jeito que meus pais tinham feito na Hillpark. Não importava como eu fizesse; ou entrava, ou trabalharia no Finnegan's pelo resto da vida.

Percebi que todos ao meu redor estavam vestindo uniforme. Calça preta, camisa social branca, gravatas verdes. Impossível não amar o cheiro da igualdade institucional logo pela manhã.

Meu armário ficava perto do refeitório. Só uma outra pessoa estava lá, no armário ao lado do meu.

Miles.

Lembranças de Olhos Azuis me bombardearam na hora, e precisei dar um giro completo no lugar para me certificar de que os arredores estavam normais. Conforme fui me aproximando aos pouquinhos, espiei o armário dele. Nada fora do comum. Respirei fundo.

Seja educada, Alex. Seja educada. Ele não vai te matar por causa de um pouco de água. Ele não é uma alucinação. Seja educada.

— Hum, oi — eu disse, caminhando até meu armário.

Miles se virou, olhou para mim e deu um salto tão grande que a porta do armário dele bateu no armário ao lado e ele quase tropeçou na mochila no chão. Seu olhar fulminante queimou um furo que atravessou minha cabeça.

— Desculpe — falei. — Não quis te assustar.

Ele não respondeu, e me concentrei no segredo do cadeado. Dei uma espiada em Miles quando joguei os livros dentro do armário. A expressão dele não havia mudado.

— Eu, é... sinto muitíssimo pela água. — Estendi a mão, contrariando meu bom senso. Minha mãe sempre me disse para ser educada, não importando a situação. Mesmo se a outra pessoa pudesse ter uma faca escondida na manga. — Sou a Alex.

Ele ergueu uma sobrancelha. A expressão foi tão repentina, tão perfeita e tão obviamente certa que eu quase ri.

Devagar, como se parecesse que ele pudesse se queimar se me tocasse, Miles esticou a mão para me cumprimentar. Seus dedos eram longos e finos. Franzinos, mas fortes.

— Miles — respondeu.

— Legal. — Soltamos as mãos ao mesmo tempo e as puxamos ao lado do corpo. — Que bom que superamos essa parte. Nos vemos depois, então.

Vá vá vá vá embora vá embora.

Saí dali o mais rápido possível. Eu tinha mesmo feito contato visual com Olhos Azuis outra vez, depois de dez anos? Ai, meu Deus. Tudo bem.

Não seria tão ruim assim se ele fosse real, seria? Só porque minha mãe nunca o mencionara, não significava que ele não fosse real. Mas e se fosse um imbecil?

Vá se danar, cérebro.

Só depois que cheguei à escada, percebi que estava sendo seguida. Os cabelos na minha nuca se eriçaram. Agarrei a câmera e dei um giro.

Miles estava atrás de mim.

— Você fez isso de propósito? — perguntei.

— Fiz o que de propósito? — ele respondeu.

— Andar alguns passos atrás de mim, perto o bastante para eu perceber que você está presente, mas não tanto, para a atitude não parecer sinistra. E ficar encarando.

Ele piscou.
— Não.
— Mas parece que sim.
— Talvez você seja paranoica.
Fiquei rígida.
Ele revirou os olhos.
— Gunthrie? — perguntou.
Sr. Gunthrie, inglês avançado, primeira aula.
— Sim — respondi.

Miles pegou um papel do bolso, desdobrou e me mostrou. O horário dele. Ali, no topo da página, estava o seu nome: "Richter, Miles J." A primeira aula era inglês avançado, sala 12, Gunthrie.

— Está bem — falei. — Mas você não precisa ser tão assustador por causa disso. — Virei e saí pisando duro pelo restante do caminho escada acima.

— É uma droga ser aluno novo, não é? — Miles apareceu a meu lado, um toque esquisito na voz. Senti arrepios subirem pelos braços.

— Não é tão ruim assim — respondi, entredentes.

— De qualquer forma — disse ele —, acho que você tem o direito inalienável de saber que tingir o cabelo é contra o código de vestimenta.

— Não é tingido — retruquei.

— Claro. — Miles arqueou a sobrancelha de novo. — Claro que não.

4

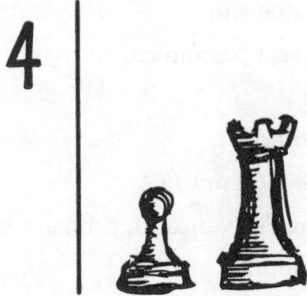

Quando entrei na primeira aula, tudo o que conseguia enxergar no sr. Gunthrie era um par de botas pretas de solado grosso sobre a lista de chamada. O restante dele estava atrás do jornal da manhã. Fiz uma verificação rápida da sala, depois fui serpenteando por entre as fileiras apertadas de carteiras e parei na frente dele, com esperanças de que me notasse.

Ele não notou.

— Com licença.

Um par de olhos debaixo de uma linha grossa de sobrancelhas apareceu sobre o jornal. Ele era um cara robusto, provavelmente na casa dos cinquenta anos, cabelos curtos e num tom grisalho-escuro. Dei um passo para trás, meus livros na frente do peito como um escudo.

Ele baixou o jornal.

— Sim?

— Sou aluna nova. Preciso de um uniforme.

— A livraria vende por uns setenta.

— *Dólares?*

— Você pode conseguir um reserva com o zelador, mas sem o emblema da escola. E não espere que sirva. Ou que esteja limpo. — Lançou um olhar por sobre minha cabeça para o relógio na parede. — Por gentileza, sente-se.

Sentei com as costas viradas para a parede. O sistema de alto-falante ganhou vida.

— Alunos da East Shoal, bem-vindos de volta para mais um ano letivo. — Reconheci a voz franzina do sr. McCoy, o diretor. Minha mãe e eu conversamos com ele antes. Ela o adorara. Não me impressionou. — Espero que todos vocês tenham tido ótimas férias de verão, mas agora é hora de voltar à rotina. Se não tiverem uniforme escolar, podem adquiri-lo na livraria por uma quantia módica.

Eu bufei. Nada de estacionamento de bicicleta, uniformes de setenta dólares, diretor sem noção. Esse lugar era uma beleza.

— Além disso — continuou McCoy —, este é o lembrete anual de que o aniversário do nosso amado placar, o aniversário de sua doação para a escola, é em apenas algumas semanas. Por isso, todos estejam preparados, separem suas oferendas e fiquem prontos para celebrar essa grande ocasião!

O alto-falante ficou em silêncio. Fiquei olhando para o teto. Ele dissera "oferendas"?

Para um *placar*?

— CHAMADA!

A voz do sr. Gunthrie me trouxe de volta ao planeta Terra. A conversa entre os outros alunos na classe parou. Tive a sensação desoladora de que nosso professor seria o sargento de artilharia Hartman. Deslizei a câmera sobre o tampo da mesa e comecei a tirar fotos.

— QUANDO EU CHAMAR O NOME DE VOCÊS, VOU APONTAR UMA CARTEIRA. ESSE SERÁ O SEU LUGAR. NÃO SERÁ PERMITIDO TROCAR, NEGOCIAR OU RECLAMAR. FICOU CLARO?

— SIM, SENHOR! — veio a resposta em uníssono.

— MUITO BEM. CLIFFORD ACKERLEY. — O sr. Gunthrie apontou para a primeira carteira da primeira fila.

— Presente, senhor! — Um garoto musculoso se levantou e foi até o novo lugar.

— QUE BOM VER VOCÊ EM UMA CLASSE AVANÇADA, ACKERLEY. — O sr. Gunthrie seguiu com a lista: — TUCKER BEAUMONT.

Tucker se levantou de algum lugar na lateral e foi sentar atrás de Clifford. Ele me viu no fundo e sorriu. Para minha tristeza, parecia um nerd ainda mais incorrigível ali — uniforme escolar passado e engomado, braços cheios de livros e papéis já escritos —, o tipo de nerd de quem caras como Clifford Ackerley pegavam no pé.

Mas não pude conter uma risadinha. Acontecia sempre que eu ouvia o nome completo de Tucker. O sobrenome francês sempre me lembrava Chevalier d'Éon, nome completo Charles-Geneviève-Louis-Auguste-André--Timothée d'Éon de Beaumont, um espião francês que viveu a segunda metade da vida como mulher.

O sr. Gunthrie chamou mais alguns alunos antes de chegar a Claude Gunthrie, que não deu indicação nenhuma de que o pai, vociferando ordens para ele, o incomodasse o mínimo que fosse.

Tirei fotos de todos. Eu poderia analisar os detalhes mais tarde — não tinha planos de chegar perto o suficiente de ninguém para fazer isso pessoalmente.

— CELIA HENDRICKS!

Celia Hendricks tinha sido atacada por uma loja de cosméticos. Nenhum cabelo natural tinha aquele tom de amarelo (e olha quem estava falando, ha-ha-ha), e sua pele verdadeira estava trancada em uma casca de maquiagem. Vestia uma saia preta em vez de calça, com a bainha subindo perigosamente pela coxa.

O sr. Gunthrie não deixou passar.

— HENDRICKS, ESSA SAIA VIOLA O CÓDIGO DE VESTUÁRIO EM VÁRIOS NÍVEIS.

— Mas é o primeiro dia de aula, e eu não sabia...

— MENTIRA.

Fiquei olhando para o sr. Gunthrie de olhos arregalados, rezando para que nada a respeito dele fosse invenção de minha cabeça. Ou ele era jogo duro, ou eu estava sonhando.

— VÁ SE TROCAR, AGORA.

Com um acesso de raiva, Celia saiu da sala pisando duro. O sr. Gunthrie suspirou e voltou para a lista. Mais algumas pessoas trocaram de lugar.

— MILES RICHTER.

Miles soltou um bocejo ao arrastar a silhueta comprida até o outro lado da sala. Caiu em seu novo lugar. Só havia duas pessoas sobrando: eu e uma menina que estava conversando com Clifford antes de a aula começar. Talvez, apenas talvez, seu sobrenome estivesse entre Ric- e Rid-.

— ALEXANDRA RIDGEMONT.

Droga.

Todos se viraram para olhar para mim quando me sentei atrás de Miles. Se não tivessem me notado antes, teriam notado agora — e o cabelo. Ah, o *cabelo*...

Pare com isso, idiota! Está tudo bem, eles não estão te olhando. Tudo bem, eles estão te *olhando. Mas não vão vir atrás de você. Você está bem. Está tudo bem.*

— Alex está bem — eu disse baixinho.

— MARIA WOLF.

— Aqui! — disse a última garota, quase pulando para seu lugar atrás de mim. O rabo de cavalo louro-avermelhado saltitou, feliz, ao acompanhá-la.

O sr. Gunthrie jogou a lista de chamada de volta sobre a mesa e se pôs à frente da sala, mãos cruzadas atrás das costas, queixo quadrado empinado.

— HOJE TEREMOS DISCUSSÕES EM DUPLA SOBRE A LEITURA DAS FÉRIAS. VOU ESCOLHER AS DUPLAS. NÃO SERÁ PERMITIDO TROCAR, NEGOCIAR OU RECLAMAR. FICOU CLARO?

— SIM, SENHOR!

— MUITO BEM.

Como se lembrasse todos os nomes depois de vê-los apenas uma vez, do nada o sr. Gunthrie anunciou os pares.

Ficar presa no assento atrás de Miles era meu pagamento por conseguir ser a dupla de Tucker, eu acho.

— Não sabia que você cairia na minha classe! — disse eu, quando saí correndo da minha carteira e deslizei para a carteira atrás dele. Ele era a única pessoa naquela sala que não me dava arrepios. — E você não estava mentindo sobre este lugar.

— As pessoas por essas bandas não mentem sobre coisas assim. — Tucker tocou um chapelão de caubói imaginário. — E você não me disse que ia cursar inglês avançado. Eu poderia ter dito. O sr. Gunthrie é professor da única classe dessa matéria na escola. — Ele levantou os papéis nos quais tinha rabiscado. — Já terminei a discussão. Ele dá o mesmo primeiro trabalho todos os anos. Espero que você não se importe. — Fez uma pausa, franzindo a testa por cima do meu ombro. — Meu Deus. A Hendricks vai fazer aquilo de novo. Não consigo entender por que ela gosta dele.

Celia Hendricks, que voltava vestindo uma calça de moletom preta folgada, estava apoiada na cadeira, fazendo umas jogadas estranhas com o cabelo e chamando Miles, que estava de costas para ela, com um sussurro. Quando ele a ignorou, ela começou a jogar bolinhas de papel na cabeça dele.

— Por que você o odeia tanto? — perguntei a Tucker.

— Não sei se "ódio" é a palavra certa — respondeu ele. — "Tenho medo dele", "gostaria que ele parasse de ficar encarando" e "acho que ele é um lunático" são mais precisos.

— Medo dele?

— A escola inteira tem.

— Por quê?

— Porque é impossível saber o que está se passando na cabeça dele. — Tucker olhou de volta para mim. — Você já viu uma pessoa mudar completamente? Tipo, *completamente* completamente? Tanto que a pessoa nem sequer tem as mesmas expressões faciais que costumava ter? Foi isso o que aconteceu com ele.

Hesitei diante da súbita seriedade de Tucker.

— Parece assustador.

— Foi assustador. — Ele se concentrou em um desenho que alguém tinha entalhado no tampo de sua carteira. — E então ele... você sabe. Tinha que ser o *melhor*...

— Você... Espere aí... Ele é o primeiro da turma, o orador?

Eu sabia que Tucker não gostava do orador, mas, durante seus rompantes no trabalho, ele nunca tinha dito quem era. Apenas que o garoto não merecia.

— Não é só o fato de ele estar na minha frente em matéria de notas! — Tucker sibilou, lançando um olhar rápido para trás, na direção de Miles. — É que ele nem *tenta*. Ele nem sequer precisa ler o livro! Simplesmente *sabe* tudo! Quer dizer, ele meio que já era assim no ensino fundamental, mas nunca foi o melhor. Em metade do tempo ele não fazia as tarefas porque achava que era inútil.

Olhei de volta para Miles. Ele e Claude, pelo visto, tinham terminado a discussão, e Miles tinha adormecido sobre a mesa. Alguém tinha colado um papel em suas costas que dizia "nazista", em caneta marcadora preta.

Estremeci. Eu gostava de pesquisar sobre os nazistas, tanto quanto qualquer historiador de guerra, mas nunca usaria o termo como um apelido. Nazistas me deixavam apavorada. Ou todo mundo nessa escola era idiota, ou Miles Richter realmente era tão ruim quanto Tucker o estava pintando.

— Ele também tem aquele clube ridículo — disse Tucker. — O Clube de Apoio aos Esportes Recreativos da East Shoal. É exatamente o tipo de nome idiota que ele iria escolher.

Engoli o mal-estar súbito na garganta. Eu conhecia o nome do clube, mas não sabia que era *dele*. A plaquinha nas costas de Miles subia e descia, acompanhando a respiração.

— Hum. Ei. — Tucker me cutucou. — Não deixe que ele tente te persuadir a fazer nada, tá?

— Persuadir a fazer nada? Tipo o quê?

— Tipo desparafusar sua cadeira da mesa, ou rasgar um buraco no fundo da sua mochila.

— Tá booom — respondi, franzindo a testa. — Sabe de uma coisa? Tenho certeza de que ou ele é um gorila, ou um tiranossauro rex, ou um poltergeist. Alguma outra coisa que eu deva saber sobre ele?

— Tem sim — disse Tucker. — Se ele começar a falar com sotaque alemão, me ligue.

5

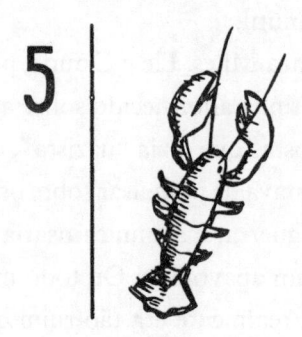

Os três dias de aula seguintes foram como o primeiro. Eu entrava nas salas de aula e girava em círculo, verificando tudo. Se encontrasse algo estranho — como um pôster de propaganda da Segunda Guerra Mundial na parede —, tirava uma foto. E me perguntaram quatro vezes se meu cabelo era tingido. Meu professor de macroeconomia avançada me falou que era contra as regras. Eu respondi que era natural. Ele não acreditou em mim. Mostrei a ele uma foto minha e de minha irmã mais nova, Charlie, que eu sempre carregava comigo, porque o cabelo dela era igual. Ele meio que acreditou. Sentei-me na cadeira mais próxima da porta e mantive um olhar atento sobre ele durante o resto da aula.

O refeitório era enorme, por isso havia muitos lugares vazios. Era algo bom, porque ninguém prestou atenção em mim no banco encostado na parede, fuçando na minha comida à procura de rastreadores comunistas. O sr. McCoy surgiu no alto-falante para fazer outro pronunciamento a respeito do placar. As pessoas pararam de falar e de comer para rir discretamente daquilo, mas ninguém pareceu surpreso.

Miles Richter estava em todas as minhas aulas avançadas.

Meu quinto período, sala de estudos, era o único que não compartilhávamos. Eu ainda não tinha certeza do que Tucker quis dizer quando falou para eu não deixar Miles me persuadir. Ele não tinha feito nada do que Tucker tinha me avisado, mas certamente não tinha me ignorado.

Antes do almoço, quando deixei cair meu lápis na aula de história avançada, ele o chutou para o canto mais distante da sala antes que eu pudesse pegá-lo. Quando ele se virou para trás e olhou para mim com um olhar do tipo "o que você vai fazer quanto a isso?", empurrei sua mochila para fora da mesa.

Naquela tarde, em política avançada, ele "acidentalmente" pisou no meu cadarço e eu quase caí de cara no chão. Quando o professor passou os primeiros trabalhos de casa pelas fileiras, entreguei a Miles uma tarefa que tinha sido "acidentalmente" rasgada ao meio.

Em química avançada, a sra. Dalton nos sentou em ordem alfabética e distribuiu cadernos de laboratório que pareciam comuns por fora, mas por dentro tinham papel quadriculado e faziam a gente querer se matar. Ela deixou cair o meu na minha mesa com um *TUM* alto.

Mantive um olhar atento na nuca de Miles enquanto assinava a capa. Saiu tudo torto, um garrancho, mas ainda legível. Dava para o gasto.

— Pensei que poderíamos começar o ano letivo com uma atividade de laboratório para quebrar o gelo — disse a sra. Dalton, com uma certa alegria preguiçosa, ao voltar para a mesa dela, abrir uma Coca zero e tomar metade numa golada só. — Nada difícil, é claro. Vou escolher as duplas de laboratório, e vocês vão poder se conhecer.

Eu suspeitava de que o carma ruim me acertaria como um taco de golfe. Provavelmente por causa de quando eu tinha jogado toda a fileira de peões pretos da Charlie pela privada e lhe dissera que Papai Noel não existia.

Puxando tiras de papel de dentro de um copo cheio de nomes, a sra. Dalton chamou os pares, e vi as mesas se esvaziarem devagar e as duplas migrarem para as bancadas de laboratório no canto da sala.

— Alexandra Ridgemont — disse a sra. Dalton.

O carma se preparou para me atingir.

— E Miles Richter.

Batida certeira. Resultado: pequena concussão. Eu poderia enfrentar problemas para caminhar, para enxergar. Não poderia fazer esforço ou operar máquinas pesadas.

Cheguei à bancada de laboratório antes de Miles sequer ter saído da cadeira. Um papel de pesquisa esperava por nós. Verifiquei o pessoal do outro lado da mesa — eles não pareciam nem remotamente ameaçadores, mas os piores eram sempre os menos ameaçadores —, os armários acima de minha cabeça e o ralo na pia.

— Bom, vamos acabar logo com isso — eu disse quando Miles chegou. Ele não respondeu, apenas tirou a caneta de trás da orelha e abriu o caderno. Firmei os pés, afastando-os um pouco, quando pareceu que o chão estava pendendo para a esquerda.

Esperei até que ele tivesse terminado de escrever.

— Pronto?

— Pode ir primeiro. — Ele empurrou os óculos para cima. Eu queria arrancá-los do rosto dele e fazê-los virar pó.

Peguei o papel em vez disso.

— Primeira pergunta: "Qual é seu nome completo?"

— Uau. Isso aqui vai ser idiota. — Foi a primeira coisa razoável que ele disse durante todo o dia. — Miles James Richter.

Anotei.

— Alexandra Victoria Ridgemont.

— Bem, nós dois temos nomes do meio que não se encaixam. — E ali estava a Magnífica Sobrancelha Erguida. — Próxima.

— Data de nascimento?

— Dia 29 de maio de 1993.

— Dia 15 de abril do mesmo ano — falei. — Irmãos?

— Nenhum.

Não era de admirar que ele fosse tão mimado. Filho único. Também devia ser rico.

— Eu tenho uma irmã, a Charlie. Algum animal de estimação?

— Um cachorro. — Miles torceu o nariz ao dizer isso, o que não me surpreendeu. Eu imaginava que ele fosse como um gato doméstico grande demais. Dormia muito. Sempre parecia entediado. Gostava de brincar com a comida antes de devorá-la.

Observei uma joaninha se arrastar pela borda da pia. Eu tinha certeza de que não era real, pois as manchas tinham formato de estrelinhas. Eu tinha deixado a câmera na mochila.

— Nenhum. Meu pai é alérgico.

Miles pegou o papel da minha mão e o olhou.

— Acho que eles poderiam ter se dado o trabalho de fazer perguntas um pouquinho mais interessantes. "Cor favorita"? O que isso pode dizer sobre uma pessoa? Sua cor favorita pode ser verde-limão, e não faria uma mísera diferença.

Depois, sem esperar que eu respondesse à pergunta, ele escreveu "verde-limão" no quesito "Cor favorita".

Foi a atitude mais animada de sua parte durante o dia todo. Ouvi-lo reclamar me fez relaxar de um jeito meio estranho. Se ele era um idiota resmungão e irritado, não era Olhos Azuis.

— Então a sua é malva — disse eu, enquanto escrevia na lacuna.

— E olhe... "comida favorita"? O que isso vai me dizer?

— Concordo. O que você gosta de comer? Corações de rã em conserva? — Pressionei a caneta contra o lábio inferior e refleti sobre aquilo. — Isso mesmo. Você adora corações de rã em conserva.

Passamos por mais algumas perguntas. Eu sabia que não estava imaginando os olhares admirados dos nossos companheiros do outro lado da bancada. Quando chegamos a "Coisas que irritam", Miles disse:

— Quando as pessoas dizem "catsup" em vez de "ketchup". É um molho, não vômito animal. — Fez uma pausa e completou: — E essa é verdade.

— Eu não suporto quando as pessoas não entendem história — eu disse.

— Como dizer que Colombo foi o primeiro explorador a chegar à América do Norte, quando ele nem atracou na América do Norte, ou que o primeiro explorador foi Leif Ericson. E essa também é verdade.

Respondemos mais algumas e, quando chegamos perto do fim, algo estranho começou a acontecer com a voz dele.

Ficou áspera, de alguma forma. Menos fluente. Alguns Ts ficaram arrastados, e o V começou a soar como F. O grupo do outro lado da mesa olhou para ele como se fosse o Apocalipse.

Parti para a última pergunta.

— Graças a Deus estamos quase terminando. Uma lembrança de infância?

— *Animalia Annelida Hirudinea*. — Miles mordeu a ponta da caneta, como se desejasse não ter dito aquilo. Não olhou para mim, mas para as duas torneiras prateadas curvadas sobre a pia.

Aquelas palavras... os curativos. A dor que eu não tinha entendido. O achocolatado. O cheiro de peixe.

Um arrepio se infiltrou da minha cabeça até os pés e me congelou no lugar. Olhei para ele. Cabelo castanho-claro todo despontado. Óculos com armação de metal. Sardas douradas salpicadas no nariz e nas maçãs do rosto. Olhos azuis.

Pare de olhar para ele, idiota! Ele vai pensar que você gosta dele ou algo assim!

Eu não gostava dele. Ele nem era tão bonito assim. Era? Talvez um outro olhar ajudasse. *Não, droga!* Ai, caramba.

Rabisquei meio sem jeito no caderno, ignorando meu coração acelerado. Era para eu escrever o que ele dissera? Por que ele estava falando em classificações científicas? Olhos Azuis não era real. Não havia ninguém lá para me ajudar a libertar as lagostas. Ele não tinha dito aquilo. Era apenas minha mente zombando de mim. De novo.

Tossi delicadamente e ajeitei uma mecha de cabelo.

— Bom. Você pode escrever "achocolatado" no meu.

— Achocolatado — disse ele lentamente.

— Achocolatado, sabe, a melhor bebida do mundo?

Agora ele é que estava me encarando. Revirei os olhos.

— A-C-H-O-C...

— Eu sei como se escreve, obrigado. — Sua voz tinha voltado de repente ao normal. Fluente e clara. Quando começou a escrever, olhei para o relógio. A aula estava quase no fim. Minhas mãos tremiam.

Quando o sinal tocou, dei um salto para ir buscar minha mochila e me juntar à multidão que se deslocava pelo corredor. Eu me senti melhor quando me afastei de Miles, como se a revelação na sala de química não passasse de um sonho, como se eu tivesse acordado depois. Eu não o entendia. Ele tinha vindo diretamente dos meus delírios, mas ali estava ele. Miles estava em cima da linha que dividia o meu mundo do mundo das outras pessoas, eu não gostava disso.

Chegamos aos armários ao mesmo tempo. Ignorei-o, abri o meu e estendi a mão para pegar meus livros.

Eles caíram de dentro das capas, como se fossem tripas saindo de um peixe.

— Parece que alguém destruiu a lombada de todos os seus livros — disse Miles.

Sério, imbecil? Ele que se danasse... Olhos Azuis ou não, eu não iria tolerar esse tipo de coisa.

Peguei os livros arruinados, enfiei-os na mochila e fechei a porta do armário com uma pancada.

— Acho que vou ter que consertar. — E então saí pisando duro em direção ao ginásio, sabendo que agora eu não poderia escapar dele.

6

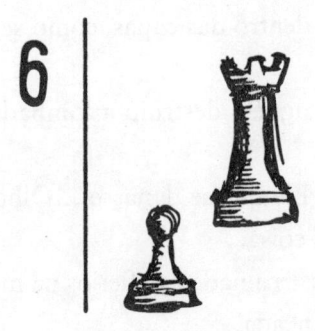

Tucker estava errado a respeito do Clube de Apoio aos Esportes Recreativos da East Shoal. Miles não escolhera o nome; tinha sido o diretor McCoy, e ele havia me dito isso ao explicar o serviço comunitário obrigatório para mim e minha mãe.

Fui até o ginásio principal, agora com Miles nos calcanhares. Seu olhar de gato queimava sobre meus ombros. Parei dentro das portas do ginásio e olhei em volta, tentando ser discreta quando girei em círculos.

O ginásio era mais velho que o da Hillpark; eu esperava que fosse mais novo, reformado, como o estádio de futebol americano repugnantemente caro da East Shoal. A fileira das arquibancadas ao lado das portas principais abrigava a mesa com os controles do placar. As tabelas de basquete tinham sido levantadas até o teto, o que me dava uma visão ininterrupta de todo o ginásio, até o placar pendurado na parede oposta. "Escola de Ensino Médio East Shoal" estava escrito no topo, em letras verdes.

Miles me deu um tapinha no ombro. Apenas a ponta do dedo indicador, apenas uma batidinha; eu pulei.

— Não os deixe esperando — disse ele, passando por mim.

Na mesa de controle estavam cinco alunos que riam juntos. Um deles era uma menina que eu reconheci da aula de inglês; tinha um par de lápis espetado no coque loiro e bagunçado. Os dois garotos em pé ao lado dela eram tão idênticos que eu não conseguia distingui-los. Nunca tinha visto os outros dois, mas todos ficaram em alerta quando Miles se aproximou. Fiquei rondando desajeitadamente atrás dele.

— Esta é a Alex — disse ele, sem qualquer tipo de saudação. — Alex, esta é a Theo*philia*... — Ele fez um gesto para a menina da aula de inglês.

— Só Theo — respondeu ela, olhando feio para ele.

— ... e estes são os irmãos dela, Evan e Ian. — Ele acenou para os meninos idênticos, que sorriram ao mesmo tempo.

— Para diminuir a confusão, somos trigêmeos. — Theo estendeu a mão com formalidade. — E, por favor, não me chame de Theophilia.

— Não se preocupe — disse eu, olhando para a mão dela. A culpa tinha me feito cumprimentar Miles antes, mas eu não tinha nenhuma boa razão para chegar perto de Theo. — Meus pais queriam dois meninos. Meu nome é em homenagem a Alexandre, o Grande, e o da minha irmã é em homenagem a Carlos Magno.

Theo baixou a mão, pelo visto não muito ofendida com minha recusa em cumprimentá-la, e riu.

— Sim, meus pais também queriam meninos. Em vez disso, tiveram dois idiotas e uma menina.

— Ei! — os irmãos de Theo gritaram em uníssono. Ela deixou cair a prancheta e fingiu dar um soco na virilha deles. Os dois meninos recuaram. Eu sabia como a genética funcionava; mesmo gêmeos idênticos normais não pareciam tão idênticos como os irmãos de Theo. Meus dedos se apertaram em torno da câmera.

Miles revirou os olhos e continuou.

— E estes são Jetta Lorenc e Art Babrow.

Jetta desferiu um sorriso com covinhas para Miles e içou a massa de cabelos encaracolados por cima do ombro.

— *Prazerr* em *conhecerrr* — disse ela, estendendo a mão como se pretendesse esperar o tempo que fosse necessário para que eu a apertasse.

Não apertei.

— Você é francesa? — perguntei, em vez disso.

— *Oui!*

Estrangeira. Espiã estrangeira. O Partido Comunista Francês agiu sob o comando de Stálin durante parte da Segunda Guerra Mundial. Espiã comunista francesa.

Pare com isso, pare, pare.

Virei para Art, um garoto negro um meio metro mais alto que eu, cujo peitoral estava prestes a estourar a camisa e devorar alguém. Dei nota dois no detector de alucinações. Eu não confiava naquele peitoral.

— Oi — ele retumbou.

Acenei fracamente.

— Este é o restante do clube — disse Miles, gesticulando para todos eles. — Theo, lanchonete. Evan e Ian, arquibancada.

— Certo, chefe! — Os trigêmeos se despediram e partiram para seus postos.

— Jetta, rede e carrinhos de bola. Art, pegue os postes.

Os outros dois também partiram. Relaxei assim que todos foram embora, mesmo que ainda precisasse lidar com Miles. Ele se voltou para o controle do placar e se esqueceu de mim.

— Então, o que eu faço? — perguntei.

Ele me ignorou.

— MILES.

Ele se virou e exibiu a Magnífica Sobrancelha Erguida.

— O que eu faço?

— Você vai subir lá — apontou para as arquibancadas vazias — e calar a boca.

Existia algum tipo de lei contra derrubar imbecis com um chute na cara? Devia existir. Sempre havia leis contra as coisas que realmente precisavam ser feitas.

— Não — respondi. — Acho que vou ficar sentada *ali*. — Apontei para um ponto a alguns metros de onde ele tinha apontado e saí marchando para me sentar lá. Cruzei os braços e olhei feio para ele até que Miles e sua sobrancelha desviaram o olhar. Depois, arranquei todos os livros arruinados da mochila, fiz uma pilha a meu lado e comecei a lição de casa.

Quando o time de vôlei entrou no ginásio, parei a lição para tirar fotos: Jetta e Art, montando a rede de vôlei como profissionais; Theo comandando a lanchonete; Evan e Ian verificando as arquibancadas para recolher o lixo; o time de vôlei, empertigado e atlético, na roupa de lycra.

A única coisa faltando era Miles. Mas era porque ele devia estar rondando algum lugar, destruindo vilarejos e estocando ouro em seu covil nas montanhas.

Virei o pescoço e voltei ao cálculo. Lição de casa era uma merda, ainda mais porque aquele ano eu a faria no tempo livre que tinha entre a escola, o trabalho e o serviço comunitário. Sem falar que ainda tinha de procurar bolsas de estudos e me inscrever em faculdades. E visitar minha maldita terapeuta duas vezes por semana.

Mas eu precisava fazer tudo isso, e precisava fazer certo dessa vez. Nada de brincar com meu remédio, por mais que eu odiasse aquilo. Nada de distrações. Eu não tinha tempo para me preocupar com o que as pessoas pensavam de mim, mas precisava fazer isso — se eu parecesse nervosa demais, paranoica demais, minhas notas seriam o de menos. Se alguém decidisse que eu era louca ou perigosa, eu poderia dizer adeus ao futuro e olá à Casa dos Doidos.

Miles entrou de volta no ginásio e se acomodou à mesa de controle do placar. Por meio segundo ele se virou, ficou olhando para mim, arqueou aquela sobrancelha e, depois, voltou a atenção para o Esquadrão da Lycra. Senti a base do meu crânio latejar. Não tinha pensado nisso antes... por que eu não tinha pensado nisso antes? Miles. Miles era um gênio. Miles gostava de zoar com as pessoas.

Miles não parecia gostar muito de mim, e eu o tinha enfrentado durante o dia todo. Seria fácil para ele descobrir como eu era. Ainda mais se eu continuasse olhando para ele como tinha olhado na sala de química. Talvez eu pudesse interceder. Contar antes que ele sacasse e depois implorar por seu silêncio ou algo do tipo.

Ou você poderia deixar de ser frouxa, disse a vozinha. Provavelmente essa era a melhor opção.

Voltei a atenção para o placar. McCoy tinha feito pelo menos cinco pronunciamentos diferentes sobre ele, e, durante cada um, alguém o imitava e todo mundo ria.

— Existe uma lenda urbana sobre aquele placar, sabia? — Tucker surgiu a meu lado segurando uma Coca. Olhei em volta. As arquibancadas já estavam cheias. *Como isso aconteceu?* Dei uma espiada por cima do ombro, esperando que alguém estivesse parado ali com uma faca.

— Sério? — perguntei, sem prestar muita atenção, fazendo uma verificação de perímetro tardia. — De alguma forma, não acho surpreendente.

Cliff Ackerley e alguns outros jogadores de futebol americano estavam em pé na primeira fileira da arquibancada, lá embaixo, segurando placas para Ria Wolf, que, imaginei, ia dar o saque. Avistei Celia Hendricks na beira de um grupo maior de alunos que não parecia mostrar esforço algum para assistir ao jogo de verdade. Pais enchiam o ginásio desde a rotunda, segurando sacos de pipoca e cachorros-quentes, e vestiam camisetas em que se lia: "Vai, Sabres!"

— Que esporte ridículo — disse uma mulher perto de mim, a voz permeada de acidez. — Vôlei. Devia chamar "vadias de lycra".

Procurei pela mãe contrariada, mas adolescentes me cercavam. Fiquei espremida num espaço menor ainda.

— Você ouviu aquela mulher? — perguntei a Tucker.

— Que mulher?

— A que disse aquilo sobre as jogadoras de vôlei serem vadias.

Ele olhou em volta.

— Tem certeza que você ouviu isso?

Balancei a cabeça.

— Não deve ter sido nada. — Muito tempo atrás, aprendi que perguntar a alguém se tinha ouvido algo era muito mais seguro do que perguntar se tinha visto. A maioria das pessoas não confia nos próprios ouvidos tanto quanto confia nos olhos. Claro, alucinações auditivas são o tipo mais comum. Nada bom para mim...

— Ser *líder de torcida*: isso sim é que é esporte. Um esporte digno. Ou você é, ou não é. Não existe zona cinzenta, ao contrário do *vôlei*. — A voz dela se misturou à da multidão e ao guinchar dos tênis na quadra, depois sumiu.

Tucker fungou a meu lado.

— Diz a lenda que uma certa garota, que frequentou a East Shoal anos atrás, estava tão obcecada com o ensino médio que se recusou a sair e, numa tentativa esquisita de suicídio, fez o painel do placar cair em cima dela. Agora a alma habita o placar e influencia as partidas para ajudar a East Shoal a ganhar. Ou a perder. Depende de como ela se sente naquele dia, acho.

— Por que você não me contou antes? Achei que todo mundo era obcecado pelo placar sem motivo.

— Bom. Não sei se todo mundo é obcecado por causa da lenda, ou se a lenda cresceu porque todo mundo é obcecado. Enfim, o McCoy diz que não devemos falar a respeito. Agora, se você quiser algo assustador *de verdade*, devia observá-lo tomar conta do painel. Ele limpa cada lâmpada à mão. *Acaricia* cada uma.

Eu ri.

Tucker parou de falar; o pescoço e as orelhas ficaram vermelhos. Ele parecia nervoso.

— Também tem o mito sobre o píton no forro do teto, alimentado pelas tias do almoço. Mas não é tão interessante assim. Você conhece a Ponte Red Witch?

Olhei para Tucker de soslaio.

— Já ouvi falar.

— Nunca dirija pela ponte coberta de Hannibal's Rest à noite. Você vai ouvir a bruxa vermelha gritar bem na hora em que ela te rasgar em pedaços e largar seu carro vazio na beira da estrada. — Um brilho de empolgação acendeu seus olhos enquanto ele esperava minha reação. Normalmente ele só assumia aquele olhar quando estava me contando uma de suas teorias da conspiração.

— Você já fez isso alguma vez?

— Eu? Passar de carro pela Ponte Red Witch? Não, sou corajoso que nem uma salada de batatas moles.

— Você? Salada de batatas moles? *Não*.

Tucker riu e estufou o peito franzino em falsa bravata.

— Sei que não parece, mas eu sairia correndo para o outro lado antes de sequer chegar perto daquela ponte. — Abandonou a pose e me ofereceu a Coca. — Com sede?

— Você não quer?
— Não. Eu trouxe e depois lembrei que odeio refrigerante.
Peguei a bebida com hesitação.
— Você não colocou nada dentro, colocou?
— Pareço esse tipo de gente?
— Não sei, sr. Salada de Batatas Moles. Você é uma incógnita.

Para falar a verdade, não era para eu ingerir cafeína — minha mãe dizia que me deixava agitada demais e estragava meu remédio, o que fazia dela uma mentirosa, porque eu me sentia perfeitamente bem sempre que quebrava essa regra —, mas bebi mesmo assim.

— Já vi que seus livros tiveram um dia difícil. — Tucker cutucou a lombada do livro de cálculo.

— Hum — respondi. — Um gato vira-lata conseguiu entrar no meu armário.

— Supercola conserta isso rapidinho.

Supercola? Achei que era uma boa ideia. Dei uma olhada em Miles lá embaixo. Ele estava nos encarando por cima do ombro, olhos semicerrados. A enormidade do malabarismo necessário me atingiu de uma vez só, fazendo meu estômago revirar. Eu não podia deixá-lo fazer o que quisesse comigo, mas também não podia irritá-lo.

Tucker mostrou o dedo do meio para ele. Miles virou de novo para a quadra.

— Vou me arrepender disso depois — disse Tucker —, quando meu câmbio tiver desaparecido.

Ou Tucker se arrependeria, ou eu.

— Você está bem? — perguntou ele. — Parece que você vai vomitar.

— Sim. — Não. — Estou bem. — Eu não tinha como estar mais distante de "bem", desde o Incidente da Pichação no Ginásio da Hillpark.

Percebi tarde demais que eu tinha sido grossa com ele. Não foi minha intenção, mas eu odiava preocupação, dó e aquele olhar que as pessoas faziam quando percebiam que algo não estava bem com a gente e também sabiam que estávamos em negação.

Eu não estava em negação. Só não consegui deixar passar dessa vez.

7

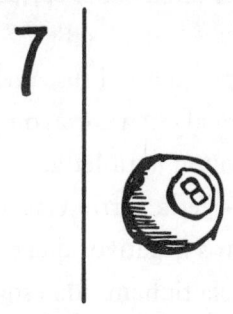

Passei o restante do jogo alternando minha concentração entre a lição de casa e Miles. Ele não olhou mais para nós, mas eu sabia que ele sabia que eu estava olhando.

Eu me distraí tentando pensar em formas de pagar a Coca que Tucker tinha me trazido. Ele me ignorou quando mencionei e mudou de assunto para teorias da conspiração — Roswell, os Illuminati, Elvis encenando a própria morte e, quando Miles olhou feio para nós outra vez, uma história legal sobre uma base lunar nazista.

Tucker era o tipo de pessoa inteligente, conhecedora de história, que eu poderia jogar em cima da minha mãe para ver se eles se entenderiam, mas era também o tipo de pessoa com quem eu nunca faria isso, porque eu tinha coração.

Depois pensei: *Ei, eu poderia abraçá-lo. Tenho certeza de que ele não ligaria se eu o abraçasse.* Mas eu sabia que contato físico significava certas coisas no mundo da conduta social normal, e, se por um lado eu confiava em Tucker mais que na maioria das pessoas que eu conhecia, não queria que ele interpretasse minha atitude desse jeito.

Tucker saiu com a torcida quando o jogo acabou. Fiquei para trás para ajudar o clube, mas eles eram tão rápidos e eficientes que a rede estava no chão e os carrinhos de bola estavam cheios antes que eu descesse pela arquibancada.

Miles e Jetta estavam na mesa do controle. Quando caminhei até lá, eles ficaram em silêncio; eu tinha quase certeza de que não estavam falando minha língua.

— Que foi? — Miles perguntou bruscamente.

— Precisa de mim para alguma coisa, ou posso ir para casa?

— Pode ir. — Ele se voltou para Jetta.

— *Bis später*, Alex! — Jetta sorriu e acenou quando me afastei. Pelo visto, quaisquer sentimentos negativos que eu pudesse ter despertado por não ter apertado a mão dela tinham sido esquecidos.

— Hum. Até mais — respondi.

Fora, a escola era um pandemônio. Eu esperava grandes multidões depois dos jogos de futebol americano, mas parecia que a escola inteira tinha armado uma festa nos carros. Às oito da noite. Depois de um jogo de vôlei. No primeiro dia de aula.

Eu não tinha como fazer uma verificação de perímetro suficiente ali, por isso parti para o plano B: cair fora. Puxei Erwin do meio dos arbustos, onde eu o tinha escondido, e pedi a Deus que ninguém me notasse. As pessoas mais próximas da entrada da escola eram os homens ainda em pé sobre o telhado, alguns jogadores de futebol, provavelmente esperando pelas namoradas, e Celia Hendricks com mais duas garotas, fazendo sabe-se lá o quê.

— Bicicleta legal! — disse Celia, elevando a voz sobre o ombro, afastando o cabelo oxigenado do caminho. Suas amigas abafaram risadas. — Onde você arrumou?

— No Egito — respondi, tentando entender se ela estava falando sério. Ela riu.

— Isso me lembra de nunca ir para o Egito.

Ignorei o comentário e continuei, passando pelos jogadores de futebol americano. Não cheguei longe; todos os cem quilos de Cliff Ackerley sincronizaram o passo com o meu.

— Ei, você é a menina nova, não é?

— Sou. — Sua proximidade disparou arrepios pela minha espinha. Virei para o lado, a fim de colocar alguma distância entre nós.

Ele se plantou diante de mim, apontou para meus cabelos e gritou:
— FÃ DA HILLPARK!
Um *buuu* estrondoso surgiu da multidão. A maioria das pessoas provavelmente não fazia ideia de que eu tinha mesmo frequentado a Hillpark, mas exibir qualquer tipo de vermelho por ali era pedir para ter problemas.

Tentei dar a volta em Cliff, mas ele enfiou o pé na roda dianteira de Erwin e empurrou.

— Que merda é essa? — Cambaleei para a frente, tentando manter Erwin em pé.

— *Que merda é essa?* — um dos outros garotos zombou com um falsete, milhões de vezes mais sinistro do que quando Tucker tinha feito aquilo no trabalho, na noite passada. O resto dos amigos de Cliff me circundou. Apertei Erwin mais forte. Ou aqueles garotos estavam todos bêbados, ou eram todos imbecis. Se estivessem bêbados, era menos provável que fossem sensatos, mas também era menos provável que me alcançassem se eu saísse correndo. Porém eu não podia correr com Erwin. Talvez eu pudesse usá-lo como escudo. Isso significava deixá-lo para trás, e a última coisa que eu queria fazer era deixar Erwin para trás. Não importava como eu pensasse nessa situação, o desfecho não era muito bom.

— Por que você não para de ser babaca e sai da minha frente?

— Uuh, que grossa. — Cliff sorriu. — O negócio é o seguinte: eu te deixo passar se você concordar em nos deixar tingir seu cabelo de verde.

— Meu cabelo não é tingido, tem esse tom de vermelho naturalmente. E *não*.

— Beleza, então vamos raspar tudo. O Jones tem uma gilete no carro, não tem, Jones?

Eu me afastei de costas, puxando uma mecha de cabelo. Já tinha visto documentários sobre essas coisas. Bullying, brutalidade na escola. Eles não raspariam minha cabeça, raspariam? Mas havia tanta gente, todo mundo assistindo, esperando. Os homens de terno no telhado não faziam nada. Bela segurança escolar.

O círculo de pessoas ficou mais estreito. Não havia... Eu não conseguiria sair... Talvez pudesse chutar Ackerley nas bolas e encerrar o dia...

Então todo mundo ficou em silêncio. O olhar de Cliff mirou numa direção acima de meu ombro.

Miles estava ali, encarando-o, com os trigêmeos ao lado.

Cliff desdenhou:

— Precisa de alguma coisa, Richter?

— De jeito nenhum. — Miles deu de ombros. — Por favor, continue.

Cliff estreitou os olhos e recuou um passo, olhando para mim. Ele se inclinou para o lado e ficou olhando ao redor.

— Algum problema? — perguntei.

Cliff desdenhou de novo e saiu do caminho, com lábios curvados em repulsa. Miles e os trigêmeos se aproximaram e ficaram a meu lado, me ajudando a abrir caminho através da festa. Não houve mais *buus* nem zombaria; ninguém procurou giletes. Mas, quando olhei para trás, Cliff e seus amigos estavam com a cabeça próxima uns dos outros. Além deles, Celia me lançava adagas com o olhar.

— Obrigada — eu disse.

— Não fiz por você. — Miles parou ao lado de uma caminhonete enferrujada azul-céu, no extremo do estacionamento. Escancarou a porta do motorista e jogou a mochila dentro. — Eu odeio muito aquele cara.

— Não dê ouvidos a nada que o Cliff diga — acrescentou Theo, tirando os lápis do coque e sacudindo a cabeça para soltar os cabelos. — Ele é um otário. Acha que fizemos um plano com você para fazer ele parecer um idiota. Foi por isso que ele te deixou em paz. Além do mais, acho que ele não saberia usar gilete, se tivesse uma.

— Tenho certeza de que é a mãe que faz a barba dele — disse Evan.

— Tenho certeza de que é um macaco que faz a barba dele — disse Ian.

— Você viu o rosto dele na última temporada de corrida? Achei que ele fosse precisar de uma doação de sangue.

— Desconsiderando as falhas de higiene pessoal — Miles interrompeu —, ainda acho que o Cliff precisa que enfiem a cabeça dele em um triturador de madeira.

Dei um passo longo para longe de Miles.

— Tá. Bom, a gente se vê amanhã.

Os trigêmeos se despediram. Talvez não fossem tão ruins, afinal, mesmo que Evan e Ian parecessem ser exatamente a mesma pessoa. Montei em Erwin e saí do estacionamento pedalando, tentando esquecer Cliff, Celia, aquele painel de placar esquisitíssimo e tudo o mais.

Marquei a vaga de Miles no estacionamento, a fim de encontrar a caminhonete novamente na manhã seguinte.

Eu não deixaria que a East Shoal e seus habitantes psicóticos me derrotassem.

8

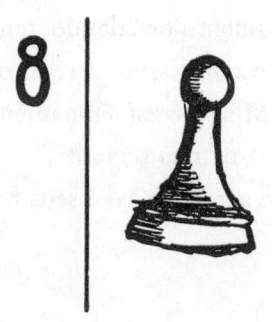

Minhas alucinações se tornavam mais frequentes no escuro. Mais de uma vez, quando eu era pequena, ouvi vozes que vinham de baixo da cama, garras que iam subindo pelas beiradas do colchão para me pegar. A caminho de casa, com a luz do sol desvanecendo, um pássaro vermelho enorme, com longas penas na cauda, passou sobre mim. Parei para tirar uma foto dele. Na tela da câmera, as penas brilhavam como fogo. Droga de fênix. Eu era obcecada pelas fênix quando tinha dez anos, e essa me seguia até em casa todas as noites. A Fênix de Hannibal's Rest.

Hannibal's Rest. Lar.

Uma curiosidade sobre a cidade de Hannibal's Rest, Indiana: é incrivelmente pequena. Tão pequena que tenho certeza de que não apareceria em um GPS. A pessoa passaria por ela sem perceber que estava em um lugar diferente. Era igualzinha ao restante do centro do estado de Indiana: quente no verão, fria no inverno, e a única maneira de saber como estava o tempo em outras épocas do ano era dar uma volta lá fora. A oeste ficava a Hillpark; a leste, a East Shoal, mas ninguém, em nenhuma das duas escolas, saberia dizer o nome de uma pessoa sequer que frequentava a outra, e todas elas se odiavam.

Meus pais nem eram dali e escolheram viver naquela cidade no meio do nada. Por quê? Porque o nome era em homenagem ao general Aníbal de Cartago. A linha básica de pensamento deles foi a seguinte: *Hannibal's Rest? Descanso de Aníbal? E nosso filho vai ter o nome de Alexandre, o Grande? MARAVILHA. Ah, história, que coisa deliciosa...*

Às vezes eu queria bater na cabeça dos meus pais com uma frigideira. Se a gente pudesse dizer uma coisa sobre eles, era que amavam história. Os dois eram literalmente *apaixonados* por história. Claro, eles eram apaixonados um pelo outro, mas história era tudo, o princípio e o fim de seu estímulo intelectual. Eram casados um com o outro e com a história.

Assim, naturalmente, não iam dar aos filhos nenhum nome *normal*.

Eu era a sortuda. De Alexandre para Alexandra não era um grande salto. Charlie, por outro lado, ganhara toda a força bruta da marreta de seu homônimo: Charlemagne, ou Carlos Magno. Por isso, desde o dia em que nasceu, eu a chamava de Charlie.

Virei na minha rua e me dirigi à casa térrea, cor de terra, acesa como uma árvore de Natal. Minha mãe tinha essa coisa de deixar todas as luzes acesas até eu chegar em casa, como se eu fosse esquecer qual era a nossa casa. Os sons de um violino furioso se derramavam pela janela da sala de estar. "Abertura 1812", de Tchaikovsky, como de costume.

Apoiei Erwin na porta da garagem e fiz uma verificação de perímetro. Rua. Entrada. Garagem. Jardim da frente. Varanda. Casa. O balanço da varanda rangia e oscilava como se alguém tivesse acabado de sair dele, mas também poderia ter sido o vento. Dei outra olhada assim que atravessei a porta da frente, mas a casa parecia como sempre fora: abarrotada de coisas e estéril ao mesmo tempo. Charlie estava na sala com o violino, tocando suas peças de prodígio musical. Quando minha mãe não estava lecionando na faculdade online, dava aulas em casa para Charlie, como tinha dado aulas para mim; por isso, Charlie estava sempre praticando.

Minha mãe estava na cozinha. Eu me preparei, me lembrei de não fazer outra verificação de perímetro — minha mãe odiava — e fui até ela. Estava na pia, pano de prato em punho.

— Cheguei — eu disse.

Ela se virou.

— Deixei uma tigela de sopa para você. É de cogumelo, sua preferida.

Sopa de legumes e macarrão era a minha preferida. Cogumelo era a do meu pai. Ela sempre fazia confusão.

— Obrigada, mas é sério, não estou com fome. Vou fazer a lição de casa.

— Alexandra, você precisa comer.

Eu odiava aquele tom de voz. *Alexandra, você precisa comer. Alexandra, você precisa tomar seus remédios. Alexandra, você precisa colocar a camisa do lado certo, não do avesso.*

Sentei à mesa e larguei a mochila ao lado. Meus livros fizeram um ruído lamentável, para me lembrar de que eu não podia deixar minha mãe ver minha mochila. Ela pensaria que eu os tinha destruído, e isso definitivamente exigiria uma ligação para a terapeuta.

— E aí, como foi?

— Tudo bem — respondi, mexendo a sopa fria na tigela, procurando algum tipo de veneno. Eu não achava *de verdade* que minha mãe fosse me envenenar. Na maior parte do tempo.

— Só isso?

Dei de ombros.

— Foi tudo bem. Um dia de escola normal.

— Conheceu alguém interessante?

— Todo mundo é interessante se a gente prestar atenção por tempo suficiente.

Ela colocou as mãos na cintura. Um ponto para "Coisas que Alex não deve dizer na mesa de jantar".

— Como foi com o clube?

— Na verdade não precisei fazer muita coisa, mas gostei deles. São legais. — A maioria deles.

Minha mãe respondeu com *hum*, do seu jeito muito passivo-agressivo.

— Que foi? — disparei.

— Nada.

Tomei um pouco de sopa.

— Fiz amizade com o primeiro e com o segundo alunos da turma, se isso te faz sentir melhor — disse eu.

Certo, "amizade" com o primeiro da turma era um pouco de exagero. A maior parte das nossas conversas naquele dia tinha terminado com um de nós irritado. Mas, para todos os efeitos, eu falara com ele.

Pensamentos sobre Olhos Azuis vieram para o primeiro plano, e eu os empurrei de volta. No momento em que eu mencionasse um tanque de lagostas, minha mãe surtaria. Ela havia passado anos tentando esquecer a Libertação das Lagostas.

— Sério? — Ela se animou um pouco. — E como eles são?

— O segundo da turma é bem legal, mas o primeiro precisa trabalhar as habilidades sociais dele.

— Você devia pedir conselhos sobre faculdade para eles, sabia? — disse ela. — Aposto que eles pretendem entrar nas melhores universidades do país. Ah, eles podem te ajudar com a redação! Você nunca foi muito boa em escrever.

Um ponto para "Mãe menciona futuro universitário e a improbabilidade do mesmo na mesa de jantar". Era provável que não fosse ajudar em nada contar a ela que Tucker tinha se inscrito para meia dúzia das melhores universidades do país, e já havia sido aceito pelo dobro do número de instituições de menor prestígio.

— Não preciso de ajuda para entrar na faculdade. Tenho boas notas, e a maioria das pessoas não sabe escrever nem para salvar a própria vida, mas passa. Além disso, a pessoa tem que ser uma completa imbecil para não conseguir entrar numa faculdade aqui da região.

— Você está dizendo isso agora — ela respondeu, acenando uma faca ensaboada para mim. — Mas o que vai fazer quando não passar?

Deixei cair minha colher.

— Que droga é essa, mãe? Você quer que eu passe ou não?

— Olha a boca! — ela retrucou, voltando-se para os pratos. Revirei os olhos e me debrucei sobre a sopa.

A música do violino parou abruptamente. Houve o tamborilar de pezinhos no corredor, e, logo depois, os braços de Charlie me envolveram, só que o impulso quase me derrubou da cadeira. Ela era pequena para a idade, mas batia como uma bola de demolição.

— Oi, Charlie.

— Oi. — Minha camiseta abafou a voz dela.

Afastei-a e me levantei, puxando a mochila comigo.

— Vou para o quarto.

— Quero as luzes apagadas às dez — disse minha mãe.

— Ah, e pelo visto eu preciso de um uniforme para a escola.

Ela bateu a mão molhada na testa. Água lhe escorreu pela lateral do rosto.

— Ah, esqueci completamente. O diretor mencionou o uniforme quando fomos conhecer a escola. Quanto custa?

— Tipo, setenta dólares. É um absurdo. Tudo por um emblema da escola no bolso da camisa.

Minha mãe se virou de novo para me encarar, o rosto vincado, com aquele maldito olhar de *dó*. A gente não era tão pobre que não pudesse pagar setenta dólares por algo que eu precisava ter, mas ela me faria sentir mal por aquilo do mesmo jeito.

— Vou pegar um reserva com o zelador amanhã — me apressei em dizer. — Não deve ter problema.

— Ah, que bom. — Ela relaxou. — Eu já separei suas roupas para amanhã, então você vai com elas para a escola e depois traz de volta.

— Tá.

Saí pisando duro da cozinha e fui pelo corredor dos fundos, com Charlie nos calcanhares. Ela tagarelava incessantemente sobre a música que estava tocando, o que ela achava da sopa de cogumelo da nossa mãe, como ela queria ir para o ensino médio.

Ela correu para entrar em meu quarto antes que eu fechasse a porta. Mesmo no quarto onde eu tinha dormido por dezessete anos, o lugar que eu conhecia melhor que qualquer outro, eu tinha de garantir que nada estivesse fora do comum.

— Como foi? — Charlie se atirou em minha cama e puxou as cobertas sobre a cabeça como um manto. A rajada de ar resultante fez levantar as fotos presas na parede. Os artefatos nas prateleiras estremeceram ameaçadoramente.

— Cuidado, Charlie. Se quebrar alguma coisa, você vai pagar. — Abri a gaveta superior da cômoda e afastei pares de meias listradas do caminho até encontrar meu tubo de supercola, escondido para minha mãe não achar que eu estava cheirando. Joguei-o na mesa de cabeceira, em parte como um aviso para Charlie e em parte como um lembrete para eu mesma não esquecer de levar no dia seguinte. — Não sei. Foi um dia de escola normal.

— Peguei as roupas que minha mãe tinha deixado para fora, no pé da cama, e joguei no chão. Depois de dezessete anos, ela ainda escolhia minhas roupas. Eu era esquizofrênica, não uma inválida, droga.

— Mas *como* foi?

Era compreensível. Charlie nunca tinha posto os pés em uma escola real.

— Foi como a escola. Fui para a aula, ouvi o professor e fiz as atividades.

— E tinha outros alunos lá?

— Tinha, Charlie, tem muitos outros alunos lá. É uma escola.

— Eles te discriminaram porque você é aluna nova?

Discriminar. Lá estava. A Palavra da Semana da Charlie. Toda semana, Charlie tinha uma palavra que usava sempre que conseguia encaixar num contexto. Esta semana era *discriminar*. Na semana anterior fora *usurpar*. Na outra, *defenestrar*, graças a mim. Só pensar em Charlie sacando aquela palavra de seu cinto de utilidades na frente da minha mãe me fazia sorrir.

— A mamãe tem te deixado assistir ao Disney Channel de novo? — Abri o guarda-roupa para procurar o pijama.

— Então... eles não cantam na hora do almoço?

— Não.

— Ah. — O cobertor caiu de sua cabeça, revelando os cabelos lisos vermelho-ketchup e os grandes olhos azuis. Ela tirou uma peça de xadrez preta do bolso e a enfiou na boca. Minha irmã mastigava as coisas desde que tinha quatro anos. — Você conheceu alguém legal?

— Defina *legal*.

— Você sabe. *Legal*.

— Na verdade não. Conheci pessoas agradáveis, pessoas idiotas e completos imbecis, mas realmente não conheci ninguém legal.

Charlie prendeu a respiração, os olhos azuis grandes como pratos, e a peça de xadrez caiu de sua boca.

— Você encontrou sua *alma gêmea*? Isso sempre acontece no primeiro dia de aula, não acontece?

— Ai, meu Deus, Charlie, ela está deixando você ler de novo! Você foi direto para a seção paranormal, não foi?

Ela bufou e cruzou os braços.

— Não. Mas a tevê não mostra uma imagem muito boa do ensino médio.

— A tevê não mostra uma boa imagem de nada, Charlie.

Ela pareceu triste depois disso, e eu fiquei com pena de ter destruído suas esperanças. Ela nunca iria para o ensino médio. A única razão pela qual nossa mãe tinha parado de me dar aula em casa era minha terapeuta ter dito que eu me daria melhor cercada de pessoas da minha idade. Isso levara ao meu envolvimento no Incidente da Pichação no Ginásio da Hillpark e à minha condenação ao último ano na East Shoal.

Uma pontada familiar de culpa cutucava meu estômago sempre que eu olhava para Charlie. Eu era a irmã mais velha. Deveria dar o exemplo e mostrar o caminho, para que as pessoas dissessem: "Ei, você é a irmã da Alex, não é? Vocês duas são iguaizinhas!", em vez de: "Ei, você é a irmã da Alex, não é? Você também é louca?"

O único exemplo que eu lhe daria seria sempre analisar bem a comida antes de comer.

Um alívio tomou conta de mim. Alívio por ela ainda não ter idade suficiente para entender por que deveria me odiar.

— Agora saia do meu quarto. Preciso trocar de roupa.

Charlie gemeu e fez beicinho, mas pegou a peça de xadrez, foi engatinhando até sair da cama e correu porta afora. Vesti o pijama e deslizei para baixo das cobertas.

Olhei ao redor do quarto, para todas as minhas fotos e artefatos.

As imagens não tinham pé nem cabeça. Percebi, havia alguns anos, que às vezes eu olhava para uma foto antiga e algo estava diferente nela. Algo estava faltando. Enfiei a mão na mochila e peguei a câmera, depois repassei as fotos que tirei naquele dia. A primeira da manhã, a dos esquilos, já estava diferente. Parecia que eu tinha simplesmente tirado uma foto do jardim do gramado do vizinho. Os esquilos tinham ido embora.

Nem sempre era assim tão fácil. Algumas coisas levavam mais tempo para desaparecer do que outras. Mas essa técnica me ajudava a descobrir o que era alucinação e o que não era. Eu também tinha álbuns cheios de fotos, mas eram para as coisas que eu sabia serem reais, como meus pais. Charlie tinha um álbum inteiro para ela. Mais de uma vez eu a peguei no meu quarto, folheando-o.

Meus artefatos vinham do meu pai. Antes de mais nada, ele era arqueólogo. Eu não o culpava. Se eu pudesse não fazer nada além de brincar na terra durante todo o dia, também seria arqueóloga. Minha mãe costumava viajar com ele, mas, depois que me tiveram, eles levaram muito tempo tentando decidir se queriam me levar para as escavações. Àquela altura, minha mãe já tinha começado a dar aulas em casa e não queria me levar a lugar nenhum, e depois nasceu a Charlie e eles não tinham dinheiro para levar nós duas. Então, minha mãe ficava em casa o tempo todo e meu pai estava sempre longe.

Sempre que ele vinha para casa, trazia coisas: quase tudo o que tínhamos, nossos móveis e até mesmo algumas das nossas roupas. Minha mãe entulhava cada canto disponível com as coisas do meu pai, e a casa não parecia tão vazia.

Eu tentava não pensar no fato de que enviar esse tipo de coisas de outro continente devia custar muito dinheiro.

Eu me lembrava de algumas vezes, antes de ter sido diagnosticada, quando eu estava deitada na cama, meus artefatos falarem comigo, ou entre si, e de ficar ouvindo-os até adormecer.

Os artefatos não falavam mais comigo. Pelo menos não quando o medicamento estava funcionando.

Apaguei a luz e virei para o lado, puxando o lençol junto. O garotinho do tanque de lagostas estava perdendo a definição — até que eu lembrei que, mesmo se ele fosse real, o que não era, ele e Miles não eram necessariamente a mesma pessoa.

Tinha acontecido havia *dez anos*. Dez anos, e eu não o tinha visto desde então. Era absurdamente improvável a gente se reencontrar assim.

Não peguei no sono. Não conseguia. Esperei até ouvir minha mãe caminhar pelo corredor e fechar a porta dela (Charlie tinha se fechado no próprio quarto meia hora antes), depois saí de sob as cobertas, vesti uma jaqueta, calcei um velho par de tênis e agarrei o taco de beisebol de alumínio que eu guardava embaixo da cama. Abri a tela da janela e a encostei cuidadosamente na parede.

Eu não costumava andar de bicicleta no escuro, mas caminhar, sim. Taco de beisebol tinindo contra os calcanhares do meu All Star, a brisa noturna roçando minhas pernas, atravessei o quintal e entrei no bosque de Hannibal's Rest. O riacho sussurrava à frente. Dobrei a última curva da estrada e fiquei cara a cara com a Ponte Red Witch.

Não senti necessidade de fazer uma verificação de perímetro, porque aquele era o lugar onde os mundos se encontravam. Todos pensavam que viam ou ouviam coisas estranhas ali, e eu não precisava esconder o fato de que de fato as via e ouvia.

Ri quando me lembrei de Tucker mencionar a ponte naquele dia mais cedo. A bruxa vermelha? A que arrancava as vísceras de viajantes, se banhava no sangue deles e gritava como uma alma penada? Não, eu não estava com medo dela. A noite podia deixar tudo de cabeça para baixo, do avesso e assustador pra caramba, mas não para mim.

O taco de beisebol *tim-tim-tilintava* enquanto eu seguia rumo à ponte. A coisa mais assustadora à solta, naquela noite, era eu.

9

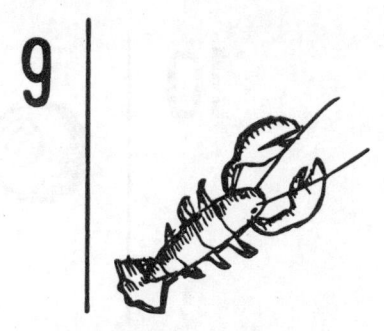

A definição de insanidade de Einstein é fazer a mesma coisa repetidas vezes e esperar resultados diferentes. Eu ficava tirando fotos, esperando olhar para alguma delas e saber que seu tema era uma ilusão. Fazia minhas verificações de perímetro, pensando que chegaria um momento em que eu seria capaz de andar por aí livre da paranoia. Passava o dia todo esperando alguém me dizer que eu tinha cheiro de limão.

Então pensei: se eu não fosse louca segundo a definição de ninguém, pelo menos era insana de acordo com a definição de Einstein.

10

A primeira coisa que fiz no dia após o incidente do estacionamento foi procurar a caminhonete de Miles na escola. Enferrujada, azul-céu, ano 1982, da GM. Parecia que ele tinha resgatado aquele carro de um monte de sucata. Não estava lá. Maravilha.

Meu segundo curso de ação seria no armário. Entrei correndo na escola, olhei em volta para ver se não havia ninguém por perto e se o teto não tinha mecanismos de escuta, depois enfiei a mão na mochila, à procura da supercola. Dois tubos e dezessete palitos de picolé depois, o armário de Miles estava bem e verdadeiramente colado. Joguei as provas de meu ato no lixo mais próximo, troquei os livros de que eu precisava no meu próprio armário (a maioria ainda sem capa) e saí para pegar um uniforme.

O depósito dos zeladores ficava próximo à minha classe de química. Quando bati, ouvi barulho de algo caindo lá dentro. A porta se abriu e um olho familiar, de óculos, espiou para fora.

— Ah, oi, Alex. — Tucker abriu a porta um pouco mais. Seu olhar perpassou o corredor atrás de mim. — O-o que você está fazendo aqui?

— É... Disseram que eu podia pegar um uniforme com o zelador.

— Ah, sim. Tem alguns aqui... Espere um segundo...

Ele desapareceu, e ouvi um xingamento abafado e raivoso. Quando voltou, estava segurando um uniforme.

— Pode ficar um pouco grande, mas é o único limpo. Os outros estavam amarelados.

Peguei o uniforme.

— Obrigada, Tucker. O que você está fazendo no depósito dos zeladores? — Olhei atrás dele, mas não vi ninguém mais.

Ele me mostrou um sorriso fraco.

— Não se preocupe com isso. — E então fechou a porta.

Eu me forcei a não tirar foto alguma — era Tucker; ele não era uma alucinação, mesmo que estivesse passando um tempo dentro de um depósito de zeladores — e entrei no banheiro mais próximo para me trocar. Tucker fora realmente bonzinho quando disse que o uniforme poderia ficar "um pouco grande". Eu precisava de aulas de natação para vesti-lo.

Tive de passar pelo corredor de ciências a caminho da aula, e foi quando vi a cobra.

A cabeça pendia entre as placas do revestimento do teto, que haviam sido deslocadas para o lado por algum motivo. Dei um pulo. Eu só tinha visto pítons no jardim zoológico, atrás de um vidro. Porém uma irritação se instalou em mim logo que superei o choque inicial de ter visto o bicho.

Maldita cobra. Nem me incomodei em sacar a câmera. Uma cobra pendurada no teto era exatamente o tipo de coisa que minha mente iria fabricar. Mostrei a língua e assobiei para o píton enquanto caminhava debaixo dele.

Entrei na classe do sr. Gunthrie furtivamente, esperando não encontrar Cliff, Celia ou, Deus me livre, Miles no caminho. As pessoas ainda me encaravam — o cabelo, a droga do cabelo, por que tinha que ser tão vermelho? —, mas eu ignorei.

Theo estava ajoelhada do lado de fora da sala de aula, misturando condimentos dentro de um frasco de vidro, e Miles estava ao lado dela, com os braços cruzados. Um arrepio percorreu minha espinha no momento em que passei por ele, mas forcei o rosto a permanecer inexpressivo. Ele não me notou. Se notou, não disse nada.

Captei um vislumbre da mistura repugnante de Theo. Suco de picles, mostarda, o que pareciam ser raspas de pimenta, creme de leite, raiz-forte.

Ou seja, basicamente todas as coisas que a gente mistura quando tem treze anos e quer provocar no irmão mais novo um coma induzido por vômito (Charlie nunca tinha me perdoado por essa).

Eu me sentei na carteira, mantendo-os em minha visão periférica enquanto fazia uma verificação de perímetro. Theo tampou o frasco, sacudiu-o e o entregou a Miles, que ficou olhando o líquido turvo girar por um segundo, depois o levou aos lábios e virou aquilo numa golada só.

Engasguei e puxei o colarinho sobre o nariz. Ironicamente, a gola já cheirava a vômito, por isso o baixei. Miles foi andando, empertigado, pela sala e se jogou na cadeira em frente à minha, o olhar fixo no quadro branco.

A aula começou normalmente. Tanto quanto possível, eu imaginava, quando o primeiro anúncio do dia era sobre um painel de placar, e o sargento-professor gritava com todo mundo. Tentei prestar atenção na aula do sr. Gunthrie sobre literatura britânica, mas a lateral do rosto de Miles tinha ficado branca como giz e estava se transformando em verde doentio.

— ... O FATO DE BURGESS TER LECIONADO AO LADO DA MULHER QUE LHE DARIA IDEIAS PARA *LARANJA MECÂNICA* É MUITO POUCO CONHECIDO. ELE ESTAVA NO EXÉRCITO NAQUELA ÉPOCA.

O sr. Gunthrie parou em frente à mesa de Cliff, inclinou-se e olhou bem no rosto dele. Cliff, que estava fazendo gestos para Ria Wolf, do outro lado da classe, deu um salto e olhou para a frente.

— DIGA, SR. ACKERLEY, O SENHOR SABE ONDE BURGESS ESTAVA SERVINDO?

A boca de Cliff se abriu como se ele fosse dizer alguma coisa.

— NÃO? É UMA PENA, SR. ACKERLEY. TALVEZ EU DEVESSE PERGUNTAR PARA OUTRA PESSOA. O SENHOR ACHA QUE DEVO PERGUNTAR PARA OUTRA PESSOA, SR. ACKERLEY?

— Hum... sim?

— PARA QUEM VOCÊ ACHA QUE EU DEVERIA PERGUNTAR, ACKERLEY?

— Hum... Richter?

— HUM... RICHTER. ISSO PARECE UMA PERGUNTA, ACKERLEY. EU DEI PERMISSÃO PARA VOCÊ ME PERGUNTAR ALGUMA COISA?

— Não.

— NÃO O QUÊ?

— Não, senhor!

— AGORA VOU PERGUNTAR DE NOVO, SR. ACKERLEY. PARA QUEM DEVO FAZER A PERGUNTA QUE O SEU TRASEIRO INCOMPETENTE NÃO CONSEGUIU RESPONDER?

— Pergunte ao Richter, senhor!

O sr. Gunthrie endireitou a postura e atravessou a sala até a mesa de Miles.

— RICHTER. VOCÊ PODERIA, POR FAVOR, ME DIZER ONDE ANTHONY BURGESS ESTAVA SERVINDO QUANDO LECIONOU COM ANN MCGLINN E PEGOU AS IDEIAS DELA SOBRE O COMUNISMO PARA ESCREVER *LARANJA MECÂNICA*?

Miles não respondeu de imediato. Ele estava curvado na carteira, se balançando um pouco. Lentamente, ergueu a cabeça e encontrou o olhar do sr. Gunthrie.

Por favor vomite em cima dele, pensei. *Por favor, por favor, vomite no sr. Gunthrie.*

— Gibraltar — disse Miles, então cambaleou para fora da cadeira e correu para a lata de lixo a tempo de vomitar violentamente. Várias meninas gritaram. Tucker puxou o colarinho sobre o nariz.

— Você está bem, Richter? — O sr. Gunthrie soltou o livro, caminhou até Miles e deu tapinhas nas costas dele. Miles cuspiu mais uma vez e colocou a mão no ombro do sr. Gunthrie.

— Sim, estou bem. Devo ter comido alguma coisa estragada no café da manhã. — Ele limpou a boca na manga. — Se eu puder ir ao banheiro... me limpar...

— Claro. — O sr. Gunthrie deu outro tapão nas costas de Miles. — Leve o tempo que precisar. Tenho certeza de que você sabe tudo isso de cor, de qualquer maneira, não sabe?

Miles abriu um sorriso de canto de boca e saiu.

11

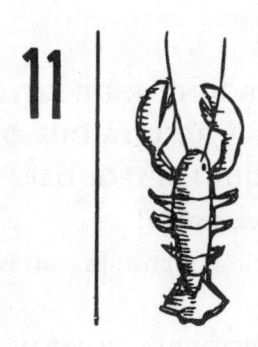

Tucker me encontrou depois do almoço e me assegurou de que Miles estava fazendo um trabalho.

— Um trabalho? Tipo o quê? Máfia?

— Mais ou menos. — Tucker encostou-se na parede do lado de fora do refeitório. — As pessoas pagam para ele fazer coisas. Normalmente relacionadas a vingança. Sabe, roubar a lição de casa de alguém e colar no teto. Colocar peixes mortos no porta-luvas de alguém. Coisas assim.

— Então, o que ele estava fazendo hoje de manhã? — perguntei.

Ele deu de ombros.

— A gente não costuma saber até que aconteça. Uma vez ele escondeu umas cem bexigas cheias de suco de uva no armário da Leslie Stapleford. Quando ela abriu a porta, palitos de dente, ou algo assim, estouraram todas as bexigas e desencadearam uma reação em cadeia. Estragou tudo o que a Leslie tinha.

Anotação mental: ficar de lado quando for abrir a porta do armário.

— Você ouviu o anúncio de hoje? — perguntou Tucker, mudando de assunto.

— Ah, sobre o McCoy contratar alguém para folhear o placar a ouro?

— Isso. Eu falei que ele era louco, não falei? Ouvi dizer que ele faz umas coisas estranhas em casa também — disse ele, com um sussurro conspiratório. — Como aparar o gramado e podar as peônias.

— Peônias? — questionei. — Nossa, ele realmente é uma aberração.

Tucker riu. As portas do refeitório ao lado dele se abriram e Celia Hendricks saiu com Britney Carver e Stacey Burns. Recuei um passo ligeiramente, atrás de Tucker.

— Qual a graça, Beaumont? — ela perguntou com um esgar, como se ele estivesse rindo dela.

— Não é da sua conta, Celia. — Todo o humor deixou o rosto de Tucker. — Você não tem que ir para a reunião das Viciadas em Maquiagem Anônimas?

— Você não tem que ir para o Culto do Quartinho? — ela retrucou. — Ah, espera, eu esqueci, você não tem amigos. Desculpa aí.

As pontas das orelhas de Tucker ficaram rosadas, e ele olhou para Celia, mas não disse mais nada.

— Meu Deus, Beaumont, você é muito esquisito. Talvez se você agisse como uma pessoa normal de vez em quando...

— Eu sou amiga dele — intervim. — E acho que ele é perfeitamente normal.

Celia me olhou de cima a baixo, fixando os olhos em meus cabelos. Então bufou e saiu pisando duro, sem mais uma palavra.

— Você não precisava dizer isso — Tucker resmungou.

— Precisava sim — respondi.

Não há força mais poderosa na escola do que o desacordo imediato de alguém.

•••

O restante do dia passou sem problemas. Miles não reconheceu minha presença. Eu não reconheci a dele.

Seu armário ainda estava fechado e colado quando saí para o ginásio.

Toda a ala oeste da escola era destinada a atividades extracurriculares. O ginásio, a piscina e o auditório eram unidos por corredores que passavam atrás deles e chegavam a uma grande rotunda no centro, ligada ao resto da escola por um corredor principal. Cercando a rotunda havia armários enormes com portas de vidro, cheios de troféus que a escola havia conquistado ao longo dos anos: atletismo, competições de música, fanfarra. Havia fotos em preto e branco das equipes vencedoras com alguns dos prêmios. A imagem que me chamou atenção não tinha troféu e não era de uma competição. Era um recorte de jornal emoldurado. Alguém tinha passado uma caneta marcadora vermelha sobre a garota na foto, escondendo uma parte do rosto, mas dava para ver que ela era bonita, loira e vestia um uniforme antigo de líder de torcida da East Shoal. Estava parada ao lado do placar, que parecia novo em folha.

Abaixo da foto, havia a legenda: "Scarlet Fletcher, capitã das líderes de torcida da East Shoal, ajuda a apresentar o 'placar da Scarlet', em homenagem ao espírito de caridade e boa vontade que seu pai, Randall Fletcher, demonstrou à escola".

A foto estava enquadrada em dourado e exibida em um pequeno pedestal, como se fosse sagrada.

Avistei Miles do outro lado da rotunda. Ele estava fora da lanchonete, conversando com um garoto que eu nunca tinha visto antes. Enquanto eu olhava, eles trocaram alguma coisa rapidamente. Miles deu ao garoto algo fino e dourado e recebeu em troca um punhado de dinheiro.

— O que era aquilo? — perguntei, batendo os pés até Miles, assim que o garoto se afastou. — Parecia muito a caneta-tinteiro do sr. Gunthrie. Não descarto a possibilidade de você ser um batedor de carteiras habilidoso.

Miles ergueu a sobrancelha como se eu fosse um cachorrinho muito divertido.

— Então foi só por isso que você bebeu aquela coisa horrível hoje de manhã? Para roubar a caneta do professor? Por dinheiro?

Ele enfiou as mãos nos bolsos.

— Já terminou?

— Deixe eu ver... — Bati no queixo. — É, terminei. Imbecil.

Comecei a me afastar.

— Alex. Espere.

Eu me virei para trás. Era a primeira vez que ele dizia meu nome. Ele estendeu a mão.

— *Touché* — falou.

Ah, não. A gente não ia entrar nessa. Eu não tinha passado dez minutos colando a porta do armário dele só para admitir depois. Por isso, levantei a sobrancelha e disse:

— Não sei do que você está falando.

Os cantos dos lábios dele se curvaram para cima bem antes de eu me afastar.

Não pode ser ele. Não é ele, é?
Agora não posso prever
Sei que eu já perguntei uma dúzia de vezes, mas... apenas... sim ou não?
Concentre-se e pergunte outra vez
Você tem o dobro de respostas positivas em relação às negativas ou neutras. Como isso continua acontecendo? Não é ele, é?
Melhor não dizer agora
Você já disse isso antes. Vou perguntar mais uma vez: ele é um idiota, por isso não pode ser Olhos Azuis, certo?
Resposta nebulosa, tente outra vez
Resposta nebulosa uma ova.

12

A transição da Hillpark para a East Shoal foi significativamente mais fácil do que eu esperava. Era o mesmo lixo básico de ensino médio, só que envolto em uma embalagem um pouquinho diferente. A única diferença era que tudo na East Shoal era completamente insano.

Aprendi várias coisas no primeiro mês.

Um: o painel do placar era mesmo uma lenda na escola, e o próprio sr. McCoy era uma espécie à parte de louco: ele continuava lembrando a todos do "Dia do Placar", quando deveríamos trazer uma oferenda de flores ou lâmpadas para o placar, como se fosse uma divindade maia raivosa que nos mataria se desobedecêssemos. De alguma forma, ele conseguia encobrir essa insanidade com uma máscara de boas notas e condutas ainda melhores por parte dos alunos da escola. Pelo visto, no que dizia respeito a pais e professores, ele era o diretor perfeito.

Dois: havia um culto inteiramente dedicado à discussão de teorias da conspiração preexistentes, a fim de determinar se eram verdadeiras. Eles se reuniam no depósito dos zeladores.

Três: o culto era presidido por Tucker Beaumont.

Quatro: o sr. Gunthrie, o professor da escola que mais falava as coisas na nossa cara (por causa da gritaria, veja bem), era apelidado de "O General" por causa de sua propensão a discursos irados a respeito da guerra e por empunhar sua estimada caneta-tinteiro dourada como arma. Ele tinha cumprido duas missões no Vietnã e tinha um longo histórico familiar de mortes relacionadas à guerra, o que me deixava quase incapaz de não o chamar de tenente Dan.

Cinco: vinte anos atrás, como a traquinagem da turma de formandos, alguém tinha soltado o píton de estimação do professor de biologia. O animal fugiu para dentro das placas do forro do teto e nunca mais foi visto.

Seis: todo mundo — e, quando digo todo mundo, estou me referindo a absolutamente, positivamente *todo mundo*, desde as bibliotecárias até os alunos, passando pelos funcionários e o zelador mais velho e mais rabugento — se mijava de medo de Miles Richter.

De todas as coisas loucas que eu já tinha ouvido falar sobre a East Shoal, essa era a única em que não conseguia acreditar.

13

Devo ter estabelecido um recorde. Com os puxões de mochila, as tarefas rasgadas e todas as criancices em geral que aconteceram entre mim e Miles, foi necessário apenas um mês para ele me banir para a lanchonete do ginásio com Theo.

Por mim tudo bem, porque: a) eu gostava mais de Theo do que dele; b) eu ficava menos paranoica quando ele não estava por perto; e c) eu não precisava ficar sentada em um ginásio cheio de gente que eu não conhecia. Não demorei muito para me acostumar com Theo — ela era tão eficiente que eu pensei que, se quisesse me fazer mal, já teria feito àquela altura.

Achei que eu tinha um monte de lição de casa, mas era para as costas da Theo estarem quebradas pelo tamanho da mochila dela.

— Sete aulas avançadas, e eu vou fazer de novo os exames de avaliação de desempenho e os de admissão nas faculdades, porque *sei* que me enganaram da última vez — disse ela. — Mantenho todas as outras coisas de que preciso aqui neste bolso, e o meu kit de primeiros socorros fica neste outro...

— Por que você tem um kit de primeiros socorros? — perguntei.

— Quando se tem dois irmãos como os meus, alguém sempre se machuca. — Ela jogou o livro de física em cima do balcão e o abriu.

— Não sei como você faz isso — eu disse. — Você vai para casa depois do clube e faz tarefa a noite toda?

Ela encolheu os ombros.

— Na maior parte do tempo, não. Eu trabalho no turno da noite no cinema. Você não imagina como tem gente que gosta de ver filmes tarde da noite. — Ela fez uma pausa, depois disse com um suspiro: — Meus pais me obrigam.

— Por quê?

Deu de ombros novamente.

— As coisas simplesmente são assim. Sempre foram. Eles queriam que eu cursasse todas as disciplinas avançadas.

— Eles também fizeram você se juntar ao clube?

Theo sorriu.

— Não. Ninguém se juntou voluntariamente ao clube. Exceto a Jetta. O Evan, o Ian e eu fomos colocados aqui quando pusemos laxante no chili do almoço, há dois anos. — Ela riu. — Valeu muito a pena.

Ri pelo nariz. Theo até que era legal.

— Como as outras pessoas entraram aqui?

— Pegaram o Art com maconha no banheiro, mas ele é o melhor lutador que temos, por isso, em vez de ser suspenso da equipe, foi enviado para cá.

— Não pensei que o Art fumasse baseado.

— Isso é porque ele não fuma — disse Theo. — Estava tentando fazer alguns dos seus companheiros de equipe não fumarem, mas deixaram que ele levasse a culpa.

— Será que alguém consegue ser expulso desta escola, ou todos são enviados para ficar sob a guarda do Miles?

— Só ouvi falar de pessoas serem expulsas por motivos violentos, tipo briga, ou por trazer arma para a escola.

— E quanto à Jetta?

Theo olhou para o livro de física e suspirou.

— Acho que a Jetta está aqui por causa do chefe.

— Como assim?

— Ela veio para cá no ano passado e não falava muito bem a nossa língua. O chefe era o único que se preocupava em conversar com ela.

— E quanto ao Miles? — me apressei em perguntar, antes que Theo pudesse se voltar para a lição de casa. — O que ele fez para chegar até aqui?

— Humm? — Ela olhou para cima. — Ah, o chefe? Não tenho certeza. Eu, o Evan e o Ian fomos os primeiros a entrar para o clube, mas o chefe sempre esteve aqui. Ele costumava fazer todas essas coisas sozinho.

De repente ela parou de falar. Miles estava diante da grande vitrine da lanchonete. Ele deixou cair um caderno preto desgastado sobre o balcão e se inclinou para nós.

— Como está o jogo? — Theo perguntou.

— Imagine mil órfãos famintos em um navio afundando no meio de um oceano infestado de tubarões, e você vai chegar perto do quanto eu não quero estar lá — disse Miles ironicamente. — Eu ouço o Clifford falar sobre a bunda da Ria a cada quinze segundos. Eles namoram desde o sétimo ano. Seria de pensar que ele já tivesse superado isso.

— Hummm.

— Estou entediado — disse Miles.

— Qual é a novidade? — perguntou Theo.

— Vamos jogar Cinco Perguntas.

Theo fechou o livro com uma pancada.

— Por quê, posso perguntar? Isso não vai deixar você nem um pouco menos entediado. E a gente poderia muito bem começar a chamar de Três Perguntas, porque você não precisa mais de cinco.

— O que é Cinco Perguntas? — indaguei.

— É igual a Vinte Perguntas, mas não fazemos vinte porque o chefe termina em cinco — disse Theo. — Escolhi alguém. Vai.

— Você é um presidente? — perguntou Miles.

— Sim.

— Seu primeiro e último nome começam com a mesma letra?

— Sim.

— Você é Ronald Reagan.

— Está vendo? — Ela jogou as mãos para o alto. — Duas! Duas perguntas!

• • •

Eu não me importava de não ter muitas responsabilidades no clube, contanto que Miles continuasse relatando que eu estava fazendo o que tinha de fazer. Isso me dava mais tempo de escrever redações prolixas para me inscrever nas faculdades, a respeito de como minha doença me moldava. Minhas montanhas noturnas de lição de casa deixavam a Torre de Babel parecendo ser feita de palitos de dente, e isso só era agravado por meu trabalho noturno no Finnegan's. O Finnegan's não era tão ruim em si, mas, assim que Miles entrava empertigado, eu tinha uma vontade súbita tanto de me esconder como de colocar sabão na comida dele.

Toda vez que eu passava por Miles, tinha a nítida sensação de que ele iria esticar a perna para eu tropeçar. Ele não fazia isso, claro, porque não seria sutil de forma alguma e não era o estilo de Miles Richter. Lixas de unha, podadeiras e lança-chamas caseiros eram mais a cara dele.

Entreguei seu hambúrguer e voltei para detrás do balcão, onde fiz a seguinte pergunta à Bola 8 Mágica: *Miles Richter vai tentar me matar?*

Muito provavelmente, ela respondeu.

No fim de setembro, tínhamos aulas regulares no laboratório todas as semanas. Olhei para Miles algumas vezes enquanto ele fazia tabelas no caderno de anotações. Estava debruçado, óculos escorregando pelo nariz, mão esquerda curvada ao redor do caderno para que pudesse escrever de maneira adequada. Suas mangas estavam arregaçadas, e notei pela primeira vez que seus antebraços também eram sardentos. Será que eram quentes? Pareciam ser. As mãos de Olhos Azuis eram quentes. Havia dez centímetros entre minha mão e o braço dele — dez centímetros e eu saberia com certeza.

Não faça isso, idiota. Não se atreva a fazer isso.

Sufoquei o desejo e, em vez disso, fiz uma pergunta.

— Então. Você sabe mesmo falar outra língua?

Eu não o tinha ouvido falar com aquele sotaque estranho desde o primeiro dia, mas sabia que ele e Jetta andavam falando alemão.

— Onde você ouviu isso? — Miles não olhou para cima.

— É verdade?

— Talvez. Depende de quem te disse.

— Fui eu mesma que percebi — respondi. — Não foi difícil. É alemão?
Ele bateu a caneta no caderno.

— Por que você está aqui, exatamente?

— Porque me colocaram nesta classe. Não olhe para mim como se fosse culpa minha.

— Por que você está aqui? Nesta escola? No clube? — Sua voz era baixa demais para nossos vizinhos do outro lado da bancada ouvirem. — O que você fez?

— O que *você* fez? — retruquei. — Porque deve ter sido muito estranho, se eles te mandaram cuidar do clube inteiro sozinho, sem um professor supervisor.

— Nada — disse ele.

— E falando sério?

— Falando sério, nada. Agora, por que você não respondeu a minha pergunta, já que parece tão determinada a conseguir informações de mim, mas se recusa a dizer qualquer coisa de você?

Olhei para o carbonato de cálcio.

— Eu pintei o piso do ginásio com spray.

— Pintou o quê?

— O piso do ginásio, acabei de falar.

— O *que* você pintou no piso do ginásio? — Algumas palavras pareceram sair com sotaque.

— Palavras.

Dei um sorriso radiante para a expressão irritada na cara dele. Zombar de Miles valia inexplicavelmente a pena. Voltei-me para o bico de Bunsen e o ouvi queimar.

• • •

Durante as noites de jogos, a lanchonete tinha momentos ocasionais de calmaria, por isso Theo e eu nos entretínhamos construindo pirâmides de copos de plástico e conversávamos sobre a aula de inglês.

Descobri que Theo escrevia para o jornal da escola, e era por isso que eu sempre a via conversando com Claude Gunthrie, o editor. ("Eu sei que ele parece meio que constipado o tempo todo" — ela derrubou uma pilha de copos em meio a seu entusiasmo —, "mas você ainda não viu os bíceps dele. Meu Deus, são lindos.")

— Sinto como se eu tivesse de ficar tomando cuidado naquela aula, sabe? — eu disse. — Tive uma intuição estranha sobre a Ria desde que as aulas começaram. — Ria sentava perto de mim na classe, mas tudo o que eu já a vira fazer era pestanejar os cílios para Cliff e rir como uma espécie de autômato bobalhão movido a café com leite.

— A Ria não é tão ruim assim — disse Theo. — À primeira vista parece que sim. Ela é popular, mas não fica com frescura entre nós, seres inferiores. A menos que esteja procurando uma distração do Cliff.

— Por que ela precisa de uma distração do Cliff?

— Eles namoram desde o sétimo ano, mas o verdadeiro drama só começou no primeiro do ensino médio. Maior. Festival. De merda. No ventilador. De todos. Os tempos. Ela sempre o acusa de traição. Ele sempre a trata como um troféu. Aí, tipo, uma vez por ano, ela sai em busca de um cara qualquer para transar com ela e fazer ciúme para o Cliff. O Cliff vai atrás do cara, enche ele de porrada, e depois Cliff e Ria fazem as pazes e todo o ciclo recomeça. — Theo se esticou toda para colocar um copo no topo da pirâmide. — Não, as pessoas com quem você realmente precisa tomar cuidado são a Celia e as Gêmeas Siamesas.

As comparsas de Celia, Britney e Stacey, poderiam ser unidas pelo quadril. Eu conseguia diferenciar os irmãos de Theo com muito mais facilidade do que aquelas duas. Dei a volta e aumentei a base da pirâmide.

— A Celia lança uns olhares para o Miles na aula de inglês. Como se quisesse devorá-lo.

Theo estremeceu.

— Não mencione isso quando o chefe estiver por perto. Ela é obcecada por ele desde o primeiro ano, desde que começou a ficar esquisita. Nunca assumiu explicitamente, mas a gente percebe.

— Bom, ela é uma vaca e ele é um babaca; eles são perfeitos um para o outro — comentei, sorrindo.

Theo me lançou um daqueles olhares, aqueles que os pais lançam aos filhos quando a criança está falando de algo que eles não entendem. Aquele olhar doeu mais do que achei que doeria; eu me mexi e me escondi atrás da pirâmide, sentindo o rosto queimar. O que eu tinha dito? Qual era a dessa história que eu não estava entendendo?

— Entediado de novo? — Theo perguntou de repente. Miles estava no balcão, ainda segurando o caderno preto esfarrapado.

— Eu odeio vôlei — disse ele.

Ela sorriu maliciosamente.

— Não, você odeia a Ria Wolf. Não desconte sua raiva no pobre esporte.

Miles lançou a ela o mesmo olhar irritado que tinha me mostrado mais cedo e tamborilou os dedos longos, com impaciência, sobre o balcão.

Theo revirou os olhos e continuou aumentando a pilha.

— Pensei em alguém — disse ela.

— Você estava vivo no século passado?

— Sim.

Miles apoiou o queixo em cima do caderno, parecendo-se muito (como eu não pude deixar de notar) com um menino travesso que sabia estar prestes a ganhar um jogo. Um menino de sardas douradas e olhos azuis.

— Você era um líder dos Aliados na Segunda Guerra Mundial?

Ouvi Theo ranger os dentes.

— Sim.

— Você é Chiang Kai-shek.

Theo jogou o copo, e toda a pirâmide desmoronou.

— Por que você não disse Churchill? Caramba, era para você responder Churchill, ou Roosevelt, ou Stálin!

Miles apenas ficou olhando para ela. Theo grunhiu alto e se virou para me ajudar a recolher os copos.

• • •

Foi na aula de inglês, uma semana depois, que a coisa possivelmente mais estranha de todas aconteceu.

Quando tentei me sentar, em vez de encontrar a cadeira, me encontrei no chão, em uma posição bem dolorosa. A barra que ligava a mesa e a cadeira tinha sido parcialmente cortada de um dos lados, por isso meu peso quebrou o resto. Por um segundo, pensei que eu estava imaginando. As pessoas estavam olhando para mim. Xinguei baixinho, me levantei, empurrei a carteira destruída até o fundo da sala e puxei outra que não estava sendo usada.

O sr. Gunthrie nem sequer levantou os olhos do jornal. Miles, sempre educadamente alheio, fingiu que nada havia acontecido e continuou escrevendo no caderno preto.

Isso também significava que ele não estava prestando atenção quando cheguei em sua mochila e esvaziei um tubo cheio das formigas-lava-pés que eu tinha encontrado num formigueiro na floresta. Como fazíamos seis aulas juntos, não tinha como eu não ver a reação.

Essa não era a parte esquisita.

Celia Hendricks, sempre à espreita, se materializou ao lado da mesa de Miles. Ela fez aquela sequência estranha de jogar e torcer o cabelo, como se tivesse aprendido a paquerar numa revista adolescente. Miles olhou feio para ela.

— O que você quer, Hendricks?

Celia mostrou um sorriso encantador.

— Oi. Vou fazer a minha festa da fogueira em breve. Vamos ter um placar falso para pichar e tudo o mais. Você devia ir.

— Todo ano eu digo que não. Por que deveria dizer sim agora?

— Porque vai ser divertido! — ela choramingou. Celia tentou tocar o braço dele, mas Miles recuou. Eu poderia jurar que ele estava prestes a rosnar para ela.

— Saia da minha mesa, Celia.

— Por favooor, Miles. O que eu posso fazer para te convencer a ir? — A voz ficou baixa, e ela o olhou em meio aos cílios. Celia se inclinou sobre a mesa. Miles fechou o caderno com um estalo antes que ela pudesse olhar dentro dele. — Qualquer coisa — disse ela. — Fala.

Miles fez uma longa pausa. Em seguida, apontou o polegar sobre o ombro e disse:

— Convide a Alex. Aí eu vou.

A expressão da Celia mudou tão depressa que eu quase não vi. Em um segundo ela estava tentando seduzir Miles; no seguinte, olhou feio para mim, como se eu devesse ser empalada em uma lança, então finalmente se acomodou em uma espécie de surpresa confusa.

— Ah! Bom... Você promete? — Celia estava bem diante de Miles. Ele se inclinou para trás. Tive a imagem imediata de uma idiota encurralando uma víbora irritada.

— Claro. Prometo — disse ele, venenosamente.

— Legal! — Celia tirou um cartão do bolso da camisa, estendeu-o por sobre o ombro de Miles e me ofereceu. Ela estava claramente em uma missão para conseguir enfiar o decote na cara dele. Deixei-o se contorcer por mais tempo que o necessário antes de, enfim, pegar o cartão. Ela desceu da mesa dele. — Mal posso esperar para te ver lá, Milesinho!

Ri pelo nariz.

Ele olhou para mim.

— Milesinho? — perguntei. — Posso te chamar assim?

— É melhor você aparecer — disse ele, o olhar inexpressivo e frio.

• • •

A fogueira de Celia só aconteceria em meados de outubro, no Dia do Placar. Levei muito tempo para decidir ir, e foi só depois de consultar a Bola 8 Mágica do Finnegan's (*Sinais indicam que sim*) e de muito estímulo do restante do clube. Exceto Miles, é claro, que só considerou necessário insistir uma vez. (Dias depois, ele ainda tinha uma variedade maravilhosa de vergões vermelhos no dorso da mão direita.)

O fato de que o clube queria que eu fosse fazia parecer que eu não estava usando a festa como desculpa para deixar minha mãe e minha terapeuta felizes, mas que, na verdade, eu queria passar tempo com...

Com amigos.

Eu ficaria completamente paranoica enquanto estivesse lá, mas minha mãe estava tão extasiada com a ideia que eu sabia não haver a menor chance de dar para trás. Parecia que algumas das sinapses dela tinham explodido quando perguntei se eu podia ir, porque ela ficou lá, olhando fixamente para mim por um minuto antes de perguntar se era para levar comida e quanto. Ela ligou com a boa notícia para minha terapeuta, que imediatamente quis falar comigo e perguntar por que eu tinha tomado a decisão e como me sentia a respeito.

Minha mãe também disse que ia me levar, mas eu a dispensei; Theo já havia oferecido carona, e eu aceitara. Ter minha mãe e seu carro grande e antigo me deixando na frente de uma casa enorme em um dos bairros mais ricos da cidade, em uma festa para a qual eu não tinha sido realmente convidada, seria mais que suficiente para fazer meu estômago despencar.

Na quarta-feira anterior à festa, Theo colocou a lição de casa de lado para me dizer o que esperar da fogueira.

— Não coma nada da comida — ela disse ao entregar o cachorro-quente de um freguês. — Nem de brincadeira. Coma antes de ir. E não beba nada.

Bem, isso certamente não seria problema. Eu quase agradeci Theo por me dar uma desculpa para ser paranoica com comida.

— Por quê? Ela põe veneno?

— Não existe nenhuma garantia de que alguém não vá tentar te dar um "boa noite, cinderela". — Theo se virou para encher a máquina de pipoca. — Você vai ficar bem. Só não coma nem beba; fique na moita.

Então era minha rotina normal.

— Ah, e não vá lá pra cima — acrescentou Theo.

— Por que eu iria lá pra cima?

— Só não vá, tá bom?

— Tudo bem, tudo bem.

— De qualquer forma, todo mundo só vai a essas festas para destruir o placar falso e ter histórias para contar sobre coisas malucas. As festas da Celia rendem histórias melhores que a própria Celia.

A ideia toda de *coisas malucas* acontecendo em festas com "boa noite, cinderela" e subidas questionáveis não me deixava muito à vontade, mas, se eu tentasse voltar atrás agora, minha mãe e a terapeuta cairiam em cima mim como cães de caça. Basicamente, eu não tinha saída a não ser ir.

— PUTA QUE PARIU, QUE TÉDIO.

— Lá vem ele. — Theo nem sequer ergueu os olhos quando Miles virou a esquina e jogou o caderno em cima do balcão. — Acho que xingar não vai ajudar — ela lhe disse.

— Talvez ajude, porra. — Miles fervia de raiva. — Eu odeio todo mundo naquele ginásio. Escolha alguém.

— Não, eu não quero brincar.

— Não vai demorar.

— É por isso que eu não quero brincar.

— Posso escolher alguém? — Levantei a mão. — Pode ser que você precise de mais que cinco perguntas.

Miles arqueou a sobrancelha.

— Ah, você acha?

— Se você acertar em cinco, vou ficar totalmente impressionada.

Ele se inclinou sobre o balcão, parecendo ansioso. Ansioso de um jeito estranho, estranho demais. Não que ele quisesse esfregar minha cara no chão. Nem que soubesse que iria me derrotar. Apenas... animado.

— Tudo bem — disse ele. — Você é ficcional?

Pergunta ampla. Ele não me conhecia tão bem quanto conhecia Theo, por isso era de esperar.

— Não — respondi.

— Você ainda está vivo?

— Não.

— Você é um líder?

— Sim.

— Sua civilização foi conquistada por uma nação europeia?

— Sim.

— Você... é um líder olmeca?

— Como você foi tão *longe*? — Theo deixou escapar, mas Miles a ignorou.

— Não — respondi, tentando não o deixar perceber como tinha chegado perto. — E os olmecas não foram conquistados pelos europeus. Eles se extinguiram.

Miles franziu a testa.

— Maia?

— Não.

— Inca.

— Não.
— Asteca.
— Sim.

Os cantos de seus lábios se curvaram para cima, mas ele disse:

— Não era para eu precisar de tantas perguntas. — E então: — Você encontrou o Tlalocán?

— Não.
— Você reinou depois de 1500?
— Não.

Theo observava a conversa como uma partida de tênis.

— Você é Ahuitzotl?
— Não. — Sorri. Esse garoto conhecia história.
— Tízoc?
— Não.
— Axayácatl?
— Não.
— Montezuma I?
— Não.
— Itzcóatl?
— Não.
— Chimalpopoca?
— Não.
— Huitzilihuitl?
— Que raios você está dizendo? — Theo gritou.

Ele havia isolado uma porção dos imperadores astecas e enumerado um por um até restar apenas o último. Mas agora faltavam três perguntas, duas das quais ele não precisava.

Por que ele não tinha feito outro recorte? Com certeza ele poderia ter restringido as opções e não chutado todos os imperadores. Era algum tipo de teste? Ou era... ele estava se exibindo?

— Você é Acamapichtli.

Vi um brilho fanático nos olhos dele, e um sorriso brincando em seus lábios. Ambos foram embora assim que eu disse:

— Quase vinte. Foi por pouco, mas eu quase ganhei de você.

— Nunca mais vou participar desse jogo — disse Theo, suspirando e retornando à lição de casa.

O menino do tanque de lagostas desapareceu do rosto de Miles.

> *Por que ele me convidou?*
> **Muito provavelmente**
> *Queria que você pudesse dizer mais do que sim ou não.*

14

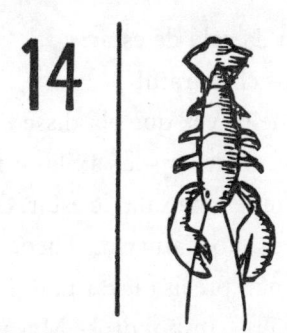

Charlie se plantou na porta do meu quarto, com as mãos na cintura e a cabeça de um bispo preto presa entre os dentes.

— Posso ir com você?

— Essa não é o tipo de festa para uma criança de oito anos.

— O que isso significa?

— Significa *não*. — Eu me abaixei de novo no guarda-roupa raso, à procura de alguma coisa diferente para vestir. Jeans velhos cobriam o chão, e camisas estavam penduradas, tortas, nos cabides. Um par de pantufas esfarrapadas em formato de gatos alaranjados se enrodilhava debaixo de um moletom puído. As pantufas ronronaram quando meu pé roçou nelas de leve.

— Por que não? — Charlie bateu o pé. Suas bochechas eram redondas e estavam vermelhas. Com aquela expressão no rosto e o corpinho minúsculo, ela parecia mais perto de quatro anos, não oito.

— Por que você está tão reclamona hoje? Normalmente você desiste depois de um tempo.

Ela não olhava para mim.

— Você está chorando?

— Não! — Fungou.

— Não vou te deixar para sempre, eu volto mais tarde. — Finalmente decidi que seria mais fácil não trocar de roupa, puxei o moletom XXG dos

"Espartanos da Lacônia" de cima das pantufas de gato (que silvaram) e o vesti.

Minha mãe chamou da sala de estar:

— Alex! Seus amigos chegaram!

Deve ter sido a primeira vez que ela disse essas palavras nessa ordem em toda sua vida. Peguei Charlie pelas axilas e a levei para o corredor, depois a coloquei sobre o tapete na sala de estar. Os trigêmeos esperavam no final da entrada de carros, no Camry da Theo.

— Tem certeza que não precisa levar nada? — perguntou minha mãe.

— Vou ficar bem, mãe — respondi. — Mas ultimamente ando morrendo de vontade de tomar aqueles achocolatados de garrafinha. — Eu tinha que fazer os pedidos enquanto ela ainda estava naquela onda de normalidade. — Até mais tarde. Se o papai ligar, diga que foi numa hora péssima.

— Eu quero ir! — Charlie puxou a perna da minha calça.

— Você não pode. É uma festa de gente grande — eu disse.

— Eu não tenho quatro anos! — ela gritou, o bispo preto dançando nos lábios.

— Não — respondi —, você tem oito. E precisa parar de mastigar essas coisas. Você vai se asfixiar.

As sobrancelhas da minha mãe se vincaram de preocupação logo antes de eu sair pela porta. Talvez ela se preocupasse mais com o que aconteceria na festa do que deixava transparecer.

Estar em um carro com Theo e os irmãos dela era como me fechar em um cofre de banco com trinta quilos de dinamite e um pavio aceso. Theo me fez sentar no banco da frente, mas mesmo assim parecia que Evan e Ian estavam perto demais. Os três cantaram canções de bêbado ensurdecedoras por todo o caminho, e só pararam quando Theo virou em Downing Heights.

Downing Heights era o bairro mais rico da cidade. Todas as casas ali eram enormes, impecáveis e brancas como casca de ovo, mas não demorou muito para descobrirmos qual era a de Celia. Carros se alinhavam dos dois lados da rua, ao longo de ambos os lados de umas dez casas. Theo estacionou, e caminhamos para a mansão enorme e sem graça de dois andares, no centro de todo o caos.

Um mau pressentimento girou em meu estômago. Eu nunca tinha ido àquele bairro antes, e olhos me observavam dos espaços escuros em meio aos jardins. Cerrei os punhos na barra do moletom.

Música pulsava em um ritmo constante, saída de um enorme aparelho de som na varanda de trás; a fogueira crepitava logo adiante. Dentro da casa, luzes piscavam, e as pessoas iam e vinham por todos os tipos de portas e janelas, como moscas em um dia quente.

— Fique calma — disse Evan, sorrindo, enquanto nos liderava pelo caminho até a casa.

— Não vá lá em cima — disse Theo.

— E não. Ponha. Nada. Na boca — Ian terminou. E logo os trigêmeos tinham desaparecido, sugados para dentro da multidão além da porta. Corpos estranhos pressionavam ao redor de mim por todos os lados.

Ali, minha verificação de perímetro não serviria para nada. Eu mal podia enxergar a um metro e meio na frente do nariz. Olhar pessoa por pessoa em busca de armas seria mais que impossível. Eu estava com minha câmera, escondida no bolso do moletom, mas não serviria para muita coisa. Eu nunca me lembraria do que tinha visto e do que não tinha.

Fui deslizando entre corpos suados e vozes ruidosas, procurando um rosto familiar. Pensei ter visto Tucker e fui em direção a ele, mas, quando cruzei toda a sala, ele tinha desaparecido.

Enquanto margeava a sala de jantar cercada de cristaleiras elaboradas, eu me perguntava onde os pais de Celia estavam e se sabiam exatamente quantas latas de cerveja estavam empilhadas em sua mesa de jantar de mogno envernizada. (Resposta: setenta e seis.)

A escada curvada ficava no canto da sala de jantar; o andar de cima parecia muito mais silencioso e menos cheio de álcool do que o andar de baixo. Eu sabia o que Theo havia dito, mas, a menos que alguém fosse armar uma emboscada para mim, não via razão alguma para não subir.

No topo da escada, havia um corredor gloriosamente silencioso, ladeado de portas dos dois lados. A maioria estava fechada. Provavelmente quartos. Mais ou menos no meio do caminho, havia uma mesa estreita coberta de porta-retratos. Vi Celia neles — Celia *sorrindo* —, mas, antes que pudesse chegar perto, uma voz feminina flutuou para fora de um quarto adiante.

— Pare de se contorcer! Cale a boca e fique parado... Achei que você ia fazer o que eu disse.

Eu me aproximei da porta na ponta dos pés e abri um pouquinho, até ter uma visão dos ocupantes do quarto. Havia uma cama. E, sobre a cama, Ria Wolf estava seminua, sentada em cima de um cara seminu que definitivamente não era Cliff Ackerley. Ria, de costas para mim, endireitou a postura e jogou o cabelo sobre o ombro.

Eu me afastei da porta e corri para as escadas. Minha — era sobre *isso* que Theo tinha falado, o plano de vingança de Ria — nossa. Fala sério. Minha pele se arrepiou quando cortei caminho através do emaranhado de corpos no pé da escada. Corri para a cozinha branca e brilhante e fugi para a varanda dos fundos.

Todo mundo estava ou amontoado em volta do aparelho de som, ou da tabela de dois metros no gramado, que havia sido pintada para se parecer com o painel do placar. Cerveja, embalagens de doces, canhotos de ingressos de cinema velhos e uma cueca suja tinham sido deixados no chão em volta do placar, como oferendas. Um arco-íris de pichação fluorescente cobria a parte da frente. Palavrões, desenhos de pênis, sugestões obscenas sobre o que McCoy poderia fazer com seus genitais. Nada que a gente não fosse encontrar entalhado na carteira de um garoto comum. Várias pessoas estavam ocupadas pintando com spray pink as palavras "Rich Cretino McCoy Para Sempre" na parte inferior.

Eu só conseguia pensar no Incidente da Pichação no Ginásio da Hillpark. Não fora exatamente meu momento de glória. Segui para o gramado. O silêncio noturno e o crepitar da fogueira criavam uma espécie de barreira contra a música barulhenta na varanda. Três bancos estavam dispostos em um triângulo ao redor do fogo: um tinha sido esmagado no meio por uma bola de boliche que ainda estava entre as duas metades; outro estava ocupado por um casal tão enrolado em torno de si mesmo que eu precisaria de um pé de cabra para separá-los. Quantidades astronômicas de cocô de pássaro cobriam os bancos, mas o casal não parecia se importar, e as bolas de boliche tendiam a ser surpreendentemente desatentas.

O terceiro banco tinha apenas um ocupante, sentado de costas para mim, olhando o marshmallow em seu espeto queimar e ficar preto no fogo.

Quando percebi quem era, meu coração subiu e desceu e eu considerei voltar para dentro antes que o marshmallow flamejante pudesse ser transformado em arma. Mas então ele se virou, me viu e levantou a sobrancelha — *aquela maldita sobrancelha que eu queria arrancar dali imediatamente.*

— Pode sentar aqui, se quiser. — Miles deslizou para uma extremidade do banco. Havia algo estranho, contido, em sua voz. Ele parecia normal. Calmo. Como se fôssemos amigos ou algo assim.

Sentei-me na outra ponta do banco ("a outra ponta" significava quinze centímetros de distância), verifiquei-o da cabeça aos pés, para garantir que não havia objetos cortantes, e puxei meu cabelo. Se ele era minha única referência de normalidade nesta festa do inferno, eu aceitaria. Ele havia abandonado o uniforme escolar em favor de jeans desgastados, botas de trabalho de solado grosso, uma camisa de beisebol branca e azul e uma jaqueta estilo aviador, grossa, que parecia saída da Segunda Guerra Mundial.

— O que te traz para perto da fogueira? — perguntou, erguendo o espeto e observando o marshmallow queimar sem o menor sinal de interesse.

— Está cheio demais. — Eu não sabia o que ele estava pretendendo, se é que pretendia alguma coisa, ou se iria voltar ao antigo Miles de costume. — E muito barulhento. A mentalidade de massa está correndo solta lá dentro.

Miles resmungou.

— E aí, por que você fez a Celia me convidar? — perguntei. — Não posso acreditar que você esteja tão desesperado assim por companhia.

Ele deu de ombros.

— Não sei. Na hora me pareceu uma boa ideia. Considere um troco. — O marshmallow caiu nas profundezas do fogo. Ele se alarmou por um segundo. — Eu pedi folga do trabalho para isso aqui. Seria de pensar que, com todo o consumo de álcool e as pessoas se apalpando... — ele acenou para nossos amigos no banco ao lado, que precisavam de um pé de cabra — ... e o sexo anônimo no quarto, seria um pouco mais interessante.

Estremeci.

— Eu definitivamente flagrei alguém dentro de um quarto no andar de cima.

Miles fez um som de tosse estranha, como se estivesse segurando uma risada. Eu nunca o ouvira rir.

— Você deu de cara com eles? O que eles fizeram?

— Na verdade eu não entrei. A porta estava aberta e eu ouvi alguém falando.

— Quem era?

— A Ria. Não sei quem era o cara, mas não era o Cliff.

As sobrancelhas de Miles formaram uma linha dura sobre os olhos. O segundo marshmallow caiu. Ele pegou um terceiro.

— Quem quer que fosse, espero que não se importe de ter a cartilagem do nariz alojada no fundo do crânio. O Cliff sabe ser territorial.

— Parece que você já vivenciou isso. Tem alguma coisa a ver com o motivo de você odiar a Ria? Ahh, você foi um daqueles caras? Os que ela... tipo...

— Não. — Seu olhar era mortal. — Eu odeio a Ria porque a cabeça dela é vazia, com exceção de vôlei e coisas brilhantes. E odeio o Cliff pela mesma razão, só que, no caso da cabeça dele, só tem futebol americano, em vez de vôlei, e sexo, em vez de coisas brilhantes.

Certamente não tinha demorado muito para o Miles Maléfico se mostrar novamente. Ele não disse mais nada. Nós ficamos sentados em silêncio por alguns minutos, ouvindo o estalar do fogo, a música que vinha do deque e os ruídos vindos do casal do banco, em desempenho total. Mesmo com os amassos deles logo ali e com a bola de boliche tão ostensiva, eu ainda queria tirar fotos de tudo aquilo.

Miles queimou mais três marshmallows.

— Acho que a Celia pode te odiar neste momento — disse ele, finalmente.

— Sério? Eu não tinha certeza... O olhar de víbora que ela me lançou quando você a fez me convidar não foi suficiente para passar a mensagem, acho. — Peguei um espeto e enfiei a ponta na lenha. — Qual é o problema dela, hein? Ela fica se mostrando para você. É sua ex-namorada ou algo assim?

— Não. Eu nunca... — Ele mudou a marcha em um piscar de olhos. — Ela sempre foi assim. Não sei por quê.

— Ela gosta de você. — Eu me mantive firme ao que tinha dito para Theo, mesmo que ela achasse estranho.

— Isso é... ridículo.

— Ah, então você também acha? — indaguei.

Miles olhou para mim.

— Você me odeia?

A pergunta foi tão repentina, e a voz saiu tão inexpressiva e destituída de emoção, que fiquei me perguntando se ele sequer desejava minha resposta.

— Hum. Você é meio que um idiota.

Ele não parecia convencido.

— Tá, tá, você é um babaca completo. É o maior imbecil do planeta. É isso que você queria ouvir?

— Não, a verdade já serve.

— Beleza. Você é um idiota. — *E tem olhos bonitos.* — Mas não, eu não te odeio. — Passei a me concentrar bastante em fazer pilhas com as cinzas. Eu não queria olhar para ele novamente, mas sentia seus olhos em mim. — Acho que estripar meus livros foi um passo longe demais.

— E colar a porta do meu armário não foi? Bom trabalho em não admitir, falando nisso.

— Obrigada. Como está sua mão?

— Melhor — disse ele. — *Animalia Arthropoda Insecta Hymenoptera Formicidae Solenopsis.* Aquelas filhas da mãe. Sorte que eu não sou alérgico àquelas malditas coisas. Se eu tivesse uma reação, teria processado você.

— E pra que um garoto rico como você processaria uma garota pobre como eu?

A ponta do espeto de Miles bateu no chão ao lado do fogo. Ele voltou a atenção para mim.

— O que te faz pensar que eu sou rico?

Dei de ombros.

— Você é um pirralho mimado? É filho único? Seus sapatos estão sempre engraxados? — Era verdade, a camisa nunca estava amassada, a gravata era reta, a calça era passada a ferro e os sapatos eram mais pretos e mais brilhantes que os de qualquer outra pessoa. E o *cabelo...* não vamos nem começar a falar do cabelo, porque ele parecia ter saído direto do chuveiro todas as manhãs e feito um penteado artístico para que secasse da maneira mais perfeitamente desarrumada possível. Como um cabelo de travesseiro, só que bonito, se fosse possível. Onde quer que ele estivesse, com certeza se dedicava muito a ficar com uma boa aparência.

— Meus sapatos estão sempre engraxados? — perguntou ele, incrédulo. — É por *isso* que você acha que eu sou rico? Porque gosto de *sapatos brilhantes*?

Dei de ombros novamente, e o calor começou a tomar meu rosto.

— E às vezes há uma boa razão para alguém ser filho único, por isso nem vá por esse lado.

— Tudo bem! — Levantei as mãos. — Desculpa, tá? Você não é rico.

Miles se virou para o fogo. Outro silêncio nos envolveu, mas esse também não foi estranho. Apenas muito, muito pesado. Como se um de nós precisasse ter ficado falando até que esgotássemos o assunto.

— Exatamente quanto você é boa em história? — perguntou Miles, seu tom de voz novamente brando e indiferente.

— Depende. Existe um monte de história. O que você quer saber?

— Tudo — disse ele, mas, antes que eu pudesse perguntar que raios aquilo significava, acrescentou: — Quem foi o décimo quarto presidente dos Estados Unidos?

— Franklin Pierce. O único presidente de New Hampshire.

— Qual era o nome do segundo filho dele e do que a criança morreu?

— Ben... não, Frank... Robert Pierce. Frank Robert Pierce. Morreu de... tifo.

— Com que idade?

— É... quatro anos? Cinco? Não lembro. Por que você está tão interessado no segundo filho de um presidente obscuro?

Miles sacudiu a cabeça e desviou o olhar, mas também sorriu. Estranho, torto, mais um esgar do que um sorriso, na verdade, mas tinha servido. Até onde iria a inteligência dele? Um gênio, mas em quê? Parecia que ele era bom em tudo; ajudava Theo em cálculo, poderia destruir em química sem pestanejar, dormiu o ano todo e tirou dez em inglês, e tudo o mais parecia deixá-lo entediado. Ele sabia o nome Huitzilihuitl. (E, mais importante, sabia pronunciá-lo.) Ele sabia *tudo*.

Exceto a verdade sobre mim. E precisava continuar assim.

Fixei os olhos no fogo, mas fui rapidamente distraída pelo casal do pé de cabra; roupas estavam sendo removidas, e, se a expressão de Miles dizia alguma coisa, eles iriam virar churrasquinho se fossem adiante.

Um segundo depois, isso não importava. O barulho no deque aumentou em nossa direção, e, antes que eu pudesse considerar sair correndo, Celia Hendricks deslizou para o banco a meu lado e alguém deslizou do outro lado de Miles. Assim, os quinze centímetros entre nós desapareceram. Fomos esmagados um contra o outro, meu ombro em sua axila, seu braço apoiado atrás de nós, minha perna quase em cima da dele. Aparentemente, todo mundo que estava na varanda dos fundos fez um círculo em volta do fogo.

Congelei no lugar. Eu nunca tinha estado tão perto de tanta gente. Com exceção de Charlie. Eu não deixava nem mesmo minha mãe chegar tão perto de mim.

O pescoço e as orelhas de Miles tinham ficado vermelhos. Aquilo também devia estar sendo uma tortura para ele. Por causa das pessoas amontoadas ao nosso redor, eu provavelmente parecia que tinha me jogado em cima de Miles, e ele provavelmente parecia que queria.

— Bom. Isso é estranho — disse ele.

Os trigêmeos riram em algum lugar atrás de nós. Miles e eu giramos no lugar ao mesmo tempo. Ele bateu o queixo na minha testa e soltou um gemido.

— Meu Deus, sua cabeça é feita de aço?

— Por quê, está tentando arrancá-la? — retruquei, esfregando a testa. Os trigêmeos já estavam a caminho, borrões loiros no meio da multidão.

A mão de alguém se cravou em minhas costelas.

— E aí, pessoal! — Celia mostrou duas fileiras de dentes brancos. — Estão gostando da festa?

— Está... hum... demais — disse eu, quando Miles agarrou minha perna e puxou-a sobre a dele, para aliviar meu peso de cima de sua caixa torácica. Perdi o equilíbrio, e ele agarrou minha perna novamente para me firmar. A perna em questão se transformou em geleia.

Gente estava em toda parte atrás do banco, formando uma barreira para qualquer fuga. Eu mal evitei dar um soco em Celia. Não percebi que estava me apertando mais forte em Miles até ele tossir e inclinar o queixo para cima, a fim de se desviar de minha cabeça.

O cheiro de tabaco e lascas de madeira encheu meu nariz. A jaqueta dele. Era o tipo de cheiro que eu só tinha sentido antes nos colegas de história dos meus pais, fumantes de cachimbo e escavadores de terra. Eu estava perto o suficiente dele para sentir o aroma de mais alguma coisa... massa folhada. E mais uma. Sabonete de menta. Era como se alguém tivesse misturado todas as coisas mais cheirosas do mundo e feito Miles se banhar nelas.

— Me tira daqui — ele murmurou. O braço que estava apoiado atrás de mim caiu, e sua mão foi passando pela lateral do meu corpo. Fui ficando toda arrepiada. O rosto de Miles ficou vermelho. — Desculpa... o braço estava ficando cansado...

Estávamos nariz com nariz. Nariz reto. Queixo quadrado. Olhos claros. *Sim*, pensei, *sim, muito bonito. Beleza confirmada.*

— Vou tentar encontrar um jeito de sair — eu disse, sem fôlego, girando o corpo. Minha tarefa ficou muito mais difícil por causa da Celia, que ainda tentava chamar a atenção de Miles.

E também pelo lampejo de luz atrás dela, o cheiro pungente de cabelo queimado e alguém gritando:

— VOCÊ ESTÁ PEGANDO FOGO!

15

Os dois segundos entre a percepção de que eu não estava pegando fogo e que Celia estava foram segundos muito felizes.

Celia gritou e se debateu, o que tornava difícil ver se o fogo tinha pegado em seus cabelos, ou em suas roupas, ou em ambos. Alguém correu atrás dela e jogou um balde de água sobre sua cabeça, para apagá-la. Ela ficou imóvel por um instante, com as pontas dos cabelos encrespadas e pretas, a maquiagem escorrendo em faixas pelo rosto.

— QUEM FEZ ISSO?

Todo mundo olhou para ela. Celia estava sentada longe demais do fogo para que a chama a alcançasse, não estava? A parte de trás de seu moletom estava tão chamuscada quanto seus cabelos, mas, apesar disso, ela não parecia ferida. Ela queimava era de raiva, os olhos percorrendo a multidão, até que se concentrou em mim.

Eu estava com a câmera apontada. Já estava com ela em mãos antes de perceber que seus cabelos em chamas não eram uma ilusão.

— Você estava bem do meu lado! — ela gritou.

Enfiei a câmera no bolso e tentei recuar, mas o banco atingiu a parte de trás dos meus joelhos.

— Você acha que fui *eu*?

— Você estava BEM. DO. MEU. LADO. Quem mais teria sido?

Não sei. Talvez alguma das dez ou mais pessoas atrás de você.

Fiquei ali com cara de tonta, porque era isso o que eu fazia quando era acusada de algo que não tinha feito. Que me explicar que nada... nem, quem sabe, *negar* que tinha sido eu.

Negar não tinha me ajudado no passado.

— Ai, meu Deus, foi *você*! Qual é o seu problema, garota? — Celia pegou as pontas queimadas dos cabelos. Seu rosto estava contorcido de raiva. Ela oscilou entre olhar para mim e para Miles, na sequência elevou o nível megera até o estágio onze. — Você está com *ciúme*!

Olhei para Miles. Ele olhou para mim. Ambos olhamos para Celia.

— Que porra é essa? — ele perguntou.

Então Celia avançou para cima de mim e tudo virou um pandemônio. Alguém me puxou por cima do banco e através de um mar de corpos, conforme todos convergiam, prontos para uma briga. Pessoas iam em todas as direções, gritando, berrando, a música de repente mais alta do que nunca.

Assim que conseguimos nos desvencilhar, eu vi que era Art me arrastando, seus músculos gigantescos fazendo a camisa esticar. Eu teria ficado grata, não fosse pelo fato de que ele geralmente aparecia quando Miles estava fazendo um trabalho para alguém. Se Art tinha estado lá, esperando para me tirar do caminho do mal, então Miles devia estar envolvido com o fogo, certo?

Empinei o queixo assim que estávamos de volta no caminho de entrada da garagem, depois puxei o braço para fora das mãos de Art, agarrei seu ombro enorme e o fiz girar de frente para mim.

— Foi o Miles que fez isso?

— Não — ele disse imediatamente e esfregou o cabelo curto.

O toque de dedos invisíveis subiu por minha nuca. Apontei o dedo para ele.

— É melhor você estar falando a verdade, Art Babrow. Não só o que o Miles te manda dizer.

— Palavra de escoteiro — disse Art, levantando a mão.

Não acreditei nele. Não conseguia. Parecia que tinha algodão enfiado na minha goela. Eu estava me asfixiando. Puxei meu cabelo com as duas mãos, girei em um círculo completo para me certificar de que não havia câmeras nas casas e nos postes de luz e comecei a descer a calçada.

— Aonde você está indo? — Art chamou. — Eu sei que você não veio de carro sozinha.

— Eu estou indo para casa! — gritei.

Casa. Casa era legal.

— Sua casa não fica a quilômetros daqui?

— Talvez.

— Que *porra* — disse alguém. O portão do cercado de madeira que dava privacidade ao quintal dos fundos se fechou com um ruído. — Aonde você está indo? Eu te disse para ficar com ela aqui.

Olhei para trás; Miles tinha alcançado Art. Voltei marchando e enfiei um dedo no peito dele.

— Que raios você pensa que está fazendo? Você bota fogo no cabelo de alguém e deixa me culparem? Porque, pelo visto, estou com ciúme? Que tipo de retaliação é essa? Os livros eram uma coisa, e a cadeira quebrada e todas as outras coisas... mas isso é ridículo.

Miles revirou os olhos.

— Dá pra você calar a boca e parar de achar que sabe de tudo?

— Dá pra você parar de ser tão idiota?

Isso saiu da minha boca muito rapidamente, uma reação reflexa à culpa que me inundava o estômago. Eu não tinha provas, mas queria que ele parasse de falar. Funcionou. Sua boca se fechou, suas mãos formaram punhos. Um músculo pulsou em sua mandíbula. Olhei feio enquanto ele vacilava, mas eu vacilava também. Não consegui pensar no que fazer em seguida.

Casa. Eu precisava ir para casa.

Ficava imaginando uma multidão, liderada por Celia, vindo me perseguir pela rua, gritando sobre meu crime diabólico, como puritanos no julgamento de uma bruxa. Eu não tinha feito nada de errado — eu *nunca* fazia nada de errado —, não foi minha culpa...

— Alex, eu posso te levar para casa — disse Art.

Sempre seja educada.

— Não, obrigada.

Eu me virei e comecei a andar novamente. Não me importava para onde. Para qualquer lugar que não fosse aqui. Art disse mais alguma coisa. As palavras me atingiram e ricochetearam, mas mantive os olhos fixos adiante. A rua estava muito silenciosa.

À minha frente, Miles saiu de trás de uma árvore.

Como ele tinha chegado lá tão diabolicamente rápido? Ele estava atrás de mim havia menos de dez segundos, e agora surgia a pelo menos três casas de distância, caminhando em minha direção com as roupas em farrapos, como se tivesse sido atacado por um urso. Quando chegou perto, o cheiro de álcool e tanque sujo invadiu o ar.

Onde suas sardas estavam antes, uma centena de buraquinhos pulsava sangue pelas bochechas pálidas.

— Não quero falar com você. — Tentei passar por ele, mas ele recuou alguns passos largos e manteve os olhos nos meus. Suas mãos pendiam, frouxas, ao lado do corpo. Os dedos pareciam mais longos que de costume, como se ele tivesse muitas articulações nos dedos. Meu estômago deu um nó. Eu não sabia o que ele tinha feito com as sardas, mas não poderia deixá-lo perceber como aquilo me assustava.

Ele não ia embora.

Eu queria que ele fosse embora.

— Sai daqui! — gritei. Ele não piscou. Seus olhos estavam mais azuis do que nunca, mais azuis do que deveriam ser no escuro. O sol brilhava por trás deles, derretendo-os por dentro, como se fossem cera de vela. A cor se esvaiu da pele.

— Alex!

Alguém agarrou meu braço. Me fez girar.

Miles também estava lá. Menos o sangramento. E suas roupas não estavam rasgadas. E seus olhos estavam no tom certo de azul. Puxei o braço e me afastei para trás. E esbarrei em Miles.

— Com quem você está falando? — perguntou Miles, o Miles de sempre. Art estava bem atrás dele.

— Eu... eu não...

Ah, não. Havia dois dele. Eu sabia que era errado, sabia que não deveria ser, mas ele estendeu a mão para meu rosto, e senti o calor emanando de sua pele.

A raiz dos meus cabelos gritou quando puxei os fios.

— Vocês dois, fiquem longe de mim. — Apontei para os Miles e recuei para o gramado mais próximo. Um Miles era ruim o suficiente. Dois era insuportável.

O Miles de sempre franziu a testa.

— Do que você está falando?

Fique de boca fechada, idiota!, gritou a vozinha no fundo da minha mente. Não era para ser assim tão má.

Ele não é real.

É sim.

Ele não é ele não é.

Um dedo frio roçou minha bochecha.

Então como ele consegue tocar em você?

Miles Sangrento olhou para mim, e sua boca se curvou em um sorriso largo. O sangue também manchava os dentes. Miles nunca sorria. Não daquele jeito.

Eu me joguei no chão quando Miles Sangrento avançou para mim. O mundo ficou escuro. Ouvi passos. Art gritou algo que não consegui entender.

Dedos agarraram meus ombros e tentaram me colocar em pé. Cerrei os punhos e ataquei; acertei algo carnudo.

Um gemido.

Os dedos me soltaram.

— Caramba. Ela te acertou em cheio, chefe.

— Não brinca. Você consegue carregá-la?

— Posso tentar.

Eu me contorci para me desvencilhar, mas a loção pós-barba apimentada do Art abafou o cheiro de álcool e de tanque sujo. Um braço grande serpenteou em volta de meus ombros, o outro me segurou atrás dos joelhos. Ele me levantou.

— Ela está tremendo demais, mal consigo segurar.

— Por aqui. Vou levá-la para casa.

O ar morno tocou meu rosto. Não abri os olhos, porque ele estaria ali.

A porta da caminhonete se abriu. Abri um pouquinho os olhos e vi Art prender o cinto de segurança em volta de mim, no banco do passageiro.

— Volte para a festa. — Miles entrou no lado do motorista. — Não conte a ninguém sobre isso.

Não, Art! Não me deixe sozinha com ele!

Mas Art assentiu e se virou. Miles deu partida na caminhonete.

— Alex.

Fiquei olhando para fora da janela. Onde ele estava?

— Alex, *por favor*, olhe para mim.

Não olhei.

— O que está acontecendo? — Sua voz se elevou e sumiu. — Do que você tem medo? Só olhe pra mim!

Olhei para ele de canto de olho. Senti cheiro de massa folhada e sabonete de menta, frescos e distintos no ar frio. Miles deixou escapar um suspiro rápido, mas não relaxou. Seus óculos escorregaram pelo nariz. O hematoma já começava a florescer em sua bochecha direita. Seus olhos voltaram para a rua.

— O que foi? — perguntou de novo. — O que você viu? Não tinha ninguém lá, além de você, eu e o Art.

Balancei a cabeça.

Eu não podia contar.

Ele nunca poderia saber.

16

Minha mãe abriu a porta.

— Ela só... — Foi tudo o que Miles disse antes que ela me puxasse de seus braços.

— O que aconteceu? — Ela me puxou para dentro da casa. — O que você fez?

— Ele não fez nada, mãe. — Ela me empurrou para o banco no corredor. A sala girou, ameaçou desaparecer. Percebi que ela estava falando comigo, não com Miles.

— Estávamos na fogueira, e ela disse... ela começou a falar com outra pessoa — Miles explicou. — Ela caiu e começou a gritar, nós a pegamos e eu a trouxe até aqui.

Minha mãe olhou para ele.

— O que é essa marca? Ela bateu em você?

— Bateu, mas...

Ela se virou para mim, os olhos piscando.

— Obrigada — disse ela sobre o ombro para Miles. — Lamento muito pelo transtorno. Se eu puder fazer algo por você, por favor me diga.

— Mas, espere... ela está bem?

Minha mãe fechou a porta na cara dele.

— Mãe!

— Alexandra Victoria Ridgemont. Você não está tomando seu remédio, não é?

— Mãe, eu... eu pensei que estava...

Ela entrou com tudo no banheiro e voltou com o frasco do remédio, jogando-o em minhas mãos.

— Tome. Agora. — Ela se abaixou e tirou meus sapatos, como se eu tivesse quatro anos. — Eu *confiei* em você para tomar os comprimidos no horário. Achei que, depois de anos disso aqui, eu podia contar com você para tomar sozinha. — Uma de suas unhas arranhou meu calcanhar. — Não posso acreditar que você bateu nele. E se os pais dele decidirem prestar queixa por agressão? Não posso acreditar que você tenha sido tão irresponsável. Você ainda está vendo coisas?

— Como é que eu vou saber, mãe? — Tive de forçar as palavras através do nó na minha garganta. Enxuguei as lágrimas dos olhos. Abri o frasco de comprimidos e engoli a medicação.

— Vá para a sala de estar. Vou ligar para a Leann.

Leann Covas, minha terapeuta. A Coveira.

Meu estômago se agitou violentamente.

— Estou bem, mãe, é sério — falei, a voz vacilante. — Agora estou bem. Me pegou de surpresa.

Mas ela já estava com o telefone na mão, polegares voando sobre os botões. Como é que ela não tinha a Coveira na discagem rápida? Bateu o telefone na orelha.

— Vou ligar para o seu pai depois disso — disse ela, em seu tom de voz mais severo e ameaçador.

— Ótimo! — A força da minha voz me surpreendeu. — Ele ouve melhor do que você!

Ela apertou os lábios em uma linha fina esbranquiçada e desapareceu na cozinha.

Fiquei em pé, atirei o frasco de comprimidos no chão e corri para o quarto. As fotos flutuavam das paredes quando abri a porta. Joguei a câmera em cima da cama e arranquei do lugar a foto mais próxima. Nela, havia uma árvore com folhas em tons vivos de vermelho e laranja. O problema

era que as outras árvores eram todas verdes. Porque eu tinha tirado a foto no fim da primavera. Arranquei outra foto. Essa tinha sido da primeira vez que eu vira a fênix de Hannibal's Rest. Empoleirada em cima da Ponte Red Witch, olhando diretamente para a câmera. Arranquei outra foto, e outra.
Todas ainda estavam com seus protagonistas. Nada tinha mudado.
Afundei no tapete. Fotos espalhadas pelo chão, deixei novas lacunas nas minhas paredes revestidas de fotos. As lágrimas vieram com tudo, molhadas, melequentas, idiotas. Eu devia saber. Eu devia ter prestado mais atenção. Agora Miles saberia, e todo mundo...
Parei. Não era por isso que eu estava angustiada.
Eu estava angustiada porque não sabia. Não sabia se Miles Sangrento era real ou não. Eu tinha aprendido... eu *achei* que tinha aprendido tão bem a diferenciar. Essas fotos não significavam nada. Não me diziam nada.
A porta se abriu, e um corpo minúsculo forçou entrada para o quarto. Abri os braços e Charlie subiu no meu colo, sem hesitar. Enterrei o rosto em seus cabelos. Eu só me permitia chorar na frente dela, porque ela era a única que nunca me perguntava o que havia de errado, ou se eu precisava de alguma coisa, ou se ela podia ajudar.
Apenas ficava comigo.

Eu sou louca?
Concentre-se e pergunte outra vez
Eu sou louca?
Resposta nebulosa, tente outra vez
Eu sou louca?
Agora não posso prever
Melhor não dizer agora
Concentre-se e pergunte outra vez
Melhor não dizer agora
Resposta nebulosa, tente outra vez
Agora não posso prever
Pergunte de novo mais tarde
Pergunte de novo mais tarde
Pergunte de novo mais tarde

PARTE II | As lagostas

17

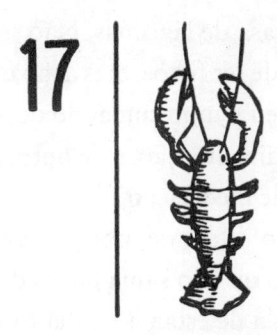

Passei as três semanas seguintes entrando e saindo do hospital.

Ao fim da segunda semana, era mais frequente me encontrar assombrando a sala de estar, mas a Coveira me bombardeou com uma quantidade de remédio que parecia o ataque aéreo a Londres na Segunda Guerra Mundial.

Todas as manhãs eu acordava com a imagem de Miles Sangrento gravada na memória, e toda as noites sonhava que estava no chão de um ginásio com a palavra "Comunistas" pichada com spray vermelho, enquanto o placar de McCoy gargalhava na parede atrás de mim.

Nada mais parecia ou tinha gosto ou aparência de normal. Não sei se era eu ou a medicação nova. Comida me fazia querer vomitar, cobertores e roupas pinicavam e me apertavam, toda luz me cegava. O mundo tinha ficado cinzento. Às vezes eu sentia que estava morrendo, ou que a Terra estava se desfazendo debaixo de meus pés, ou que o céu poderia me engolir inteira.

Eu não podia mais ir trabalhar. Não que me importasse. Finnegan me odiava, de qualquer maneira. Seria a desculpa perfeita para ele me demitir.

Eu nem sequer fugi para a Ponte Red Witch. Não podia arriscar. E uma parte obscura da minha mente imaginava Miles Sangrentos entre as árvores, esperando por mim.

A lição de casa vinha em ondas avassaladoras, especialmente química e cálculo, matérias que eu já tinha dificuldade suficiente para aprender com a educação formal. Minha mãe tentou me ensinar, mas ela também era péssima. Alguns dias eu pensava que ela ia entrar em colapso no corredor, ou na cozinha, e inundar a casa de lágrimas. Não sei muito sobre como era a vida da minha mãe antes de ter filhos, mas acho que ela era mais feliz. Acho que não gastava todo o seu tempo cuidando de uma criança prodígio musical, que precisava de muita atenção, e de outra que nem conseguia administrar a própria rotina de medicação.

Charlie era um pouco diferente, porque fazia sempre a mesma coisa quando estava com medo ou não sabia lidar com uma situação: ela se escondia. Ficava fora da sala de estar, a minha fortaleza, e só se aventurava na cozinha quando sabia que eu não estava lá. Quase nem a vi naquelas primeiras duas semanas, mas, depois que tive um encontro particularmente ruim com a Coveira, Charlie ficou do outro lado da porta, fora da vista, e tocou músicas para mim no violino. Como de costume, "Abertura 1812".

A terceira semana acabou sendo a melhor das três. Naquele domingo, meu pai chegou em casa.

Chuva batia violentamente nas janelas. Eu estava sentada em meio a uma barricada de almofadas, encostada no sofá, me perguntando sobre o conteúdo daqueles dezoito minutos e meio perdidos das fitas de Nixon na Casa Branca, quando os faróis respingados de chuva iluminaram a parede oposta e o cascalho foi esmagado na entrada da garagem. Talvez minha mãe tivesse saído sem me avisar e estivesse voltando para casa, mas não era para ela me deixar sozinha. Ela não faria isso.

A porta de um carro se fechou. Alguém abriu a porta de tela.

— O PAPAI CHEGOU! — Charlie gritou da cozinha.

Espiei para fora de minha fortaleza. Minha mãe estava bem na porta, e a franja dos cabelos vermelhos de Charlie era visível atrás dela.

E, depois, alguém completamente encharcado e bronzeado surgiu no batente da porta. Ele sorriu quando me viu, os olhos escuros cálidos enrugados nos cantos.

— Oi, Lexi.

Quase abri a cabeça na mesinha de centro, na pressa de sair do forte. Com o cobertor ainda em volta de mim como uma capa, joguei os braços em volta do pescoço do meu pai e escondi o rosto em seu colarinho.

— Oi, pai — murmurei.
Ele riu e me abraçou de volta.
— Lex, estou todo molhado.
— Não me importo. — Soou mais como *humfffmmph*.
— Voltei assim que pude — disse ele quando o soltei. — Sabia disso? A África do Sul é *muito*, muito longe.

18

Desmantelei a fortaleza de almofadas o suficiente para tornar o sofá "sentável" novamente. Papai e eu assistimos ao History Channel e jogamos xadrez durante todo o dia; à noite, minha mãe e Charlie se juntaram a nós. Charlie estava brincando num canto, atrás da estátua em tamanho natural de George Washington, e reencenava a travessia do rio Delaware durante a Guerra de Independência dos Estados Unidos.

Quando ficávamos só eu e meu pai, ele me perguntava sobre a escola, sobre o que eu andara fazendo enquanto ele estava fora. Ele manobrou cuidadosamente em torno da palavra "amigos", algo que eu agradecia. Mas eu o tranquilizei.

— Eles são meus amigos. De verdade, mesmo. Ou eram... Espero que continuem sendo, se souberem...

— Se eles forem seus amigos de verdade, não vão se preocupar com seu quadro clínico, Lexi. — Meu pai me puxou mais para perto com um abraço. Ele tinha cheiro de chuva. — Me conte sobre eles.

Então falei sobre o clube. Sobre os trigêmeos. Sobre Art e o fato de que, apesar de poder matar um homem pequeno com uma cotovelada no peito, ele ainda agia como um verdadeiro ursinho de pelúcia. Sobre Jetta e sua ascendência francesa. Sobre Tucker e suas conspirações. Sorri mais do que tinha sorrido nas duas últimas semanas.

— Quem é o garoto que trouxe você para casa? — perguntou meu pai de repente, me pegando de surpresa. — O menino em que você deu um soco?

— Como você sabe disso?

— Sua mãe me contou — respondeu ele, sorrindo. — Soco? É assim que vocês disputam os garotos hoje em dia? — Ele me cutucou na lateral do corpo. Afastei seu cotovelo com um tapa e me enrolei mais no cobertor, tentando esconder as bochechas coradas. "Disputar" garotos não fazia parte da minha agenda ultimamente.

— É só o Miles.

— *Só o Miles?*

Eu o ignorei.

— Ele coordena o clube.

— O que, só isso? Nada mais?

— Ah, o que você quer saber? Ele é o primeiro da turma. E é muito alto.

Meu pai emitiu um som de aprovação ante a expressão "primeiro da turma".

— Ele sabe quem foi Acamapichtli — acrescentei depois de um segundo. — Além da maioria dos outros imperadores astecas. E o Tlalocán.

O ruído de aprovação de papai subiu uma oitava.

— E tenho quase certeza que ele sabe falar alemão.

Meu pai sorriu.

— Só isso?

Meu rosto esquentou novamente, em resposta ao olhar que ele me lançou. Como se eu *gostasse* do Miles. Como se *quisesse* pensar nele.

Só de pensar no rosto idiota e nos olhos azuis idiotas, eu já me sentia a pessoa mais confusa no planeta.

— Não — disse eu, afundando no cobertor. — Ele também sabe levar um soco.

• • •

No fim da terceira semana, o mundo se equilibrou sobre o próprio eixo. Meu pai ficou em casa, minha mãe ficou feliz, e eu tinha de voltar para a escola na segunda-feira. Claro, eu queria vomitar, com toda a ansiedade girando em meu estômago, mas agora eu poderia voltar para minha (reconhecidamente atrasada) pesquisa de faculdades, correr atrás de toda a matéria da escola e rever meus amigos.

Supondo que Miles não tinha contado tudo a eles, é claro. Se tivesse, havia uma chance real de que eles não fossem querer falar comigo de jeito nenhum. Mas, de um jeito tranquilizador, achei que eles tinham tentado entrar em contato comigo. O telefone andou tocando com mais frequência do que o habitual, e mais de uma vez alguém bateu à porta e foi mandado embora por minha mãe. Queria ter meu próprio celular, mas ela provavelmente teria tirado o aparelho de mim do mesmo jeito.

Domingo à noite, quando fui me arrastando pelo corredor dos fundos — eu tinha acabado de pendurar todas as fotos novamente — até a sala de estar, ouvi a voz dos meus pais vinda da cozinha. Falando de mim. Eu me espremi na parede ao lado da porta.

— ... não é uma boa ideia, só isso. Não podemos fingir que não é tão ruim quanto parece.

— Acho que ainda não devemos recorrer a isso. A Lexi é uma menina responsável. Algo deve tê-la incomodado. Não acho que ela teria esquecido...

Meu coração inchou dolorosamente, com apreço por meu pai.

— David, *sério* — disse minha mãe. — Não dá para saber. E se ela não quis tomar? A culpa foi minha por não prestar atenção suficiente, mas... essa não é a questão. A medicação não é o problema. Isso já aconteceu antes, e pode acontecer de novo, e continua *piorando*.

— Então você quer escondê-la? Você realmente acha que é melhor para ela? Tentar convencê-la a ficar em algum manicômio?

A palavra ressoou no ar.

— Ah, David, por favor. — A voz de minha mãe baixou até se tornar um sussurro. — Você sabe que não é mais assim. A palavra manicômio nem é mais usada. É um *hospital psiquiátrico*.

Corri para a sala de estar e me enrodilhei no sofá, puxando o cobertor firmemente em torno de mim. E adeus, sensação de bem-estar. Minha mãe tinha removido minhas vísceras e usado para dar um nó em volta do meu pescoço. Só não tinha chutado o banquinho debaixo de mim ainda.

Ela não podia me mandar para um daqueles lugares. Ela era a minha mãe. Deveria fazer o que fosse melhor para mim, não me tirar da barra da sua saia o mais rápido possível. Como ela podia sequer pensar nisso?

Levei um tempo para perceber os grandes olhos azuis me observando da porta.

— Vem cá, Charlie. — Abri os braços. Ela hesitou, em seguida correu pela sala e subiu no meu colo. Passei os braços e o cobertor em volta dela.

Minha irmã me poupou de tentar descobrir quanto eu deveria dizer a ela.

— Eu não gosto quando sua cabeça fica quebrada.

Eu sabia que Charlie tinha idade suficiente e era inteligente o bastante para saber que minha cabeça não estava quebrada de fato, mas ela falava isso havia tanto tempo que não importava mais. Acho que a fazia se sentir melhor pensar que era algum tipo de defeito que podia ser consertado.

— Também não gosto disso — respondi. — Você sabe por que acontece, não sabe? Por que minha cabeça funciona errado?

Charlie tirou o castelo preto da boca e assentiu com a cabeça.

— A química do cérebro cria alucinações...

— E você sabe o que é uma alucinação?

Ela concordou novamente.

— Eu pesquisei.

Palavra da Semana, talvez? Eu a abracei mais apertado.

— Lembra que você não queria que eu fosse àquela festa algum tempo atrás?

— Ãrrã.

— E que você não queria que eu fosse para o hospital há três semanas?

— Lembro.

Respirei, recuperando o autocontrole. Melhor prepará-la para o pior que deixá-la às cegas. Meus pais nunca lhe contariam. Não até que fosse tarde demais.

Talvez, se eu dissesse a ela agora, se eu também me preparasse, então poderia evitar.

— Bem, pode ser que eu precise ir embora outra vez. E não vai ser só por algumas horas, dias, semanas. — Distraidamente, puxei um pouco de seus cabelos para trás e comecei a fazer uma trança. — Tudo bem? Eu posso não voltar. Queria que você soubesse.

— A mamãe e o papai sabem? — Charlie sussurrou.

— Sim, eles sabem.

Era melhor ela não saber que a ideia partira da nossa mãe. Ela descobriria um dia, mas por enquanto poderia continuar acreditando que algum poder superior tinha me mandado para onde ele pensava que eu precisava estar. Poderia continuar confiando em nossos pais e sendo minha chorona, jogadora de xadrez, guerreira de cruzadas Charlemagne.

19

Mononucleose foi a explicação para minha ausência.

Todo mundo acreditou. Todo mundo exceto Miles, Tucker e Art. Art, porque me carregou durante o episódio. Tucker, porque seus pais eram médicos e ele percebia quando alguém não sabia quais eram os sintomas de monocleose.

Miles, pelas razões óbvias.

Fiz minha verificação de perímetro três vezes enquanto escondia Erwin atrás dos arbustos da calçada da frente, e meus olhos foram atraídos novamente para o telhado, onde os homens de terno monitoravam o estacionamento. Levei alguns minutos para me dar conta de que escolas públicas *não tinham* homens em ternos vigiando o estacionamento. Tirei uma foto deles. Eu não sabia mais se as fotos ajudariam, mas tirá-las me fazia sentir melhor. Como se estivesse fazendo algo para ajudar a mim mesma. Como se isso ainda fosse possível.

Eu ainda tinha muito trabalho para recuperar a matéria, e nenhuma ideia sobre como fazer a maior parte. Quando entrei toda desleixada na cafeteria, depois da quarta aula, passei todo o intervalo do almoço fazendo lição de casa em vez de comer. Não precisei verificar a comida, porque eu não comi.

Vi novamente a maldita cobra pendurada na maldita abertura do teto, a caminho da sétima aula. Cheguei atrasada, mas Miles já tinha terminado a atividade de laboratório sozinho e, por algum milagre, concordou em me deixar copiar seus resultados. Abri o caderno, olhei cautelosamente para a sra. Dalton e comecei a copiar.

Miles me observava. Quando eu ficava desconfiada e erguia o olhar, ele simplesmente arqueava a sobrancelha e continuava olhando. Como um gato entediado dentro de casa. Bufei e continuei escrevendo.

Ele me seguiu depois da aula, pairando silenciosamente do meu lado direito. O gato à espera de atenção. Qualquer outra pessoa teria desencadeado uma chuva de paranoia, mas não ele.

— Desculpa por você ter que fazer a experiência sozinho — eu disse, sabendo muito bem que não tinha sido nenhum problema para ele. — Esses resultados parecem...

— Então, onde você estava? — ele me interrompeu. — Eu sei que não foi mononucleose.

Parei, olhei em volta, esperei alguns alunos passarem por nós.

— Foi sim.

Miles revirou os olhos.

— Tá, e o meu QI é vinte e cinco. Sério, o que você andou fazendo?

— Tendo *mononucleose*. — Mostrei um olhar do tipo "você não devia ficar me pressionando com esse assunto", mas, pelo visto, Miles Richter não entendia *tudo*, porque zombou e passou a minha frente, bloqueando o caminho.

— Sim, os sintomas incluem reagir a coisas que não existem, gritar por razão nenhuma e se debater no chão como se estivesse prestes a ser assassinada com um machado.

Meu rosto corou e ficou quente.

— Foi mono — sussurrei.

— Você é esquizofrênica.

Fiquei ali, piscando estupidamente.

Diga alguma coisa, idiota!

Se eu não dissesse, ele não teria nenhuma dúvida.

Diga alguma coisa! Diga alguma coisa!

Eu me virei e fui embora.

•••

Eu queria chutar Miles nos joelhos mais do que nunca. Acusações sobre meu estado mental foram a cereja do bolo chamado "eu armei para você botando fogo em alguém". A mais canalha das canalhices. Eu poderia ir para a *cadeia* pelo incidente do fogo. Afinal, não apenas o pai de Celia era advogado como sua família nadava em dinheiro. Éramos tão pobres que minha mãe pegava três quartos de meu salário para complementar a renda familiar.

Theo me garantiu que, se Miles realmente fosse responsável por botar fogo nos cabelos da Celia, ele não teria me deixado levar a culpa. Não com algo tão grave.

Eu não sabia se acreditava nela. Algumas das coisas que Miles fazia por dinheiro eram bastante insanas. Ele chegou a sequestrar o amado golden retriever do ex-namorado de alguém.

Depois disso, eu o evitei. Também tentei evitar Celia. Ela andava pela escola reclamando de "atentados contra sua vida". Olhava para mim constantemente e jogava os cabelos sempre que eu estava por perto, destacando quão curto tinha sido forçada a cortar. Mesmo Stacey e Britney agora pareciam um pouco receosas em relação a Celia, como se ela tivesse botado fogo em si mesma.

Não falei com Miles durante a maior parte da semana. Nem mesmo na aula de laboratório na quarta-feira, quando quebrei nosso vidro de relógio e derramei substâncias químicas por toda a mesa. Miles se abaixou para pegar os pedaços. Depois, já que nosso experimento estava arruinado, ele fabricou dados que acabaram sendo mais precisos do que os de qualquer outra pessoa.

Na quinta-feira, quando entrei no ginásio no final do dia, Art e Jetta estavam sentados, jogando cartas em uma extremidade da arquibancada. Miles estava estendido na linha acima deles, seu caderno surrado aberto sobre o rosto. A equipe de líderes de torcida treinava do outro lado do ginásio, e as vozes reverberavam nas paredes.

Quando me aproximei do clube, Art se recostou e cutucou Miles nas costelas.

— Oi. — Sentei ao lado de Jetta. Sólidos sessenta centímetros nos separavam, mas ainda contavam.

— E aí? — disse Art. — Alguém falou alguma coisa sobre o fogo?

Miles levantou a ponta do caderno e espiou. Quando nossos olhos se encontraram, ele gemeu.

— Na verdade, não. Olhares estranhos, mas não muito mais. Não fui eu.

— A gente sabe. Foi a Celia — disse Art.

Olhei para ele.

— O quê?

— A Celia tacou fogo em si mesma. Voltamos e fizemos um interrogatório.

— Vocês... vocês a interrogaram? O que fizeram, ameaçaram tirar a maquiagem e revelar a identidade secreta dela?

— *Mein Chef* disse que *irrria* raspar as *sobrrrancelhas* dela. — Jetta abriu um grande sorriso. — *Entrrre outrras* coisas. Ela nos contou tudo: foi ela que botou fogo em si mesma, a Stacey e a *Brrritney* estavam com a água, e ela pôs a culpa em você.

Mein Chef? Ela... ela estava falando do Miles? Olhei para ele, mas ele só resmungou.

— Foi bom a Stacey e a Britney terem apagado o fogo como fizeram — disse Art. — Se tivessem deixado a Celia queimar, você estaria numa bela merda agora.

— *Oui* — disse Jetta. — Bela *merrrda*.

Miles gemeu novamente. Eu me virei com tudo.

— Qual é o seu problema?

— Talvez eu não queira te contar — ele retrucou. Sentou-se por tempo suficiente para fazer uma caneta aparecer e anotar alguma coisa no caderno. A lateral da mão esquerda estava manchada de tinta preta, desde o dedo mindinho até o pulso. Talvez seu caderno contivesse uma lista de seus trabalhos mafiosos. Ou de todas as pessoas que lhe deviam dinheiro. Talvez... *ahh*, talvez fosse uma lista negra.

Aposto que eu aparecia ali umas duzentas vezes.

...

Por si só, a lição de cálculo já era uma droga, mas, quando a gente acrescentava os gritos e os risos da torcida da East Shoal, tornava-se insuportável. Fui me arrastando durante a meia hora de derivadas, antes de as líderes de torcida se acalmarem e a treinadora se dirigir a elas.

— Então, moças — disse a treinadora Privett, uma professora quarentona baixinha e gordinha com cabelo bagunçado e escuro. — Chegamos à temporada de basquete, e chegou a hora de escolher outra capitã. A Hannah fez uma sugestão, e eu concordo com ela.

— Quem é? — perguntou alguém. Todo o grupo deu uma risadinha.

A treinadora Privett disse:

— Rufem os tambores, por favor. — E as meninas bateram os pés no chão.

Art e Jetta pararam o jogo de cartas por tempo suficiente para lançar às líderes de torcida olhares de reprovação. Miles pendeu para o lado da irritação.

Celia estava sentada entre as líderes de torcida, como uma hiena diante de um pernil de carne sangrenta. Trazia aquele olhar mortífero e obsessivo que as meninas usavam quando sabiam o que queriam e fariam qualquer coisa para conseguir.

O mesmo que ela assumia quando colocava os olhos em Miles. O que não fazia sentido para mim. Que garota em seu juízo perfeito ficaria obcecada por Miles? Nem *eu* estava obcecada por ele. Eu, que pensava que ele podia ser Olhos Azuis e tinha chegado à infeliz conclusão de que, mesmo que não fosse, eu ainda não me importava de observar a maneira como ele passava os dedos nos cabelos e os colocava de lado quando caíam sobre a testa, ou como ele esticava as pernas exatamente vinte minutos depois do início de todas as aulas.

Pelo menos a atenção que eu lhe dedicava era por não conseguir fugir dele. Celia devia ter um motivo diferente.

A treinadora Privett bateu palmas.

— Eeeee... a nova capitã da equipe de líderes de torcida é...

Todas prenderam a respiração.

— ... Britney Carver!

Uma comoção percorreu as garotas, e depois houve montes de aplausos e palmas. Britney deu gritinhos e se levantou, fazendo uma pequena reverência.

Celia não comemorou nem bateu palmas. Ficou com o rosto inteiramente vermelho quando olhou para a dita melhor amiga com intentos de assassinato a sangue frio nos olhos grandes e raivosos. Eu podia imaginar aquilo como um desenho animado: os dentes de Celia se transformando em presas e o vapor saindo de suas orelhas quando ela pegasse Britney pelo pescoço e a estrangulasse até os olhos pularem fora das órbitas.

Quando a treinadora Privett encerrou a reunião e as líderes de torcida se dispersaram, Celia continuou ali, punhos fechados ao longo do corpo, mandíbula travada. Seus olhos fizeram uma varredura rápida pelo ginásio e me viram observando-a. Olhei para meu livro. Ela se virou e saiu pisando duro por todo o ginásio, parando bem debaixo do placar.

Seria possível alguém agir da maneira como ela agia simplesmente por ser daquele jeito? Ou havia sempre um motivo? Eu gostaria de pensar que, se alguém me visse agindo de um jeito esquisito, não iria considerar que o motivo era eu ser uma má pessoa. Ou pelo menos a pessoa perguntaria se tinha alguma coisa errada comigo antes de tomar a decisão.

— Chefe, já terminamos? — perguntou Art.

Miles, que tinha cochilado, acordou com um sobressalto e murmurou algo sobre ir para casa. Recolhemos nossas mochilas e seguimos para a saída. Fui a última a sair, e, logo antes de as portas se fecharem, a gritaria começou.

Mas não era a voz de Celia.

Girei bruscamente, surpresa, e enfiei a cabeça de volta pela porta do ginásio. Sob o placar, com Celia, de costas para mim, estava uma mulher de terninho social elegante e cabelos loiros ondulados até o meio das costas. Olhei por cima do ombro; Miles e os outros ainda estavam andando, longe demais para ter ouvido.

Celia estava de cabeça baixa, com as mãos sobre as orelhas, pronta para bloquear tudo ao redor.

— Pensei que não teria problema... — ela disse. — Eu pensei...

— Que você tinha a situação sob controle? — A voz da mulher era doce de um jeito enjoativo, e por baixo havia uma corrente venenosa. Eu tinha ouvido aquela voz antes, no jogo de vôlei no primeiro dia de aula.

— Sim — Celia lamentou. — Não sei por quê... Eu sabia que iam me escolher...

— Mas não escolheram. Você quer explicar isso?

— Não sei! — Celia passou os dedos de uma das mãos pelos cabelos. — Eu fiz tudo exatamente como você mandou! Fiz tudo certo!

— Pelo visto, não — disse a mulher. — Você perdeu tempo com aquela encenação na fogueira. Arruinou a si mesma, e está estragando os meus planos. Para onde espera ir agora?

— Eu nem gosto de ser líder de torcida. E a Britney é minha amiga...

— Sua amiga? Você chama aquela vaca de amiga? Você precisa fazer alguma coisa a respeito dela, Celia. Precisa mostrar que ela não merece essa posição.

Ela choramingou algo ininteligível.

— E aí você vai e acha que um menino vai tornar isso tudo melhor — a mulher explodiu. Unhas vermelho-sangue bateram em seu braço. — Você o conhece há cinco anos, e até hoje ele mal olhou na sua cara. Ele ameaçou raspar suas sobrancelhas! Ele é um obstáculo, Celia! Que você precisa remover.

— Não, ele não é!

— Eu sou sua mãe; eu sei dessas coisas!

Mãe dela?

Agora Celia estava chorando. Ela se afastou da mãe para enxugar as lágrimas, borrando rastros feios de rímel. Algo escorregou de sua mão e caiu no chão, fazendo-a saltar. O celular.

Quando abaixou para pegá-lo, ela me viu. Arregalou os olhos.

Saí correndo do ginásio tão rápido quanto consegui.

Alguma vez você pensa em lagostas?
Muito duvidoso
Eu penso em lagostas o tempo todo. Você já sabia disso; eu te contei as histórias.
Sim
Você acha que as lagostas no tanque tentam ajudar as outras? É por isso que elas sobem umas em cima das outras? Ou é só pela companhia, porque elas sabem que estão todas condenadas?
Melhor não dizer agora
De qualquer forma, deve ser legal ter alguém.

20

No dia seguinte, durante nosso turno da noite no Finnegan's, contei a Tucker sobre Celia e a mãe.

— E a mãe dela simplesmente *apareceu* na escola? — ele perguntou. — Eu achava que elas não se davam bem.

Eu vinha cogitando a ideia de que o encontro tivesse sido algum tipo de alucinação, mas havia como confirmar: até mesmo Tucker sabia sobre a mãe da Celia.

— Bem, elas com certeza não pareciam felizes em se ver. Acho que a mãe devia estar assistindo — eu disse. — Ela estava lá logo depois que saímos, mas, quando a Celia me viu, eu jurei que ela ia sair voando pelo ginásio e me estrangular até a morte.

Tucker meneou a cabeça.

— Coloque isso na lista de conversas esquisitas da Celia.

— O que isso significa?

— Sabia que o McCoy fala com a Celia o tempo todo? — ele perguntou. — Ele a chama na sala dele toda hora. Eu trabalhava na secretaria da escola durante o segundo ano, e, na primeira semana de setembro, a Celia começou a aparecer dia sim, dia não. Ela entrava no escritório do McCoy, ficava por meia hora, depois saía se achando. E faz isso desde então. Talvez fizesse parte dos "planos" da mãe dela?

— O McCoy? Não, eu não acho que o McCoy esteja incluído nos planos de ninguém.

— Falando no McCoy... — Tucker se encostou no balcão e prendeu a lapiseira na armação dos óculos. — Quando a gente conversou sobre a lenda do placar, fiquei curioso. Vou à biblioteca no sábado para investigar, quer ir? Eu te busco.

Estendi a mão.

— Combinado.

Embora eu tivesse me sentido melhor depois de contar ao Tucker o que vira, passei os dias seguintes me perguntando se Celia ia saltar de algum lugar e me esfaquear. Ela não fez isso, mas me disparava olhares alertando que esfaquearia se eu chegasse perto.

Eu ainda estava nervosa na sexta-feira. Sentei em um banco fora da escola e esperei que o estacionamento ficasse mais tranquilo. Ainda havia carros demais por perto, e eu não queria levar Erwin àquele tipo de ambiente hostil. Os postes de luz lançavam grandes piscinas amarelas no asfalto. A maioria dos alunos tinha ficado lá dentro, para algum tipo de festa de basquete no ginásio, e todos ali fora já tinham entrado nos respectivos carros e se mandado em poucos minutos.

Com exceção de uma pessoa.

Avistei-a quando ela saiu de fininho detrás de uma fila de carros. Celia. Estava com uma lata de tinta na mão e a sacudia, espiando por cima do ombro.

Abandonei a mochila no banco e disparei para a fileira de carros seguinte. Eu me ajoelhei entre dois deles, observei Celia se inclinar sobre o capô de um conversível branco e pintar algo no para-brisa.

Apontei a câmera. Um minuto depois, as palavras "Capitã Vaca", em rosa-fluorescente, cobriam o para-brisa do conversível.

Ah, fantástico. Celia dera ouvidos à mãe. Retaliação de líder de torcida.

A câmera escorregou de meus dedos e bateu no asfalto. Celia virou de repente. E me viu ajoelhada ali.

Peguei a câmera e corri em outra direção. Celia gritou alguma coisa, e a lata de tinta atingiu o capô de um carro enquanto eu passava. Estourou e se abriu, espirrando rosa-fluorescente por todo lado. Dei uma guinada à esquerda e me abaixei, para Celia não ver minha cabeça. Olhei através da janela de um carro. Ela percorreu a fileira atrás de mim.

Fui andando abaixada, voltando por onde tinha vindo e passei por ela, antes de me atirar, rolando, debaixo de uma van.

— RIDGEMONT! — Eu conseguia ver seus tênis. Ela retornou pelo outro lado. Prendi a respiração quando ela passou pela van.

Por favor, por favor, que seja uma alucinação. Porque, se não fosse, significava que Celia Hendricks realmente estava surtando. Talvez a mãe dela a estivesse forçando a fazer aquilo, ou talvez ela sempre tivesse sido assim, mas eu tinha plena certeza de que, se ela me encontrasse naquele exato momento, iria arrancar meus cabelos.

Minha salvação apareceu poucos segundos depois.

— Milesinho! — Celia gritou.

— O que você está fazendo, Hendricks? — Os pés de Miles, sapatos lustrosos e tudo o mais, apareceram em meu campo de visão. Ele sempre andava daquele jeito, calcanhar-dedos-*impulso*, como se fosse derrubar qualquer um que entrasse em seu caminho.

— Ah, nada. Só dando uma volta. Você?

Agora ambos estavam plantados bem na frente da van.

— Nada — respondeu ele. Sua voz era baixa e afiada. — Só queria saber por que você está correndo pelo estacionamento, gritando feito louca.

Celia hesitou.

— Por nada. Tenho que ir, mas te vejo amanhã!

Ela saiu às pressas, e um momento depois um motor deu partida.

Miles ainda estava lá. Prendi a respiração. Se ele se mexesse, eu poderia ir buscar Erwin e ir embora. Eu queria que ele me encontrasse embaixo da van tanto quanto queria que Celia me encontrasse. Ele não podia me ver naquela situação.

Mas então ele foi até o para-choque dianteiro da van, ajoelhou-se e olhou por baixo.

— Está se divertindo? — perguntou.

Soltei o ar numa lufada e encostei a testa no asfalto. Que imbecil.

— Fugir de gente louca é sempre divertido — respondi.

Miles me ajudou a sair de baixo da van. Enquanto eu sacodia a poeira, ele perguntou:

— Então, por que ela estava te perseguindo?

— Depende — respondi, procurando na câmera a foto de Celia pichando o carro da Britney. Mostrei a ele. *Por favor, esteja aí. Por favor, esteja aí.* — O que você vê?

Ele ajeitou os óculos e olhou para a câmera por um instante.

— Vejo a Celia ficando com raiva por causa da posição de líder de torcida e descontando no carro da Britney Carver, com alguma tinta brilhante ofensiva.

Quase o abracei.

— Ah, que bom.

— Você vai contar para a Britney? — perguntou.

— Por quê? Você acha que ela acreditaria em mim?

— Com essa prova? Claro. Mas boa sorte em chegar nela com a Celia por perto.

— Provavelmente vou entregar isso aqui ao sr. Gunthrie, ou a alguém, na segunda-feira.

— Entregue para o Claude.

— Por quê?

— Ele vai dar para o pai dele e vai garantir que todo mundo fique sabendo.

— Isso parece excessivamente maldoso.

— A Celia estava preparada para te encher de porrada alguns minutos atrás — ele observou.

Fiz uma anotação mental para ir até a sala do jornal na segunda de manhã e entregar as imagens a Claude.

Miles e eu retornamos à escola. Os grilos e as cigarras haviam sumido pelo restante do ano, deixando a noite tranquila e sem perturbações. A caminhonete de Miles estava estacionada no meio-fio, perto dos arbustos da bicicleta. A luz em frente à entrada da escola iluminava toda a calçada da frente. Peguei o guidão de Erwin.

A metade da frente da minha bicicleta se desvencilhou do arbusto.
Apenas a metade da frente.

Alguém tinha cortado minha bicicleta em duas. Erwin estava um pouco enferrujado no meio, mas eu tinha certeza de que ainda teria pelo menos mais um semestre com o coitado. A raiva começou a brotar no meu peito.

Alguém cortou minha bicicleta ao meio.

Uma pressão foi se formando atrás de meus olhos. Eu não tinha mais um meio de transporte.

Minha mãe me chamaria de negligente por deixar isso acontecer e me daria um sermão sobre o respeito aos meus bens, mesmo que eu já tivesse ouvido isso mil vezes antes. Enxuguei os olhos na parte de trás da manga e sufoquei o nó na garganta.

Meu pai tinha comprado Erwin para mim. Trouxe-o lá do Egito. Para todos os efeitos, era um artefato, e uma das poucas coisas de meu pai que eu guardava e sabia com certeza que era real. Ele era inestimável.

E agora estava quebrado.

Peguei a metade de trás e empurrei-a até Miles, ainda alguns passos atrás de mim, parecendo um pouco surpreso.

— Você fez isso? — perguntei.

— Não.

— Sei. — Peguei a mochila de cima do banco e comecei a descer pela calçada.

— Você vai a pé para casa?

— Vou.

— Ótimo plano. — Ele se postou a minha frente. — Não vou deixar você ir. Não no escuro.

— Bom, que pena, não é? — Fiquei me perguntando quando foi que ele decidira se tornar um cavaleiro em seu cavalo branco. — Não pedi sua permissão.

— E eu não vou pedir a sua — ele retrucou. — Eu *vou* te jogar na minha caminhonete.

— E eu *vou* gritar "estupro" — respondi calmamente.

Ele revirou os olhos.

— Não cortei sua bicicleta ao meio. Eu juro.

— Por que eu deveria acreditar em você? É meio notório que você é um babaca mentiroso e ladrão.

Ele deu de ombros.

— Você não se explica para ninguém, não é?

Ele apontou a caminhonete.

— Pode entrar, por favor?

Olhei em volta rapidamente; encontrar outra carona para casa seria quase impossível. E, enquanto olhava para a rua escura e silenciosa, me ocorreu que ir andando para casa não seria a melhor ideia de todos os tempos. Claro, eu andava por perto da Ponte Red Witch no meio da noite, mas a área era coberta de árvores, e eu usava como armas uma lenda urbana e um taco de beisebol. Ali, eu era uma adolescente com força corporal mediana, cabelos que pareciam um farol e uma condição psiquiátrica que poderia me fazer pensar que estava sendo atacada, mesmo quando não estava.

Pelo menos eu conhecia Miles bem o suficiente para entender que a expressão frustrada em seu rosto não era um truque. Assim, joguei as duas metades de Erwin na caçamba da caminhonete e subi no banco do passageiro.

A cabine ainda cheirava a massa folhada e sabonete de menta. Respirei fundo, sem perceber, e soltei o ar depressa, com um suspiro. Miles olhou pela janela do lado do motorista, soltou um palavrão rápido e pegou uma pilha de papéis no banco.

— Desculpe, tenho que entregar isso aqui. Esqueci. Já volto.

Ele correu para dentro da escola. Os papéis deviam ser seus controles estatísticos da semana, mas eu achava difícil acreditar que ele tinha esquecido. Miles não esquecia as coisas.

A caminhonete era surpreendentemente limpa. O painel não tinha nada; a frente do rádio tinha sido esmagada, e estava faltando o botão do aquecedor. Miles tinha enfiado a mochila atrás do banco do motorista, pelo visto às pressas, porque estava virada de lado, o conteúdo esparramado no espaço apertado.

O canto do caderno preto espiava debaixo do livro de química.

Era a minha chance. Eu poderia apenas... dar uma espiada. Ter um vislumbre da ponta do iceberg psicológico de Miles Richter. Verifiquei para ter certeza de que ele ainda estava em segurança dentro da East Shoal e puxei o caderno.

A capa era de couro. Havia vários pedaços de papel presos com clipe na contracapa, mas eu os ignorei e abri o caderno no meio. As duas páginas estavam cobertas com os garranchos desordenados de Miles.

Voltei para o início e fui folheando. Equações matemáticas enchiam páginas inteiras. Havia símbolos que eu nunca tinha visto e anotações rabiscadas nas laterais. Havia citações de livros e mais anotações. Havia listas de classificações científicas para plantas e animais, e ainda mais listas de palavras que eu nunca tinha encontrado. Havia trechos inteiros escritos em alemão, datados como entradas de um diário. Observei nomes conhecidos, como o meu e dos outros membros do clube.

E então, separadas do resto dos rabiscos por algumas páginas em branco, como se Miles tivesse intenção de destacar aquilo especificamente, estavam declarações curtas de uma ou duas frases, marcadas com as datas em que tinham sido escritas.

"A inteligência não é medida por quanto se sabe, mas pela capacidade de aprender."

"Você nunca é tão incrível ou patético quanto pensa que é."

"Os que são escolhidos por último são os únicos que realmente conhecem a sensação."

"Escolas sem bicicletário deveriam ser condenadas por negligência criminosa."

Olhei para a última linha, datada do primeiro dia de aula, querendo que mudasse, que voltasse para a forma verdadeira, porque eu sabia que devia estar inventando. Se não fosse uma citação de algum lugar, se fosse uma de suas próprias observações... então ele tinha mentido sobre não me defender de Cliff. Celia havia tirado sarro de Erwin, e Cliff tinha ficado no meu caminho, porém Miles disse que não tinha feito nada daquilo por mim...

O caderno não parecia Miles falando. Parecia ser de alguém muito mais ingênuo do que ele. Alguém que realmente gostava de saber das coisas. Classificações científicas. Matemática complexa. Palavras.

Levantei os olhos. Miles estava saindo da escola. Arfante, enfiei o caderno de volta embaixo do livro de química. Olhei para a frente, tentando parecer discreta. Ele deslizou para o banco do motorista.

— Algum problema? — perguntou.

— Você parece ter esquecido que alguém cortou minha bicicleta ao meio.

— E você parece ter esquecido que eu tenho uma caminhonete — disse Miles. — Posso te dar carona. Para a escola, pelo menos.

— Não, obrigada — respondi.

— Sério, não estou brincando. A menos que você seja totalmente contra manter qualquer contato comigo. Não me importo, pode entrar na fila.

Ele entrou na via principal. A frase do caderno parecia um peso morto em meu estômago.

— Não, nada contra. — Percebi, com uma espécie estranha de pavor feliz, que estávamos voltando para o nível de conversa fácil que tivemos na fogueira. — Mas eu gostaria de saber por que você está oferecendo.

— Como assim? — Uma confusão sincera atravessou seu rosto. — Não é a coisa certa a fazer?

Comecei a rir.

— Desde quando você faz as coisas do jeito *certo*? Está se sentindo culpado ou algo assim?

— Um pouco sentimental, talvez. Minha primeira ideia era ficar passando de carro de um lado para o outro na sua frente, para provar que eu tenho carro e você não. — O tom de sua voz era leve, e ele estava sorrindo. Caramba, ele estava sorrindo. Um sorriso verdadeiro, mostrando os dentes, franzindo o nariz, enrugando o canto dos olhos.

O sorriso desapareceu de seu rosto.

— O quê? Qual o problema?

— Você estava sorrindo — respondi. — Foi meio estranho.

— Ah — ele disse, franzindo a testa. — Obrigado.

— Não, não, não faça isso! O sorriso era melhor. — As palavras pareceram erradas quando me escaparam dos lábios. Eu não deveria dizer esse tipo de coisa para ele, mas elas ficaram perfeitamente suspensas no ar e dissiparam a tensão.

Miles não sorriu mais. Virou na minha rua e parou na frente da garagem.

— A Charlie está tocando violino de novo — eu disse.

A música flutuava para fora da casa como um pássaro movido pela brisa. "Abertura 1812." Tive que jogar o peso contra a porta do passageiro para abri-la.

— O sorriso era melhor — repeti ao fechar a porta atrás de mim. As palavras soaram menos estranhas dessa vez. — Acho que as pessoas gostariam que você sorrisse mais.

— Pra quê? — perguntou Miles. — Bom, segunda-feira.

— Segunda-feira.

— Devo passar aqui?

— Você quer passar aqui?

Ele parecia um gato espiando a presa.

— Sete horas. Se passar desse horário, eu vou embora sozinho. Você trabalha hoje à noite?

— Trabalho.

— Acho que te vejo lá. E... Alex?

— Sim?

— Não vou contar pra ninguém. Caso você esteja pensando nisso.

Eu sabia o que ele queria dizer. E sabia que ele estava dizendo a verdade. Algo em sua voz me dizia que ele entendia. Eu acreditei nele.

Peguei Erwin na caçamba da caminhonete, depois encostei as metades na porta da garagem e entrei em casa enquanto Miles partia pela rua. Minha cabeça girava depois de todo o acontecido. A vingança de Celia. Erwin. A ideia cada vez mais plausível de que Olhos Azuis não fosse de modo algum uma alucinação, nunca tinha sido.

Minha mãe me deixou dar dez passos porta adentro antes de me bombardear com perguntas.

— Quem era? O que aconteceu com a sua bicicleta? Você esqueceu que trabalha hoje à noite?

E minha preferida:

— Vamos precisar ter *a conversa*?

Eu me encolhi. Não precisava pensar em Miles desse jeito. Eu já estava confusa o suficiente a respeito dele com as coisas do jeito que estavam.

— Não, nós não precisamos ter a conversa, mãe. Eu sei como funcionam as partes dos meninos e das meninas. Sim, eu tenho que ir para o Finnegan's. Não, eu não sei o que aconteceu com o Erwin.

— Quem era na caminhonete? — Ela acenou com a caneca de café vazia. Eu não sabia se ela estava com raiva ou animada, já que o fervor da minha mãe conseguia cobrir basicamente todos os tipos de emoções.

— Era o Miles.

21

Dei uma risadinha quando descobri que a bibliotecária que eu tinha acusado de ser comunista, cinco anos atrás, ainda trabalhava na biblioteca. Ri um pouco mais quando Tucker e eu entramos e ela olhou para mim.

— Ela se lembra de mim — sussurrei para Tucker, sorrindo.

Ele bufou e me puxou para uma seção nos fundos, onde vários computadores velhos estavam alinhados na parede. Pegamos os dois computadores abertos no final.

— Não acredito que eles não têm esses registros online — disse Tucker, clicando sem parar no mouse amarelado. O computador antigo resfolegou quando foi iniciado. — Acho que não têm nem conexão de internet. Nem portas de ethernet. Ai, meu Deus, e se não tiverem *placa de rede*?

— Você fala como se os anos 90 fossem um inferno — disse eu.

— Devem ter sido. Nossa ingenuidade infantil nos salvou.

Os computadores despertaram para a vida e nos permitiram acessar os arquivos de jornais na área de trabalho. O catálogo parecia ter sido atualizado recentemente, apesar de parecer vítima de uma escolha de visual dos anos 90.

— Bom, então, estou pensando que deve ter existido alguma coisa para despertar essa lenda do placar — disse Tucker. — Procure tudo o que mencione a East Shoal ou o próprio placar.

Eu não me importava de vascular antigas matérias de jornal, pois ainda eram formas de história, embora um pouco mais recentes do que eu estava acostumada. Vinte minutos mais tarde, encontrei a primeira pista, que eu já tinha visto antes.

— "Scarlet Fletcher, capitã das líderes de torcida da East Shoal, ajuda a apresentar o 'placar da Scarlet', em homenagem ao espírito de caridade e boa vontade que seu pai, Randall Fletcher, demonstrou à escola."

Virei a tela para Tucker. Ele franziu a testa.

— Achei que o placar era mais velho. Isso foi há vinte anos.

Na foto, Scarlet sorria e desferia um conjunto de dentes brancos. Ali, seu rosto não estava obscurecido; ela parecia vagamente familiar. Havia uma outra imagem na parte inferior do artigo. Scarlet estava embaixo do placar com um menino de cabelos escuros que vestia um uniforme de capitão de futebol americano. Ele exibia um sorriso tenso.

— Ele é bonito — eu disse, distraída.

— É, se você gostar da aparência clássica — murmurou Tucker.

— O que foi isso?

— Nada, nada.

— Está com inveja, sr. Salada de Batatas Moles?

— Inveja? Quando eu tenho tudo isso aqui? — Tucker tirou os óculos, mordeu uma das pernas da armação e olhou para mim. Eu ri.

A bibliotecária saiu de trás de uma estante e eu fiquei quieta. Tampei a boca com uma das mãos.

Voltamos a nos concentrar na pesquisa.

— Ei, tem alguma coisa aqui — disse Tucker. — Não é sobre o placar, mas menciona Scarlet outra vez. — Virou a tela para mim.

— "Embora com apenas 151 alunos, a turma de formandos da East Shoal de 1992 inclui vários nomes notáveis, como Scarlet Fletcher, filha do político Randall Fletcher, e a oradora da turma, Juniper Richter, que chegou aos primeiros lugares do país em matemática e interpretação de texto..."

— Deixei minha voz desaparecer. — Essa é...?

— É a mãe do Miles, sim.

— Elas estudaram juntas? Isso significa que ela estava lá quando penduraram o placar... Talvez ela possa te dizer algo sobre isso.

Tucker massageou o pescoço.

— Isso... provavelmente não vai acontecer.

— Por que não?

— Ela está, é... em um hospital psiquiátrico em Goshen.

— Um... hospital psiquiátrico? — Fiz uma pausa. — Por quê?

Tucker deu de ombros.

— Não sei de mais nada. Às vezes ela liga no Finnegan's, quando o Miles está lá. Uma vez eu liguei de volta depois que ele desligou, e um recepcionista atendeu. — Ele indicou os arredores com um gesto de mão. — E agora você entende por que eu não me importo de bisbilhotar a vida alheia.

Afundei na cadeira.

— Tem certeza?

— Tenho. Você está bem?

Confirmei com um aceno de cabeça. Foi por isso que confiei em Miles quando ele disse que não contaria a ninguém. Ele sabia o que significava esconder um segredo daqueles.

Mergulhei de volta nos artigos, tentando afastar os pensamentos de Miles, de sua mãe e de Olhos Azuis para o fundo da mente. Eu sentia um desejo estranho e intenso de vê-lo.

Meus olhos começaram a ficar vidrados e minhas pernas adormeceram mais ou menos na mesma hora em que encontrei. Eu estava avançada no ano de 1997 quando o título saltou na tela e me deu um tapa na cara:

"PLACAR MEMORIAL CAI EM CIMA DA FILHA DO DOADOR".

— Você está brincando comigo — sussurrei. — Acho que acabei de encontrar a sua história, Tucker.

— O quê?

— A Scarlet morreu em 1997 — contei. — O placar caiu em cima dela quando voltou para a reunião de ex-alunos. E... Jesus, o McCoy foi quem tentou tirá-lo de cima dela. Ele foi eletrocutado. A Scarlet morreu no hospital algumas horas depois, por causa dos ferimentos, e eles penduraram o placar de volta.

Mostrei o artigo a Tucker. Seus olhos se arregalaram durante a leitura.

— O McCoy estudou com a Scarlet — disse Tucker. — Tentou salvá-la, mas não conseguiu. Agora ele venera o placar porque... por quê? O placar

matou uma pessoa. — Ele se ajeitou na cadeira, passou as mãos pelos cabelos perfeitamente penteados e olhou para mim. — Que cara zoado, hein?
— O placar não matou *alguém* — disse eu. — Matou a *Scarlet*. Ele o transformou em... em um monumento. Um memorial para ela.
Um memorial para uma mulher morta.
Sem dúvida tinha algo esquisito ali. Eu só não sabia o que era.

22

Naquela noite, sentada no bosque sobre a colina atrás da Ponte Red Witch, eu tentava esquecer por um tempinho o que tinha descoberto na biblioteca. Não a parte sobre Scarlet, embora isso fosse interessante. Eram as informações sobre Miles — sobre sua mãe — que me impediram de pegar no sono.

A noite estava silenciosa, não fosse pela brisa agitando as folhas e o sussurro do riacho. A maioria dos carros não pegava esse caminho durante a noite por causa da ponte. As pessoas diziam que era porque não confiavam na integridade da ponte, mas o verdadeiro motivo era a bruxa.

Muito tempo atrás, quando as pessoas ainda eram condenadas a morrer por esmagamento, uma bruxa morava deste lado do rio. Não o tipo de bruxa incompreendida, que queria apenas curar com seus encantos e remédios de ervas, mas o tipo assustador, que cortava cabeças de corvo e comia criancinhas e animaizinhos de estimação.

Então a bruxa ficava numa boa — ou assim dizia a história — na maior parte do tempo, porque todo mundo morava do outro lado do rio e não a incomodava. Mas então eles construíram a ponte, e as pessoas começaram a vir para as terras dela, o que a deixou zangada. Ela esperava perto da ponte durante a noite e matava aqueles azarados que cruzavam para o outro lado depois do escurecer.

No fim ela foi condenada ao esmagamento ou algo assim. Mas, mesmo agora, quando um carro cruzava a ponte à noite, a gente ouvia o grito da bruxa. Era chamada de Bruxa Vermelha porque estava coberta pelo sangue de suas vítimas.

Acho que eu devia ser a única adolescente no estado que não tinha medo da bruxa. Não porque eu fosse superdestemida nem nada, mas porque sabia de onde vinha a lenda.

Dois conjuntos de faróis apareceram na curva da estrada. Eu me escondi mais atrás de minha árvore, quebrando galhos e folhas caídas, embora soubesse que eles não me veriam. Os carros pararam no acostamento. Portas se abriram e se fecharam. Vozes flutuaram até mim, palavras embaralhadas. Uma risada estridente de menina, o murmúrio baixo de um garoto. Adolescentes que tinham vindo brincar com a bruxa. Os faróis lançavam sombras de pernas longas pelo asfalto.

Havia cinco deles: quatro no primeiro carro, um no segundo. Todos com os ombros encolhidos, próximos das orelhas, para se proteger no ar frio do outono. Os quatro primeiros pareciam tentar convencer o quinto. A menina riu de novo.

A quinta pessoa se separou do grupo e começou a atravessar a ponte. Seus passos ecoaram sobre a madeira velha. Menino corajoso. Normalmente, era necessário mais persuasão. Os outros não conseguiriam vê-lo quando ele chegasse a meu lado da ponte por causa das árvores, mas, se ele subisse a colina, o luar me deixaria vê-lo.

Ele atravessou a ponte e ficou na escuridão, olhando em volta. Então começou a subir a colina.

— Miles?

Eu me levantei e saí de trás das árvores. Eu devia saber. Não queria assustá-lo nem nada, mas mesmo assim ele parou onde estava e olhou para mim.

— Alex? O que você está fazendo aqui?

— O que *você* está fazendo aqui?

— Não, eu perguntei primeiro. E, já que você está literalmente congelando aqui atrás dessas árvores, e ninguém faz isso na Ponte Red Witch à noite, sua resposta, sem a menor dúvida, é mais importante que a minha.

— Bom, a gente faz isso quando é a bruxa.
Ele olhou para mim.
— Você é a bruxa.
— Eu sou a bruxa. — Dei de ombros.
— Você fica sentada aqui à noite e assusta as pessoas?
— Não — respondi. — Fico sentada aqui à noite e vejo as pessoas se assustarem. É divertido. O que você está fazendo aqui?
Miles acenou por cima do ombro.
— O Cliff, a Ria e alguns outros apostaram dinheiro para eu cruzar a ponte à noite. Não me dei o trabalho de dizer que eu não acredito em lendas urbanas.
— Talvez eles pensem que, se a lenda for verdade, a bruxa tira você do caminho deles.
— Richter! Encontrou alguma coisa? — Reconheci a voz de Cliff.
Miles olhou para trás e suspirou.
— Quer zoar com eles? — perguntei.
Puxei-o comigo para descer a colina, e ficamos do outro lado da ponte, no escuro das árvores, onde os outros não poderiam nos ver.
— Certo, tudo o que você precisa fazer é gritar o mais alto que conseguir.
— Agora?
— Agora. Como se estivesse sendo atacado.
Miles respirou fundo e gritou. Cliff e os outros pularam, mas não se mexeram. A voz de Miles sumiu.
— Fala sério, Richter, a gente sabe que você está tentando...
Gritei. Um berro ensurdecedor, de morte sangrenta e assassino da motosserra. Cliff cambaleou para trás, caiu e teve de se colocar em pé de novo. Ria soltou um guinchado. Os outros dois fugiram para o carro, seguidos por Cliff e Ria, e deram no pé. Miles e eu ficamos lá por mais alguns instantes, em silêncio, esperando. O frio fazia meu rosto arder.
— Você faz isso sempre? — Miles perguntou depois de um tempo.
— Não. Só hoje. — Sorri.
Ele ficou me encarando.
— Que foi? — perguntei.

— Por que você está aqui?

— Eu te disse, sou a bruxa.

— *Como* você é a bruxa?

Suspirei e fiquei balançando os braços para a frente e para trás, me perguntando se deveria contar. Ele estava com aquele olhar de novo, como se entendesse o que estava me passando pela cabeça.

Em volta de nós, o vento, farfalhando as árvores, soava como milhares de vozes.

— Sussurro — Miles disse, olhando para a floresta em torno de nós.

— Oi?

— O sussurro do vento nas folhas.

Suspirei de novo. O vento soprou até mim o perfume de massa folhada e sabonete de menta de Miles.

— Tive uma semana ruim um tempo atrás — eu disse, finalmente —, quando estava na Hillpark. Eu fugi de casa à noite porque, sabe, achei que os comunistas iam me sequestrar. Vim até aqui gritando feito louca. Acho que assustei alguns maconheiros. Meus pais me encontraram dormindo debaixo da ponte na manhã seguinte. Ficaram morrendo de vergonha.

— Porque você dormiu debaixo da ponte? "Morrendo de vergonha" não é a expressão que eu usaria.

— Eu estava pelada.

— Ah.

— Eles também ficaram bravos. Pelo menos minha mãe ficou. Meu pai ficou preocupado.

— Você estava bem? Os maconheiros não fizeram nada com você?

— Não, eu deixei os caras apavorados.

— Então isso não foi há muito tempo. Como a história viajou tão depressa?

Dei de ombros.

— Sei lá. As pessoas se comunicam surpreendentemente bem quando estão com medo, só não comunicam as coisas certas.

A brisa agitou as folhas sobre nossa cabeça. O sussurro. Eu teria de me lembrar disso. Sentia uma vontade desesperada de perguntar a Miles sobre a mãe dele, mas sabia que não era o momento. Sentei no meio da estrada de cascalho e indiquei o lugar a meu lado com tapinhas.

— Carros dificilmente vêm por esse caminho — falei.

Miles se sentou. Cruzou as pernas compridas e apoiou os braços sobre os joelhos, levantando a jaqueta de aviador até cobrir as orelhas. A brisa tinha despenteado seus cabelos. Fechei as mãos no colo para não esticar o braço e arrumar os fios de volta no lugar.

— Eu não te vi no Finnegan's hoje — falei.

— Precisei tirar folga na loja hoje. Fui para casa depois da escola.

Precisou tirar folga. Como se ele não quisesse.

— Eu não te entendo — disse eu, ao mesmo tempo em que a consciência desse fato se formava em minha cabeça.

Miles se inclinou para trás e se apoiou nas mãos.

— Tá.

— *Tá?*

Ele deu de ombros.

— Eu também não entendo você, então acho que estamos quites. Mas eu não entendo a maioria das pessoas.

— Que estranho.

— Como assim?

— As pessoas não são difíceis de entender, exceto você. E você é tão inteligente que achei que puxava todas as cordinhas das suas marionetes.

Ele fez um muxoxo.

— Cordinhas de marionete. Nunca ouvi ninguém chamar assim antes.

— Quero saber o que você faz quando não está na escola ou no trabalho, ou fazendo os "trabalhos". Onde você mora?

— Por que isso importa?

Suspirei de novo. Ele me fazia suspirar muito.

— Você é um enigma. Anda por aí fazendo coisas para as pessoas por dinheiro, todo mundo tem medo até de olhar nos seus olhos, e eu tenho certeza que faz parte de uma máfia. Você não me parece o tipo de pessoa que mora em algum lugar. Apenas está por aí. Apenas existe. Você está onde está e não tem casa.

O luar refletia em seus óculos e iluminava seus olhos.

— Eu moro a algumas ruas daqui — disse ele. — No condomínio Lakeview Trail.

Lakeview Trail era um daqueles condomínios meio a meio: metade das casas era consideravelmente nova, como em Downing Heights, e a outra metade era formada por casebres degradados, com calçadas desmoronando, como a minha. Tive uma intuição sobre qual era o lado onde Miles morava.

— Na maior parte do tempo, não estou em casa. Quando estou, tento dormir.

— Mas não dorme. — Ele estava sempre cansado. Sempre dormindo na primeira aula. Sempre dormindo sobre a refeição no Finnegan's.

Ele balançou a cabeça.

— Na maior parte das vezes, eu penso sobre as coisas. Escrevo coisas. Era isso que você queria saber?

— Acho que sim. — Tomei consciência de que estávamos olhando um para o outro. E já fazia um tempo. Notei e desviei o olhar, mas Miles não.

— É falta de educação ficar encarando as pessoas.

— É mesmo? — Ele parecia sério. — Me fala se eu estiver fazendo algo esquisito. Às vezes não percebo.

— O que está acontecendo com você ultimamente? Por que você está sendo tão agradável?

— Não percebi que estava. — Seu rosto permaneceu completamente neutro. Menos aquela sobrancelha irritante.

Eu não aguentava mais, tive de perguntar:

— Então você não acha que é assustadora? A minha esquizofrenia?

— Isso seria idiota.

Eu ri. Caí para trás no cascalho e ri; minha voz se ergueu pelas árvores e subiu para o céu. A resposta dele me fez sentir livre. Afinal, era isso mesmo que eu esperava quando desci até a ponte, mas em nenhum momento tinha esperado ajuda de Miles.

De um jeito estranho, parecia que o lugar dele era ali. Seu lugar era na terra das fênix e das bruxas, o lugar onde as coisas eram fantásticas demais para serem reais.

Ele se inclinou e olhou para mim. Parecia mais confuso do que qualquer coisa.

Levantei as costas e me arrumei. Ele ficou me olhando. Percebi que eu queria beijá-lo.

Não sabia por quê. Talvez fosse o jeito como ele olhava para mim, como se eu fosse a única coisa que ele quisesse olhar.

Como é que a gente fazia? Perguntava se podia? Ou talvez rápido e inesperado fosse melhor? Ele parecia um alvo muito fácil, sentado ali, dócil, para variar, e meio sonolento.

Eu realmente estava precisando da Bola 8 Mágica do Finnegan's. Mas eu imaginava que tipo de resposta ela me daria. *Pergunte de novo mais tarde.* Estupidamente evasiva.

Não, nada disso. Decisão: perguntar na lata.

Apenas diga, disse a voz. *Peça. Desembuche. O que ele pode dizer?*

Ele pode rir na minha cara.

Deixe que ele ria. Vai ser uma atitude boba da parte dele. Você só está sendo sincera.

Não sei.

Você acha mesmo que, depois de tudo isso, ele vai te dispensar assim?

Talvez.

Talvez ele também goste de você. Talvez seja por isso que ele fica te olhando tanto.

Talvez.

Dane-se. Eu estava amarelando. Rápido e inesperado... JÁ!

Eu me inclinei para a frente e o beijei. Acho que ele nem entendeu até ser tarde demais.

Ele ficou paralisado assim que toquei nele. Claro, Miles não gostava de ser tocado. Eu devia ter perguntado. Devia ter perguntado, *devia ter perguntado...* Mas então, como uma onda crescente, senti o calor se derramar dele. Seus dedos roçaram meu pescoço. Meu coração tentou me estrangular, e eu pulei para longe dele.

Uma faixa de luar iluminava os olhos azuis como lâmpadas fluorescentes.

— Desculpe — eu disse, levantando e correndo de volta ao bosque para pegar meu bastão de beisebol, tentando descobrir o que eu estava pensando.

Ele ainda estava sentado quando cheguei de volta à rua, toda atrapalhada.

— Então, hum... — Meu queixo formigava, os pulmões se contraíam, a garganta apertava. — Te vejo na segunda-feira, eu acho.

Ele não disse nada.

Eu mal me contive de sair correndo pela Ponte Red Witch. O vento trovejava nas árvores, e, quando finalmente olhei para trás, Miles estava ao lado da porta da caminhonete, delineado pelo luar, olhando para mim.

23

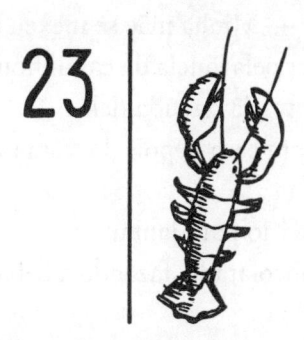

Passei o restante do fim de semana me perguntando o que iria dizer a Miles na segunda-feira. Agora sabíamos segredos um do outro. A única diferença era que ele não sabia que eu sabia. De alguma forma, parecia injusto. Como se eu estivesse mentindo para ele.

Quando acordei na segunda-feira de manhã, me lembrei das fotos na câmera e me perguntei quanto tempo levaria para Celia me encontrar e me matar depois que eu as entregasse a Claude. Tucker e eu tínhamos esgotado os bancos de dados da biblioteca a respeito de Scarlet e McCoy, mas não encontramos mais pistas sobre qual era a psicose específica de McCoy. Assim, ou eu perguntava para Celia o que exatamente estava acontecendo com McCoy — era provável que ela não fosse me dar uma resposta direta —, ou tinha de encontrar outra fonte de informação.

Eu disse a mim mesma para deixar isso de lado, disse que não valia a pena. Mas então olhei para a foto da pichação da Celia e tudo o que consegui ver foi minha própria imagem pichando o ginásio da Hillpark.

Dois minutos antes das sete, a caminhonete de Miles parou na entrada da garagem, escapamento soltando fumaça no ar gelado. Minha mãe estava na porta da frente, segurando a caneca de café nas duas mãos, o rosto pressionado na tela. Eu teria ficado brava com ela, mas ela havia me comprado uma caixa de achocolatados de garrafinha durante o fim de semana.

Por isso, cutuquei-a para que me desse licença, pendurei a mochila no ombro e peguei o achocolatado no aparador do corredor.

— Aquele é o Miles? — Minha mãe se mexeu para ver melhor quando ele deixou o braço pender pela janela da caminhonete, como se aquele braço fosse lhe oferecer a história da vida dele.

— É. Ele me trouxe pra casa depois da festa na fogueira, lembra? E na sexta-feira.

— Você devia convidá-lo para jantar.

Ri no canudo do achocolatado, fazendo a bebida borbulhar. Meu rosto ficou quente.

— Ah, tá.

— Você precisa aprender a ser mais sociável, Alexandra, ou nunca vai...

— Beleza-tchau-mãe-te-amo! — Disparei ao lado dela e saí. Ela bufou ruidosamente quando a porta de tela se fechou com um barulho.

Corri pelo jardim da frente, fazendo verificação de perímetro no caminho, e subi na caminhonete de Miles.

— Então, como foi o seu fim de semana? — perguntei, tentando parecer casual. O olhar dele virou repentinamente para mim (acho que ele estava olhando para a garrafa), e ele deu de ombros.

— O de sempre. — Deixou algo pairando no ar, como se quisesse terminar a frase com *menos no sábado à noite*. Foi o mesmo comigo, colega. Ele saiu para a rua.

— Você trabalha no Meijer, certo? — perguntei.

— Trabalho — disse ele. Os cantos de seus lábios se curvaram. — Trabalho no balcão da delicatéssen. Tenho que entregar às pessoas seu salame suculento e cheio de produtos químicos e todo o resto.

Imaginei Miles em uma sala escura, parado em uma bancada de açougueiro com uma grande faca em uma das mãos e uma perna de vaca sangrenta equilibrada na outra, um enorme sorriso enigmático no rosto...

— Aposto que os clientes te adoram — comentei.

— Adoram... quando meu gerente está por perto.

— Então você faz trabalhos lá, também?

— Não. Eu não *roubo* nada deles, muito obrigado — disse Miles. — Estou acima do roubo comum. Fora da escola.

— E por que você faz isso tudo? — perguntei. — Não pode ser só por dinheiro.

— Tenho meus motivos.

— Mas, quer dizer, você sabe, às vezes eles só querem te humilhar. Tipo, você não acha que, se tivesse voltado pela Ponte Red Witch no sábado, o Cliff e os outros iam tentar te assustar?

— Provavelmente. Acredite em mim, eu sei. Fiz um monte de trabalhos constrangedores. — Ele estacionou a caminhonete e colocou a mão ao lado do banco, para pegar a mochila. — É tudo *schadenfreude*. As pessoas só querem rir da nossa cara.

— Você sabe mesmo falar alemão? — Eu já sabia a resposta.

Miles olhou pela janela lateral e então disse, quase baixo demais para eu ouvir:

— *Ja, ich spreche Deutsch* — Um sorriso distendeu seu rosto. — Mas não me peça para falar... Eu me sinto como um macaco fazendo truques.

Saímos da caminhonete e fomos seguindo para a escola.

— Deve ser horrível para a Jetta — falei.

— Acho que ela está acostumada. Sempre que alguém pede para ela dizer alguma coisa, ela xinga.

— Ela fala francês e italiano, né?

— E alemão, e espanhol, e grego, e um pouco de gaélico.

— Nossa. Você sabe falar tudo isso?

— Na verdade não. Eu, só... alemão. — Atravessamos o estacionamento. — Ei, já que a gente estava falando sobre isso, tenho um outro trabalho para fazer na quinta-feira à noite. E quero que você me ajude.

— Por quê? O que eu posso fazer?

— Par de mãos extra. O Art era o único disponível. Vou te dar uma porcentagem da recompensa, claro.

— Não é nada ilegal, né?

— Claro que não. Você vai ficar bem.

Eu não tinha ideia de até onde ia a definição de Miles de *legal*, mas talvez esse fosse seu modelo de oferta de paz. Ele não era nenhum idiota; se fosse realmente, verdadeiramente perigoso, acho que não teria me convidado.

— Tudo bem, acho.

Miles foi comigo para a sala do jornal, onde entreguei meu cartão de memória para Claude Gunthrie e mostrei as imagens do carro da Britney pichado. Primeiro, Claude riu. Depois baixou as fotos e mandou um e-mail para o pai dele, para o diretor-assistente Borruso e para McCoy.

Não deixei de notar todos os olhares estranhos que recebemos a caminho da aula de inglês. Pensei que poderia ser porque Miles estava sorrindo, mas também não parecia ser esse o motivo. Eu não gostava dessa nova atenção. Me dava coceira no pescoço.

Eu mal tinha terminado a verificação de perímetro quando Ria Wolf se acomodou na carteira ao lado da minha, parecendo ansiosa. Arrepios correram por meus braços e pernas diante de seu sorriso predatório. Eu queria ficar o mais longe dela quanto humanamente possível, mas cravei as unhas na área de trabalho e me forcei a ficar na minha.

— Ei, como foi quando a Celia pichou o carro da Britney? — perguntou.

— Hã?

— Você estava lá, não estava?

Olhei em volta e percebi que, com exceção de Celia, a maioria da classe estava nos observando e esperando minha resposta.

— É, estava, mas ela só pichou o carro...

Caramba, a história já tinha se espalhado assim tão rápido? Mal tinham se passado cinco minutos.

— Você está tramando pra ferrar com ela ou alguma coisa assim? — Cliff apareceu ao lado de Ria, falando comigo como se fôssemos melhores amigos. Ele era ainda pior do que Ria; cada vez que o via, eu sabia que ele estava a meio segundo de partir para cima de mim com uma lâmina de barbear. — Porque isso é demais; ela merece.

— Ei, *Clifford* — Miles rosnou de seu assento —, vá encontrar algum outro território para marcar.

— Ei, *nazista*, vá encontrar mais alguns judeus para a câmara de gás — Cliff atirou de volta, mas, ao mesmo tempo em que falava, ia voltando para a própria carteira.

— Você entende o que está dizendo, quando as palavras saem da sua boca? — perguntou Miles. — Ou apenas repete o que todo mundo diz, só porque todo mundo está dizendo?

Cliff se acomodou no lugar.

— De que merda você está falando, Richter?

— Todo mundo nesta sala sabe do que eu estou falando. Pare de me chamar de nazista.

— Por que eu deveria?

A mão de Miles desceu sobre a mesa.

— Porque o assassinato sistemático de milhões de pessoas *não é engraçado*! — Sua raiva repentina fez a sala toda ficar em silêncio. Fez até mesmo o sr. Gunthrie se distrair do jornal.

Eu pensei que ele não se importava quando as pessoas o chamavam de nazista. Uma onda mista de alívio e felicidade rolou por meu corpo, me dizendo que ele se importava, *sim*, mas por que aquilo o deixou tão bravo?

— CHEGA DE CONVERSA. — O sr. Gunthrie se levantou, olhando ora para Miles, ora para Cliff, como se achasse que eles poderiam explodir. — FORMEM SUAS DUPLAS DE DISCUSSÃO LITERÁRIA, E EU NÃO QUERO OUVIR UMA PALAVRA DE NENHUM DE VOCÊS. ENTENDIDO?

— Sim, senhor!

— ANTES DE COMEÇARMOS A AULA HOJE, EU GOSTARIA DE TER UM PEQUENO BATE-PAPO SOBRE A IMPORTÂNCIA DE RESPEITAR A PROPRIEDADE ALHEIA. SOA BEM A TODOS VOCÊS?

E assim começou nossa aula de vinte e oito minutos e meio sobre por que tinta spray e para-brisas de carros não combinavam. Britney e Stacey observaram atentamente por todo o tempo, concordando com a cabeça. O sr. Gunthrie nos lançou um último olhar decepcionado e nos disse para continuar a discussão sobre *Coração das trevas*.

Tucker, como de costume, já havia escrito nosso relatório de discussão. Ele andava esquisito de novo, sua expressão fechada, como se alguém tivesse fechado uma porta dentro dele. Eu soube o motivo logo que ele olhou para Miles.

— Então — disse ele — vocês dois são, tipo, amigos agora?

Tentei manter a expressão neutra.

— Eu... acho que sim. Ele me deu carona até aqui hoje de manhã. — Fiz uma pausa, em seguida disse: — Ele falou alemão.

— O quê?

— Você me pediu para te contar se alguma vez ele começasse a falar com sotaque alemão. Eu o vi *falando* alemão, é ainda melhor, não é?

Se eu podia dizer alguma coisa, Tucker parecia mais chateado que antes.

— Por que você está no clube dele?

— Hum... serviço comunitário.

— Por quê?

— Não é nada de mais. Foi só um mal-entendido na Hillpark.

Uma pessoa inteligente seria capaz de unir o Incidente da Pichação no Ginásio da Hillpark — o qual a maior parte da East Shoal conhecia — e o meu serviço comunitário. Mas ninguém sabia o suficiente sobre mim. A Hillpark e a East Shoal se odiavam tanto que tinham cortado os canais de comunicação. Aqui, no meio do nada, em um subúrbio do estado de Indiana, era vermelho contra verde, Dragões contra Tigres-Dentes-de-Sabre. Ninguém falava com ninguém da outra escola, a menos que fosse cuspindo na cara. A única razão pela qual a East Shoal sequer sabia da pichação era que o ginásio principal da Hillpark ficara fechado por vários jogos enquanto eles limpavam o chão. Minha reputação na Hillpark não tinha maculado minha estada na East Shoal. Ainda não.

Mas Tucker era outra história. Ele sabia o suficiente sobre mim.

— Quando vocês dois entraram, ele estava sorrindo. — Tucker olhou para sua mesa, traçando as ranhuras no tampo com o lápis. — Não o vejo sorrir desde o oitavo ano.

— Ele só está me dando carona até a escola — garanti. — Não vou começar a andar com ele ou sair para descobrir os mistérios relacionados ao placar nem nada.

— Não, porque esse é o meu trabalho. — O rosto de Tucker ficou um pouco mais alegre, e um sorriso repuxou seus lábios. — Ele fica com o dever do transporte e eu fico com os mistérios. Vejo que você está construindo seu harém de serviçais.

— Estou pensando no Ackerley para o próximo. Acho que ele faria uma massagem matadora nos pés.

Tucker riu, mas olhou por cima do ombro, como se Cliff fosse aparecer atrás dele e fazer sua cabeça bater na mesa.

Eu sabia como ele se sentia.

•••

Durante o resto da semana, eu me senti flutuante de um jeito estranho. No trabalho, na escola, mesmo quando tinha de chegar perto do placar. Tudo estava ótimo. Celia fora suspensa por causa da pichação. Eu estava com toda a lição de casa em dia (e até mesmo entendia a matéria de cálculo, o que era um milagre em si), tirava muitas fotos e fazia verificações de perímetro suficientes para acalmar minha paranoia, e tinha pessoas com quem conversar.

Pessoas reais. Pessoas sem instintos homicidas.

Miles me levava para a escola. Como quase todo mundo, ele não agia do mesmo jeito quando a gente o pegava sozinho. Ainda era um imbecil, mas, sozinho, ele era mais Olhos Azuis e menos um babaca. Na quarta-feira, quando o clube ficou depois da aula, a fim de trabalhar em um encontro de natação, ele até me ajudou a enterrar o Erwin.

— Você chama sua bicicleta de Erwin?

— Claro, por que não?

— Por causa de Erwin Rommel? Você colocou o nome de um nazista na sua bicicleta? — Miles estreitou os olhos para mim. A metade traseira do Erwin caiu de lado.

— Meu pai o conseguiu no deserto africano. Além disso, Rommel era compassivo. Ele recebeu uma ordem direta de Hitler para executar judeus e a rasgou. Depois trocou o próprio suicídio pela proteção da família dele.

— Sim, mas ele ainda não sabia o que estava fazendo e com quem estava lutando — disse Miles, mas sem convicção. — Achei que você tinha medo de nazistas.

Meu passo fraquejou.

— Como você sabe?

— Você é fã de história, por isso imaginei que seus medos vinham todos da história e... bom, os nazistas eram bem assustadores. — O canto de seus lábios se curvou. — Tem isso e... sempre que alguém me chama de nazista, você fica com um olhar, como se eu tivesse tentado te matar.

— Ah. Bom palpite.

Segurei mais firme no guidão de Erwin. Demos a volta nos fundos da escola e nos dirigimos para a caçamba de lixo atrás das portas da cozinha. Eu estava sentindo cheiro de tabaco e lascas de madeira, mas suspeitei da jaqueta de Miles. Agora ele a usava todos os dias. Empurrou a tampa da lixeira, jogamos as metades de Erwin dentro e fechamos a tampa sobre minha pobre bicicleta, para sempre.

— Por que ser chamado de nazista te deixa tão bravo? — perguntei. — Quer dizer, acho que ninguém ficaria feliz com isso, mas pensei que você ia arrancar os dentes do Cliff, outro dia.

Ele deu de ombros.

— As pessoas são ignorantes. Sei lá.

Ele sabia. Miles sempre sabia.

Enquanto voltávamos para o ginásio, disse:

— Ouvi dizer que você anda em algum tipo de caça ao tesouro com o Beaumont.

— É. Ficou com ciúme?

Meio que escapou. Eu estava paralisada demais para dizer qualquer outra coisa. Ele não sabia sobre a biblioteca, sabia? Não teria como saber sobre o que eu tinha descoberto a respeito da mãe dele.

Mas então ele bufou alto e disse:

— Até parece.

Relaxei.

— Qual é o problema das pessoas com ele? Não acho que ele é assim tão ruim, sério. Tudo bem, ele faz parte de um Culto do Quartinho, mas é bem legal. Ele te odeia, mas as outras pessoas também não odeiam?

— Mas, na verdade, ele tem um motivo para me odiar. Já o resto das pessoas odeia porque é o que se espera.

— Que motivo?

Miles fez uma pausa.

— A gente era amigo no ensino fundamental — disse ele. — Eu achava que ele era um cara até que legal, nós dois éramos inteligentes, a gente se dava bem e eu era novo, mas ele não tirava sarro do meu sotaque. Só que, quando chegamos aqui, eu percebi que... ele deixa os outros pisarem nele. Ele não tem ambição. Nenhum ímpeto, nenhum objetivo final.

E que tipo de ambição você tem?, pensei. *Do tipo alcançar a máxima eficiência em matar o cachorrinho de alguém?*

— Ele é inteligente — Miles continuou —, é muito inteligente, mas não usa isso pra nada. Ele poderia usar como uma vantagem, como eu, mas fica aí, com aquelas conspirações idiotas, faz suas equaçõezinhas químicas e fica obcecado por garotas que não vão olhar duas vezes para ele.

— Tipo quem?

— Tipo a Ria.

— O Tucker gosta da Ria? — Como é que eu não sabia disso?

— Desde que eu o conheço. Se ele tivesse alguma noção, teria se livrado dessa ideia romantizada que tem dela há muito tempo e começado a trabalhar em algo útil.

— Então você o dispensou — eu disse.

— Bom... sim.

— Você dispensou seu amigo, seu único amigo, porque ele não queria te ajudar a controlar a escola.

Os lábios de Miles se apertaram em uma linha fina.

— Não, não é isso...

— Porque ele não tem ambição? Não tem um "objetivo final"?

— É.

Ri na cara dele. Miles olhou para mim com a Magnífica Sobrancelha Erguida, mas eu percebia que era só fachada.

— Você é um babaca — falei, então, e me afastei.

• • •

Miles seguiu na frente em direção à piscina, enquanto eu vasculhava o almoxarifado atrás do ginásio, procurando toalhas extras para os nadadores. Tive de passar pelas portas do ginásio para chegar lá, e parei quando ouvi vozes no interior.

— Você não está dando a ela o apoio de que ela precisa — disse uma voz doce e enjoativa.

— Estou tentando. Juro, estou tentando.

McCoy. Falando com a mãe de Celia.

Então *havia* uma conexão entre eles. Eu não poderia deixar isso passar. Entrei no ginásio abaixada e me escondi embaixo das arquibancadas, procurando na armação metálica por microfones, quando subi para o outro lado. McCoy estava na frente do placar, cabelos grisalhos despenteados, terno amassado. Eu me agachei o máximo possível e virei a câmera, apontando-a para McCoy e para a mulher que estava de costas para mim. Hoje seus cabelos loiros estavam arrumados atrás da cabeça em uma trança apertada.

— Eu sei que ela é sua filha — disse McCoy —, mas não é muito inteligente. Ela não é como você era.

— A Celia é tão inteligente quanto qualquer um desses idiotas. Ela precisa de mais foco, só isso — disse lentamente a mulher. — Precisa parar de ficar com a cabeça nas nuvens e focar no que realmente importa. O que eu estou dando a ela em uma bandeja de prata.

McCoy ergueu as mãos de um jeito suplicante.

— Eu quero facilitar isso. Quero dar apoio a ela.

A mãe da Celia zombou.

— Por favor, Richard. Se você realmente quer ajudá-la, tem que mostrar que isso é o futuro dela. Continuar com o legado que eu deixei para ela. A Celia tem potencial para ser *a melhor*. — Fez uma pausa, ruminando as palavras. Suas unhas brilhantes bateram no braço. — Ela falhou em ser líder de torcida. Com certeza você pode fazer algo a respeito, não pode?

— Não posso dar essa posição à Celia só porque ela fez um escândalo. Ela vai ter que ser alguma outra coisa.

— Tudo bem, então faça algo a respeito do menino! Afaste as distrações!

— O Richter *é* um problema. Não entendo o que ela vê nele. Ou o que ela pensa que vai acontecer. Ele não quer saber dela.

— Não importa o que ele quer. Enquanto a Celia o quiser, vamos ter problemas.

McCoy suspirou.

— Posso ajudar contanto que ela não tente resolver o problema por conta própria. Tenho tudo o que ela precisa.

— Fico feliz que você esteja fazendo bom uso da sua posição como diretor. — A voz da mãe de Celia ficou doce novamente. — Obrigada, Richard. Por tudo. — Estendeu a mão para afagar o rosto dele. Então passou por ele e saiu do ginásio. McCoy esperou um minuto e saiu em seguida.

Eu me encolhi de novo debaixo das arquibancadas, desliguei a câmera e tentei encontrar sentido no que tinha acabado de ouvir.

McCoy conhecia a mãe de Celia.

McCoy *realmente* a estava ajudando em algum plano destrutivo estranho para tornar Celia a rainha da escola.

Eles iriam se livrar das distrações.

Isso significava Miles.

24

— Rápido, outro.
— Já sei.
— Você pratica algum esporte?
— Mas que droga, você já sabe, né?
— Você é o Pelé.

Evan estava passando a mão pelo cabelo e afastou as mãos, num movimento tão brusco e rápido que arrancou alguns fios.

— *Como?* Como você descobriu sem me fazer nenhuma pergunta?

Miles entrelaçou os dedos sobre o peito e olhou para o teto do ginásio, sem responder. O restante de nós ficou sentado em um círculo ao redor dele, enquanto o time masculino de basquete treinava na quadra lá embaixo. Jetta pegou uma única uva da lancheira e a deixou cair na boca de Miles. Ele mastigou a recompensa docemente, sem pressa.

— Na semana passada, você disse que tinha começado a gostar muito de futebol — ele finalmente disse. — Então, da próxima vez, não escolha um dos jogadores mais famosos do mundo.

— Minha vez, chefe — disse Art.

— Você está vivo?

Miles começava com essa pergunta quando não conhecia bem a pessoa. Pelo menos era o que eu pensava no início. Depois de vê-lo jogar com os membros do clube, ao longo de alguns meses, notei um padrão. Miles esmagava Theo, Evan e Ian sob seu calcanhar mental, porque isso os incentivava a tentar derrotá-lo, mas sempre dava a Jetta e Art alguma margem de manobra.

— Sim.
— Você é homem?
— Sim.
— Você tem um programa de tevê?
— Não.
— Você teve um programa de tevê em algum momento da vida?

O sorriso de Art nunca ficava muito largo, mas entregava tudo o que estivesse se passando na cabeça dele.

— Sim.
— Você usa gravata-borboleta?

Art continuou sorrindo.

— Não.

Miles teve de inclinar a cabeça para trás na arquibancada para ver Art.

— Sério? Interessante.
— Desiste? — perguntou Art.
— Não. Você é Norm Abram. Ou era Bill Nye, ou alguém envolvido com trabalho em madeira.

Evan, Ian e Theo soltaram um gemido coletivo. Jetta deu outra uva na boca de Miles. Art encolheu os ombros e disse:

— Meu pai me deixou viciado em programas de reforma de casa quando eu era criança.

Miles acenou na minha direção.

— Sua vez.

Eu não havia mais jogado desde a primeira vez, com os imperadores astecas. Ele nunca tinha me convidado, até agora.

— Tá bom, pronto.
— Você está vivo?
— Não.
— Você é uma historiadora, é claro que vai escolher uma pessoa morta. Você é homem?

— Sim.
— Você é da América do Norte ou da América do Sul?
— Não.

Ele virou a cabeça para me olhar diretamente nos olhos, como se pudesse ler meus pensamentos se se concentrasse o suficiente.

— Europa é uma armadilha... Você é da Ásia?
— Sim.
— Você teve um efeito significativo sobre o desenvolvimento de algum ramo da filosofia que impactou o mundo profundamente?
— Por que você não faz perguntas assim pra gente? — Theo deixou escapar.

Sufoquei uma risada.
— Sim.

Miles sentou e pensou por um momento. Ele só tinha feito cinco perguntas e já estava chegando muito perto.

— Você é da China?
— Não.
— Da Índia?
— Não.

Ele estreitou os olhos para mim.
— Você é do Oriente Médio?
— Sim.
— Você é praticante do Islã?
— Sim.
— Você nasceu antes de 1500?
— Sim.
— Você contribuiu para o campo da medicina?
— Sim.

Miles olhou para o teto novamente e fechou os olhos.
— Você também é conhecido como o pai da medicina moderna?

Ian franziu a testa.
— Hipócrates era muçulmano?
— Eu não sou Hipócrates — expliquei. — Sou Avicena.

— Sabe, parte do jogo é *não* dizer ao chefe quem você é antes dele adivinhar — disse Evan.

Dei de ombros.

— Ele já sabia. — Virei para Miles. — E chegamos a doze. Mas pelo menos você não ficou prolongando para se exibir, como da última vez.

Ele resmungou.

Jetta olhou para a porta do ginásio e tornou a olhar para Miles.

— *Mein Chef. Der Teufel ist hier.*

Todos nós viramos para olhar. O sr. McCoy entrou no ginásio, endireitando o paletó e a gravata, com o olhar focado em nosso grupo. Deu a volta na turma que treinava basquete e parou ao pé das arquibancadas.

— Sr. Richter — chamou. Seu tom de voz era de quem está com a mandíbula imobilizada. — Posso falar com o senhor por um instante?

— Sim — disse Miles. Ele não se moveu.

McCoy esperou um total de quatro segundos antes de acrescentar:

— Em *particular*, sr. Richter.

Miles se colocou em pé, passou por mim e desceu as arquibancadas. Enquanto ele e McCoy caminhavam até o fundo do ginásio, onde não podíamos ouvi-los, Evan e Ian tiveram calafrios exagerados idênticos.

— Cuidado, não os deixem sair do seu campo de visão — disse Evan.

— Sim — acrescentou Ian. — McCoy pode arrancar os olhos do chefe com um cortador de melão e usá-los como azeitonas no martíni.

— O quê? — perguntei. — Por quê?

— *Der Teufel hasst Chef* — disse Jetta.

— Não sei o que isso significa.

— McCoy odeia o chefe — Theo explicou. — Eu diria que os meus irmãos estão sendo maldosos, mas há uma boa chance de o McCoy realmente ter um cortador de melão na gaveta da escrivaninha com o nome do chefe gravado.

— Falando sério — eu disse. — É só por causa da maneira como todo mundo odeia o Miles? Porque deve ser um saco o diretor ter que lidar com isso. — *Por favor, que seja apenas isso. Por favor, que não seja nada fora do comum.*

— Não, não — disse Evan. — Escuta. Dá para dizer que o Ian e eu... fizemos da diretoria a nossa segunda casa. Quantas vezes você acha que fomos enviados para lá em três anos, Ian?

Ian bateu o dedo no queixo algumas vezes.

— Umas quatro vezes por semestre? Na verdade, já está na hora.

— Por isso a gente sabe um pouco do que acontece no escritório do cara. Ele fala com o chefe o tempo *todo*. O chefe é muito cuidadoso com as... *coisas*... dele, sabe, então o McCoy não tem nada contra ele, mas tem um monte de teorias que ele está sempre discutindo com o diretor-assistente Borruso. Que o chefe tem armas, ou drogas, um monte de histórias ridículas. Ele quer de verdade que o chefe seja expulso.

Aquela era a East Shoal... claro que seria algo fora do comum.

— Mas... por quê? — perguntei. — Ele não pode estar irritado por nada. O que poderia causar isso tudo?

Evan deu de ombros.

— Tudo o que eu sei — disse Ian — é que o McCoy não inventou este clube e forçou o chefe a liderá-lo só porque queria impedir o Miles de grudar a lição de casa do pessoal no teto. Ele fez isso porque queria manter o chefe na mira.

Então o talvez mentalmente instável McCoy estava com Miles na mira. Por quê? Por que ele se importava tanto com Miles? Por que McCoy tentaria machucá-lo?

Ou eu estava sendo paranoica? McCoy estaria apenas lidando com um aluno indisciplinado?

Eu poderia correr esse risco?

— Não se *prrreocupe*, Alex — disse Jetta, se apoiando para trás com as uvas. — Se ele *tentarrr ferrrir mein Chef*, vamos *enviarr* ele de volta *parra o inferrno* de onde ele veio.

Vindo da Jetta, isso foi muito reconfortante.

Miles voltou para as arquibancadas poucos minutos depois, os dois olhos ainda nas órbitas. Eu o olhei de cima a baixo três vezes antes de fazer uma verificação rápida de perímetro. Nada de estranho, mas eu não podia ignorar o instinto me soprando que algo ruim estava por vir.

Olhos Azuis era a pequena chama de uma vela na escuridão, e, mesmo que eu não soubesse ao certo se Miles era realmente Olhos Azuis, não podia deixá-la se apagar.

25

Fiquei sentada em frente à janela na noite do trabalho, esperando o sinal. Meus dedos tamborilavam no parapeito e meus pés suavam dentro dos sapatos, apesar do frio lá fora. Meu pai estava roncando no quarto no final do corredor, e, se estava roncando, significava que ele e minha mãe estavam dormindo. No quarto ao lado do meu, Charlie murmurava algo sobre peças de xadrez cobertas de açúcar. Tudo o que eles tinham que fazer era dormir pelas próximas duas horas, e tudo ficaria bem.

Verifiquei duas, três vezes com Art para garantir que o trabalho fosse (em geral) seguro e que com certeza acabaria em duas horas. Eu ainda não sabia exatamente o que era e o que eu teria de fazer.

Mas então percebi que eu não me importava. Eu iria aproveitar a adrenalina desta noite mesmo que ela me matasse. Eu queria ser uma adolescente. Queria sair de fininho à noite (não com a impressão de estar sendo sequestrada por comunistas) e fazer coisas que não deveria fazer. Queria fazê-las com *outras pessoas*. Pessoas reais. Pessoas que sabiam que havia algo diferente em mim e não se importavam.

A van de Art parou no final da rua e piscou os faróis. O mais silenciosamente que pude, tirei a tela da janela, encostei-a na parede, subi no canteiro do lado de fora e fechei a janela atrás de mim. Assim como em uma viagem noturna à ponte. Comecei a descer a rua enlameada, apertando os olhos para me certificar de que era realmente Art no banco do motorista, então subi no lado do passageiro.

— Certo, agora temos de ir buscar o chefe — disse Art.

Coloquei o cinto de segurança.

— Aonde vamos?

— Downing Heights. — Ele sorriu um pouco. — Eu sei que você adora aquele lugar.

— Nossa, amo — murmurei. — Me diz que a gente não está indo para a casa da Celia.

— Não. Primeiro temos que buscar o chefe, e ele definitivamente não mora em Downing Heights.

Casas silenciosas passaram por nós. À distância, casas caras de Lakeview se erguiam como montanhas escuras. Ao nosso redor, no entanto, cada casa ficava menos amigável do que a anterior. De repente, meu casebre cor de sujeira pareceu muito melhor do que antes.

Viramos numa esquina, e as casas se tornaram francamente assustadoras. Assustadoras do tipo Miles Sangrento tentando me matar. Eu não teria ido para aquelas bandas nem com o sol a pino.

Art parou em frente a uma casa de dois andares que parecia ser sustentada nos cantos por grampos. Telhas faltavam por todo o telhado, metade das janelas tinha os vidros quebrados e a varanda era afundada no meio. Havia lixo por todo o gramado, rodeado por uma cerca de arame enferrujado. A caminhonete azul de Miles estava na entrada da casa, ao lado de um Mustang velho que parecia poder valer muito dinheiro se alguém tentasse cuidar dele.

Eu sabia que algo ali devia ser uma ilusão. Algo. A escuridão tornava tudo pior, mas aquele lugar... ninguém poderia viver assim. Tinha de ser falso.

— Oh-oh... Ohio está para fora. — Art apontou com a cabeça um dos lados da varanda, onde uma casinha improvisada abrigava o maior rottweiler que eu já tinha visto na vida. Parecia o tipo de cachorro que come bebês no café da manhã, velhos no almoço e virgens sacrificiais no jantar.

Não me admirava que fosse o cachorro do Miles.

— Ele mora aqui? — Eu me inclinei para a frente, a fim de ver melhor a casa. — Como isso aqui sequer pode ser habitável?

— Não é, acho que não. O pai dele sobrevive enfiado constantemente numa névoa de álcool e soltando esse cachorro dos infernos em cima dos vizinhos. — Art estremeceu. — Da primeira vez que viemos buscar o chefe, o Ohio estava acordado. Achei que ele fosse arrancar minha cabeça, nem cheguei a sair da van.

Eu nunca tinha imaginado o grande e avantajado Art com medo de nada. Não sabia o que eu tinha esperado, mas não era aquilo. Tudo bem que Miles não era rico, mas eu ainda esperava algo um pouco melhor.

— O que o pai dele faz?

Art encolheu os ombros.

— Acho que ele é tipo um segurança no centro da cidade. São só os dois, por isso acho que eles não passam necessidade, mas ninguém cuida da casa.

Um movimento no andar de cima me distraiu. A janela no canto esquerdo se abriu. Um vulto escuro desceu pela abertura estreita como um gato e esticou os braços lá dentro para pegar um casaco e um par de sapatos. Vestiu o casaco, mas carregou os sapatos e depois correu para o lado, por cima do telhado da varanda, se abaixou pelo cano da calha como um fantasma e pousou silenciosamente na ponta dos pés, bem em cima da casinha do cachorro.

Ohio suspirou, mas não acordou.

A silhueta desceu da casinha, foi andando com cuidado pelo gramado, pulou a cerca e correu até a parte de trás da van. Eu me obriguei a respirar novamente.

Miles subiu atrás, sacudindo lama dos cabelos e das meias. Enfiou os pés nos sapatos. Art arrancou com o carro e se afastou da casa.

— Cachorro maldito — Miles deixou escapar, apoiando a cabeça no encosto do banco. Ainda era estranho vê-lo desse jeito. Jeans e uma camisa de beisebol velha debaixo da jaqueta. Botas que pareciam brinquedos de mastigar. Ele passou as mãos nos cabelos, penteando-os para trás, abriu um olho e me pegou encarando-o. — Eu moro no Jardim Merda, eu sei. — Olhou para Art. — Você conseguiu as coisas?

— Atrás de mim.

Miles agarrou a mochila preta escondida atrás do banco do motorista e despejou o conteúdo no chão, onde as coisas rolaram.

Um recipiente de gel refrescante para dor, um saco de pontinhos pretos, cinco ou seis cordas elásticas resistentes, uma chave de fenda, uma chave inglesa e uma marretinha.

— Para que você trouxe isso? — perguntou Miles, pegando a marreta. Art deu de ombros.

— Achei que seria divertido. Caso a gente precise esmagar alguma coisa. Ri pelo nariz. As mãos de Art já eram duas marretas por si sós.

— Não esmague nada caro demais. Eu disse à Alex que a gente não ia cometer crime nenhum.

— É... chefe? Você chama arrombamento e invasão de quê?

— De crime — disse Miles. — Mas não é arrombamento e invasão se a gente tem a chave. — E tirou uma única chave do bolso e a levantou no ar.

— Onde é que você conseguiu uma chave?

— Tenho alguém do lado de dentro. Vire aqui. A dele é a terceira casa do lado esquerdo.

Estávamos de volta a Downing Heights, seguindo em direção às casas superchiques. Paramos em frente a uma que poderia ser a segunda casa de Bill Gates. A calçada da frente levava a uma garagem de três portas e uma varanda enorme, com uma porta dupla de vitral.

Miles enfiou na mochila todos os objetos, menos a chave de fenda, a chave inglesa e a marreta.

— Art, você cuida do carro. Alex, você vem comigo. — Consultou o relógio. — Espero que ninguém acorde. Vamos.

Descemos da van e corremos em direção à casa. Miles parou ao lado da porta da frente, abriu o teclado de segurança e digitou um código. Ele se virou para a porta e destrancou com a chave. Ela se abriu.

Entramos num hall. Miles fechou a porta atrás de nós e digitou no teclado do lado de dentro. Em seguida, fez sinal para outra porta próxima, que devia levar à garagem. Art passou por ela com a chave de fenda, a chave inglesa e a marreta presas em uma das mãos.

Aquela casa deveria estar em Hollywood, não na região central de Indiana. Uma escadaria enorme ocupava o meio do vestíbulo (um *vestíbulo*;

cara, eles tinham um *vestíbulo*) e se dividia em duas direções no andar de cima. À direita estava uma sala onde a luz de uma tevê cintilava na parede oposta. Bati no braço de Miles, apontando para a luz. Ele negou com a cabeça e ficou olhando para a porta. Um segundo depois, uma menina de cabelos negros e pijama estampado de caxemira entrou no vestíbulo. Ela esfregou os olhos com a mão, olhando diretamente para nós.

— Oi, Angela — disse Miles, mais calmo impossível. A menina bocejou e acenou.

— Oi, Miles. Ele está dormindo pesado. Eu amassei aqueles comprimidos no jantar dele, como você falou.

— Maravilha, obrigado. — Miles pegou a carteira e entregou a ela uma nota de vinte dólares. — Bom trabalho. Ele ainda está no mesmo quarto, certo?

— A quarta porta à direita — disse Angela. — Meus pais estão do lado esquerdo, então você não precisa se preocupar com eles.

— Obrigado. Vamos.

Nós dois subimos a escada. No topo, viramos para a direita e seguimos, sorrateiros, por um longo corredor. Era tudo tão perturbadoramente normal — sem falar na quantia astronômica de dinheiro que devia ter sido gasta ali — que por um momento pensei que o lugar todo poderia ser uma alucinação.

Miles parou na quarta porta, tocou a maçaneta algumas vezes, hesitante, como se achasse que estaria pegando fogo, e então abriu a porta.

Quem quer que fosse dono do quarto, era incrivelmente desorganizado. Roupas forravam o chão. Papéis, diagramas e mapas de diferentes lugares estavam espalhados em uma escrivaninha encostada em uma das paredes. Modelos de carros, de super-heróis e de animais mecânicos cobriam a cômoda. Pôsteres de ciência estavam colados em cada parede, incluindo um de tabela periódica, que brilhava no escuro.

O dorminhoco rolou.

— Aqui. — Miles abriu o zíper da mochila e tirou o recipiente de gel refrescante para dor. — Vá até a cômoda. Deve estar em uma das gavetas de cima. Dê uma borrifada disso em cada cueca que você encontrar.

— Eu... o quê? — Peguei a embalagem. — Isso é nojento.

— Vou te pagar cinquenta dólares por isso — Miles sibilou e virou para a cama.

Fui até a cômoda e abri a gaveta de cima do lado esquerdo. Vazia. Cuecas boxer branquíssimas enchiam a gaveta da direita.

Bem... pelo menos estavam limpas.

Peguei a primeira e destampei o gel. Enquanto eu trabalhava, observei, de canto de olho, que Miles afastou as cobertas e prendeu o dorminhoco na cama com as cordas elásticas, dos ombros até os tornozelos. Então abriu o saco de pontinhos pretos — pulgas? — e jogou na cabeça da vítima.

— Pronto, terminei — sussurrei e fechei a gaveta.

— Agora pegue todas as cuecas que encontrar no chão e enfie embaixo da cômoda. — Miles começou a programar o despertador no criado-mudo.

Com o indicador e o polegar, imitei aquelas máquinas de pegar bichinhos de pelúcia e pesquei as cuecas, tocando-as o mínimo possível. Fiz uma pilha ao lado da cômoda e empurrei com o pé.

— O efeito do sonífero deve passar antes do alarme disparar — disse Miles. Devolvi o gel para ele. — Agora só precisamos cair fora.

Estiquei o corpo por cima da cama, para ter uma visão melhor de nossa pobre vítima inocente.

Fiquei paralisada.

— Ai, meu Deus, Miles.

— Que foi?

— É o *Tucker*!

Ele parecia tão inocente com a camiseta do Einstein e a calça de pijama coberta de átomos... e eu tinha passado gel refrescante nas *cuecas* dele...

— Calma! — Miles agarrou meu punho e me puxou para fora do quarto. Corremos pelas escadas e voltamos ao vestíbulo, onde Angela acenou para nós da sala de estar. Em seguida estávamos na varanda. Miles trancou a porta, programou de novo o sistema de segurança, e nós corremos para a van. Art esperava na frente.

— Seu *imbecil*! — xinguei, assim que as portas foram fechadas e Art pisou no acelerador. Dei um soco no braço de Miles com toda a raiva que estava brotando em mim. — Você não me disse que era o *Tucker*!

— Você teria vindo se eu tivesse dito? — perguntou Miles.

— Claro que não!

— Sim, mas não viu problema em fazer isso com outra pessoa. — Miles empurrou os óculos para cima e esfregou os olhos. — Um pouco hipócrita, se você quer a minha opinião.

— Eu não quero. — Cruzei os braços e olhei pela janela. Uma culpa terrível girou em meu estômago. — Você devia ter me contado.

— Por quê? Porque você fica com remorso quando é ele? Porque ele fica atrás de você como um cachorrinho? Ele nunca vai saber que você ajudou. Vai ficar confuso e desconfortável, e você vai ficar cinquenta dólares mais rica.

Outra onda de raiva atravessou meus membros.

— Não importa. O problema é a premissa!

— Não, não é. Não quando você decide de repente que é ruim só porque é o Beaumont!

Nós nos entreolhamos por um minuto, até que Art tossiu. Meus braços ficaram tensos.

— Você é um babaca — eu disse, olhando para longe.

— O sujo falando do mal lavado — Miles retrucou num murmúrio.

26

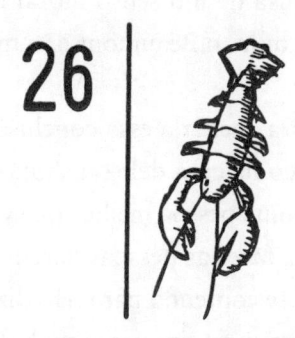

Na manhã seguinte, Miles ainda apareceu na minha casa. Mas deixei as sete horas virem e irem e pedi a meu pai que me levasse à escola. Ele notou que algo estava errado quando caí de boca no cereal sem verificar antes se havia escutas. Quando perguntou, eu disse que não tinha conseguido dormir.

Ainda assim, logo que chegamos ao estacionamento da escola, eu estava bem acordada.

Ele me deixou na entrada principal. Fiz uma verificação de perímetro, notei os homens — *reais ou irreais?* — em pé sobre o telhado e pendurei a mochila no ombro. Tive uma sensação avassaladora de que as pessoas estavam olhando para meus cabelos. Quando olhei em volta, ninguém nem prestava atenção em mim.

Miles estava nos armários, em pé em frente à sua porta aberta, guardando livros. Quando abri meu armário, uma nota de cinquenta dólares novinha planou até meus pés. Peguei-a e joguei em Miles.

— Não quero isso.

Ele arqueou a sobrancelha.

— Que pena, porque é sua.

— Não vou ficar com isso. — Joguei a nota em cima dos livros dele.

— São cinquenta dólares. Com certeza você pode usar para alguma coisa.

— Ah, aposto que sim. A questão é que eu não vou.

— Por quê, por causa de um senso moral mal-empregado? — Miles cuspiu. — Acredite em mim, o Beaumont não merece o seu sentimento de culpa.

— Quem é você para chegar a essa conclusão? — Eu me segurei muito para não dar um soco na cara dele ou chutá-lo na virilha. — Você não gosta dele porque ele é uma pessoa melhor que você. Ele não recorre a roubo e sabotagem só para fazer as pessoas darem ouvidos a ele.

Miles parecia estar se contendo para não dizer algo desagradável, mas meneou a cabeça e colocou os cinquenta no bolso de trás.

Indo para a classe, tudo em que conseguia pensar era por que raios eu já tinha sentido vontade de beijá-lo. Mas então ouvi os gritos sobrenaturais vindos da sala do sr. Gunthrie. Um grande grupo de alunos tinha se juntado fora da porta. Fui me espremendo entre eles e pulei para o lado, em caso de haver projéteis.

Celia estava de volta, com os dedos enredados no rabo de cavalo de Stacey Burns, gritando a plenos pulmões. Seus cabelos, antes loiros, agora estavam verde-grama. Britney Carver estava do outro lado de Stacey, tentando afastar os dedos de Celia, que se lançou e plantou o punho na cara de Stacey com um *crack*.

Claude Gunthrie jogou alguns calouros para fora da porta e correu para a classe, agarrando Celia pela cintura e levantando-a do chão.

— ME SOLTA! VOCÊS FIZERAM ISSO, SUAS MALDITAS! EU VOU MATAR VOCÊS!

— Não fomos nós! — Stacey gritou em resposta, sangue escorrendo do lábio. — Me solta!

— Alguém agarre os braços dela! — Claude resmungou sob o peso de Celia. — Ela vai... AI...

Celia deu uma cotovelada na cara dele.

— O QUÊ? — Theo se levantou com tudo e se lançou no braço que Celia tinha acertado em Claude, parecendo preparada para arrancá-lo.

— O QUE ESTÁ ACONTECENDO? PAREM COM ISSO, TODOS VOCÊS!

Como se fosse mandado por Deus, o sr. Gunthrie trovejou para dentro da sala, pegou Celia pelo colarinho com uma das mãos, Stacey com a outra, e levantou as duas no ar. Ambas pareciam tão completamente chocadas, quando ele as colocou de volta no chão, que calaram a boca e se soltaram.

— CLAUDE, LEVE BURNS PARA A ENFERMARIA. HENDRICKS, VOCÊ VEM COMIGO. — O sr. Gunthrie fez uma pausa, avaliando Celia, e então disse: — POR QUE VOCÊ TINGIU O CABELO DE VERDE?

Celia começou a gritar novamente, e o sr. Gunthrie teve de firmar os braços ao redor dela para arrastá-la para fora da sala. Stacey, travando a mandíbula, saiu pisando duro sem Claude. Claude, ostentando um nariz sangrando, foi atrás. Theo conseguiu sair da sala com ele.

Afundei em uma cadeira. Stacey e Britney realmente haviam tingido o cabelo de Celia de verde, ou era outra das acrobacias da garota para chamar atenção?

Os sussurros ficaram mais altos. Miles entrou, parecendo um pouco desconcertado diante da sala semivazia e todo mundo nos lugares errados. Sentou-se sem olhar para mim.

Cliff e Ria estavam de volta à carteira de Ria, rindo e olhando para a porta a intervalos de segundos. De repente, o rosto de Ria ficou tão vermelho e Cliff começou a rir tanto que eu virei e olhei também.

Tucker entrou na classe andando esquisito, com as pernas arqueadas. Bolsas profundas rodeavam seus olhos, e as mãos coçavam os cabelos pretos despenteados. A gravata estava folgada ao redor do colarinho, e a camisa para fora da calça. Com muito cuidado, ele se abaixou na cadeira, estremecendo quando se acomodou, e começou a se coçar todo.

Deslizei do meu assento e corri pela classe.

— Você está bem?

"Você está bem?" é, provavelmente, uma das cinco perguntas mais idiotas de todos os tempos. Noventa e nove por cento das vezes, é mais fácil usar um pouquinho de bom senso. No entanto, na atual conjuntura, eu não conseguia pensar em nada melhor para dizer, porque "Me desculpe por colocar gel refrescante na sua cueca" não é a primeira coisa que a gente quer dizer a alguém que não sabe, na verdade, que foi a gente que colocou gel refrescante na cueca dele.

Tucker cruzou as mãos no colo, como se finalmente percebesse que estava parecendo um macaco raivoso.

— Não — disse ele. — Acordei hoje de manhã me sentindo como se estivesse em uma viagem de ácido. Estou me coçando inteiro e não sei por quê. — Ele se inclinou para mais perto de mim, se mexendo com desconforto no assento. — E parece que alguém tacou fogo na minha cueca, de tanto que arde.

Pressionei o punho na testa; meu estômago deu nós em torno de si mesmo.

— Eu sei o que aconteceu — ele começou. Olhei para ele com horror, mas Tucker continuou: — Não os detalhes, mas eu sei o que aconteceu e por quê. E sei que foi o Richter. Sei que foi ele, porque é a única pessoa que poderia entrar e sair da minha casa no meio da noite sem disparar o alarme. Pelo menos, é a única capaz de fazer isso com o único propósito de aprontar *comigo*.

Tucker lançou um olhar por sobre meu ombro para Miles.

— Olhe para ele, ele nem disfarça. Está nos encarando neste exato momento.

Não olhei.

— Não pode ser tão ruim assim, né? O que aconteceu?

Ele balançou a cabeça.

— Não sei. Meu despertador tocou uma hora atrasado, e tudo deu errado desde então. Andei até o meio do caminho, quando estava vindo para a escola, e meu carro quebrou. — Tucker parou por um momento para coçar distraidamente o peito. — Ele teve ajuda de mais alguém, eu acho... O Richter nunca entendeu de carros... Provavelmente alguém daquele clube...

Ele parou de novo.

— Você não... Você não o ajudou, né?

Talvez eu tenha demorado um segundo a mais para responder do que o esperado. Talvez tenha olhado na direção errada, ou puxado um pouco forte demais os cabelos. Mas a compreensão tomou o rosto de Tucker antes que eu pudesse começar a tagarelar negações. Ele afastou o corpo todo para longe de mim.

Por que eu havia hesitado? Por que não tinha feito o que planejei fazer e não contei tudo?

27

Na hora do almoço, a história do que acontecera na aula do sr. Gunthrie já tinha se espalhado por toda a escola. O nariz de Claude estava inchado e ferido, e ele fazia careta cada vez que tentava falar. Stacey não tinha voltado da enfermaria, mas Britney andava reclamando da perversidade de Celia para quem quisesse ouvir. Eu tinha noventa por cento de certeza de que a própria Celia tinha sido suspensa. De novo.

Não vi Tucker pelo resto do dia, e isso fez com que eu me odiasse. Quer dizer, quem se importava que não haveria mais viagens à biblioteca para procurar alguma história sobre McCoy ou conspirações no Finnegan's? Eu devia ter perguntado a Miles de quem era a casa. E sabia que Miles estava pelo menos um pouco certo quando me chamou de hipócrita, porque afirmei que era errado só porque era com o Tucker. Era errado, independentemente de quem fosse. Mas mesmo assim eu tinha participado.

Quando chegou a sétima aula, de química, a última coisa que eu queria fazer era ficar em uma bancada de laboratório com Miles por cinquenta minutos. Eu tinha evitado falar com ele durante todo o dia, mas a aula no laboratório me obrigava a relatar dados sobre reações químicas com certos tipos de metais para que ele pudesse anotá-los. Não sei por que ele simplesmente não resolvia tudo sozinho — as amostras eram simples de analisar —, mas depois de cada reação ele ficava olhando para mim, esperando o resultado.

Pelo visto, isso o fazia pensar que eu o tinha perdoado. Depois da aula, ele me seguiu por todo o caminho até os armários, depois para o ginásio, em silêncio, até que vimos Celia ser levada da sala do diretor pelo pai dela e por um segurança da escola.

— A Celia não era assim antes — disse Miles. — Ela gostava de me encher, mas nunca fez nada para outras pessoas. Acho que algo estranho está acontecendo, mas não sei o que é.

Eu me virei e olhei para o armário com porta de vidro fora do ginásio, como se não desse a mínima para ele ou para Celia.

— Você parece achar que eu estou falando com você.

— Você estava, na aula de química — disse Miles.

— Para fazer a atividade de laboratório.

Ouvi-o ranger os molares.

— Tudo bem. Me *desculpa* — ele pronunciou a palavra entredentes. — Feliz agora?

— Te desculpar por quê? — Olhei para a foto de Scarlet novamente. Agora, a imagem estava totalmente rabiscada em vermelho. Eu gostaria de estar com a Bola 8 Mágica do Finnegan's.

Miles revirou os olhos.

— Por... Não sei, por não te contar que era o Beaumont?

— E?

— E por te fazer colocar gel na cueca dele.

— Foi cruel.

— E o que te faz pensar que foi ideia *minha*? Eu não invento essas coisas, só faço o que as pessoas pedem.

Respondendo ao olhar que lancei para ele, suas mãos se levantaram em sinal de rendição.

— Desculpa, *desculpa*, é sério... Tudo bem, se você não vai falar comigo, pode pelo menos ouvir?

— Depende do que você tem a dizer.

Miles olhou em volta para ver se estávamos sozinhos, então respirou fundo.

— Tem algumas coisas que eu preciso te contar, porque sinto que... É como se eu devesse isso a você. Não sei por que me sinto assim, e não gosto de me sentir assim, mas lá vai...

Fiquei surpresa, mas não disse nada. Miles respirou fundo outra vez.

— Antes de mais nada... e se eu não conto a ninguém sobre você, você não pode contar a ninguém sobre isso... minha mãe está em um hospital psiquiátrico.

Era para eu ficar surpresa? Confusa? Não achei que ele realmente fosse me contar, mas agora eu não precisava me sentir mal a respeito do desequilíbrio de segredos entre nós.

— Quê? Não. Você está mentindo.

— Não estou. Ela está em um hospital no norte, em Goshen. Eu a visito uma vez por mês. Duas vezes, quando consigo.

— Você está falando sério?

— *Estou*. Mais uma vez, você nunca acredita em mim. Não entendo por que alguém mentiria sobre isso. Estou tentando melhorar as coisas, mas, se você não quer ouvir, então vou parar de falar.

— Não, não, foi mal, continue — eu disse rapidamente.

Miles me lançou um olhar duro.

— Você vai ficar quieta e ouvir?

— Vou. Prometo.

— Bom, como eu sei que você quer saber por que ela está internada... não é nada. Ela sempre foi um pouco... fora de prumo... mas nunca ruim o suficiente para ser isolada. Nunca ruim o suficiente para ficar lá dentro. Mas negar que você é louco tende a fazer as pessoas pensarem que você é mais louco...

Fiz um barulho, indicando que compreendia.

— ... e foi assim que o meu pai os convenceu, antes de mais nada. Disse que ela negava o tempo todo. Primeiro ele falou que os hematomas, os olhos roxos e os lábios inchados eram culpa dela. Que ela os causava em acessos de raiva e depressão, que era bipolar e que ele não confiava mais nela. E, claro, assim que a minha mãe ouviu isso, ficou furiosa, o que só piorou tudo. — Ele fez uma espécie de ruído de repulsa no fundo da garganta. — E depois... o lago.

— O lago?

— Ele a jogou em um lago, depois a "salvou" e disse que ela tinha tentado cometer suicídio. Ela estava histérica. Ninguém se preocupou em procurar provas contra ele. Foi quando eu comecei a fazer trabalhos para as pessoas, e agora eu pego todos os turnos da noite no supermercado e ignoro as leis de trabalho de menores de idade, porque não me importo. Eu vou tirar a minha mãe daquele lugar quando fizer dezoito anos, em maio, e preciso do dinheiro pra ela, para... para ela ter alguma coisa, sabe? Porque o meu pai não vai dar nada para ela, e eu não posso deixá-la voltar para aquela casa.

Miles parou de repente, os olhos focados em um ponto à esquerda da minha cabeça. Um desconforto preencheu meu estômago, do tipo que a gente sente quando de repente fica sabendo um monte de coisas sobre uma pessoa que a gente pensou que nunca saberia.

— Então. Então você...

— Ainda não terminei — ele retrucou. — Às vezes eu tenho problemas para entender as coisas. Coisas sentimentais. Não entendo por que as pessoas se magoam com certas coisas, não entendo por que o Tucker não tenta ser mais do que ele é, e ainda não descobri por que você me beijou.

Certo. Eu poderia ter morrido naquele momento. Apenas ter rastejado no chão e morrido.

— Você já ouviu falar em alexitimia? — ele perguntou.

Neguei com a cabeça.

— Significa "sem palavras para as emoções". Só que é mais que isso, é quase um distúrbio mental, mas existe uma espécie de escala. Quanto maior sua pontuação na escala de alexitimia, mais problemas você tem para interpretar emoções e coisas assim. Minha pontuação não é tão alta como a de algumas pessoas, mas não é a mais baixa.

— Ah.

— Sim. Então, desculpe se às vezes eu pareço insensível. Ou, sei lá, pareço ficar na defensiva. Na maioria das vezes, estou apenas confuso.

— Então significa que você não se importa com as pessoas que você prejudica quando põe em prática aqueles trabalhos? — perguntei.

— Não sou um psicopata, só levo algum tempo para processar. Sou muito bom em desligar a culpa quando não quero me sentir culpado. Mas não posso parar. É um jeito fácil de conseguir dinheiro, impede que as pessoas se aproximem demais de mim e eu me sinto... seguro.

— Como assim?

— Eu quero dizer que sou eu quem faz o trabalho sujo de todo mundo, assim as pessoas têm medo de mim e eu me sinto seguro. Controlo o que acontece e quem acontece.

— Com quem — murmurei, e, para minha surpresa, ele sorriu.

— Isso. Com quem.

Tive a sensação de que o sorriso não era só porque eu tinha corrigido a gramática dele. Será que Miles já tinha contado essas coisas para alguém antes? E depois fiquei pensando na mãe dele, lá em Goshen, e em como exatamente ele planejava tirá-la de lá, enquanto o pai ainda estivesse por perto. O que será que Miles faria se sua pequena ditadura sobre a escola desmoronasse?

Olhei de volta para o armário de troféus. A foto de Scarlet gritava para mim.

— Pode ser que eu saiba de algo sobre o que está acontecendo com a Celia — eu disse, enfim.

Contei tudo o que eu sabia sobre ela, sobre a mãe dela, sobre McCoy, Scarlet e o placar. Como Tucker tinha me ajudando a procurar informações a respeito, mas tínhamos chegado a um beco sem saída.

— Eu sei que o McCoy não gosta de você e sei que a Celia gosta — acrescentei. — E isso... me preocupa. Acho que os dois são muito instáveis. O McCoy precisa de algum tipo de ajuda psiquiátrica, e não acho que ele vá correr atrás disso. Acho que ele nem sabe, ou nem se importa. E eu sei, *eu sei* que, tipo, eu sou a menina louca, inventando histórias malucas, por que você me daria ouvidos? Mas se você puder apenas me fazer um favor e... tomar cuidado.

Ele ficou olhando para mim. Piscou.
Então, meneou a cabeça e disse:
— Tudo bem. Vou tomar cuidado.

28

A segunda suspensão de Celia não foi exatamente anunciada, mas todos na escola sabiam dos detalhes. Graças ao pai dela, que era advogado (e alguma intervenção imprevista do próprio Satanás, porque quem mais viria ao socorro dela?), Celia não foi expulsa. Essa era a má notícia. A boa notícia era que ela ficaria fora pelo restante do semestre. A outra má notícia era que o semestre só duraria mais dez dias. E todo o clube antecipou a outra *outra* má notícia a um quilômetro de distância: quando o semestre acabasse, Celia voltaria e começaria a fazer serviço comunitário.

A única pessoa que não pareceu gostar da boa notícia *nem* das más notícias foi o diretor McCoy, que só ficou mais mal-humorado e irritado depois que Celia foi embora. Seus anúncios matinais eram curtos e sucintos, e ele não disse nada sobre o placar. À tarde, ele era frequentemente encontrado fora do ginásio, acompanhando o trabalho do clube. Eu sabia que Miles era um menino crescido e podia se cuidar, mas, se alguma vez existiu um momento em que eu pude fazer bom uso de meu senso aguçado de paranoia, foi aquele.

Durante aqueles dez dias, a escola voltou à relativa normalidade. Talvez fosse o espírito de Natal no ar, ou o pensamento das duas semanas de férias, mas todos pareciam muito mais alegres, apesar das provas finais. Presentes eram trocados. Vi pessoas baixinhas, vestidas de vermelho e verde, rodopiando entre as salas de aula. Fiz cartões de Natal para todos os membros do clube e anexei uma dracma grega do século dezenove para cada um, sem saber se eles achariam idiota.

Entreguei o de Miles primeiro, para ver como ele reagiria. Fixei os óculos de laboratório no rosto quando estávamos na aula de química, e ele sentiu o peso do cartão na mão. Depois o abriu, como se tivesse uma bomba dentro.

Miles tirou a moeda e a analisou.

— Uma dracma? É... é de verdade? Onde você conseguiu isso?

— Meu pai é arqueólogo. Ele pega coisas em toda parte. — E as moedas foram uma das coisas que ele me trouxe das viagens que eu sabia serem reais.

— Mas isso pode valer muito dinheiro — disse Miles. — Por que você está me dando?

— Não se sinta especial demais. — Peguei os tubos de ensaio com o suporte que a gente precisaria para a experiência. — Coloquei moedas nos cartões para todo mundo do clube.

— Mesmo assim. Como você sabe que isso não vale centenas de dólares?

— Não sei, mas acho que o meu pai não me daria se valesse muito dinheiro. — Dei de ombros. — Eu tenho um monte de coisas assim.

— Você já pensou que talvez ele te dê essas coisas *apesar* de serem valiosas?

— Você quer ou não? — retruquei.

Miles baixou o queixo e olhou malignamente para mim, por sobre os óculos, guardando a moeda no fundo do bolso. Depois, voltou para o cartão.

— Você que fez? — perguntou. — Por que é todo verde?

— A Charlie agora está com mania de verde. Foi a única cor que consegui achar.

Ele examinou o que eu tinha escrito dentro do cartão: "Caro Imbecil, obrigada por manter sua palavra e acreditar em mim. Foi mais do que eu esperava. Aliás, sinto muito pelo inconveniente de ter colado seu armário no começo do ano. Mas não me arrependo, porque foi muito divertido. Com amor, Alex".

Quando ele terminou de ler, fez uma coisa tão surpreendente que quase deixei cair o bico de Bunsen e incendiei o garoto a minha frente, do outro lado da mesa.

Ele riu.

Nossos vizinhos se viraram para nos olhar, porque Miles Richter rindo era uma daquelas coisas que os maias tinham previsto como um sinal do fim do mundo. Não foi muito alto, mas era a risada do Miles, um som que nenhum mortal jamais tinha ouvido antes.

Eu gostei.

— Vou guardar isso, com certeza. — Miles foi pegar seu caderno preto. Colocou o cartão dentro dele e voltou para a bancada de laboratório, onde continuou completamente alheio aos olhares, e me ajudou alegremente a começar o experimento.

O clube pareceu gostar muito dos presentes, antes mesmo de eu explicar o que eram as dracmas. Jetta, que sabia grego, falou o idioma pelo resto do dia. Os trigêmeos também queriam saber quanto valiam as moedas deles e se poderiam penhorá-las.

— Provavelmente, se vocês conseguirem encontrar a pessoa certa — respondi —, mas eu caço vocês se fizerem isso.

O clube criou uma comoção sobre trocar presentes. Jetta, que planejava se mudar de volta para a França um dia e se tornar designer de moda, fez cachecóis para todos. Art deu estatuetas de madeira incrivelmente realistas, que ele tinha feito na aula de marcenaria. (A minha parecia uma boneca de pano com cabelos compridos.) Os trigêmeos cantaram uma canção de Natal que eles mesmos tinham composto. Miles entrou no ginásio cerca de cinco minutos depois que eles terminaram, segurando uma grande caixa branca cheia de cupcakes gigantes. Todo mundo se esbaldou enquanto assistia ao treino de basquete. Eu não comi o meu; coloquei-o em cima das estatuetas e do cachecol, em uma pilha ao lado da mochila, com a desculpa de que iria comer mais tarde. Provavelmente não comeria. Não porque não confiasse em Miles. Ele só não era tão ligado em intoxicação alimentar como eu.

Depois os trigêmeos começaram a cantar de novo, mas dessa vez eles agradaram Miles com uma rodada legal de "Você é um malvado, sr. Grinch".

Ganhei outro presente, e no começo eu não tive certeza se era realmente um presente ou um pedaço de calçada que estava ali por engano. Uma rocha do tamanho de um punho estava sobre minha mesa, sem nenhuma explicação. Eu realmente não poderia culpar a pessoa que a tinha deixado ali — eu deixara uma dracma e um cartão cheio de pedidos de desculpas sobre a carteira de Tucker —, mas ele podia pelo menos ter explicado que tipo de mensagem uma rocha daquela pretendia transmitir.

Eu a guardei mesmo assim, em parte porque estava curiosa e em parte porque nunca fui de rejeitar presentes.

29

O Natal na casa dos Ridgemont era basicamente igual ao Natal em qualquer outro lugar. Era a única época do ano em que meus pais compravam um monte de coisas. A maioria dos presentes que ganhávamos eram coisas que tinham entrado em liquidação depois do Natal do ano anterior. Charlie não percebia e eu não me importava, porque, na verdade, a maior parte eram roupas e, se servissem, serviam. Nossos presentes apareceram debaixo da árvore, tanto o da Charlie quanto o meu, com cartões do Papai Noel.

Todo ano, na véspera de Natal, Charlie e eu fazíamos nossos pais saírem para jantar sozinhos, e nos certificávamos de que fossem a algum lugar onde realmente comessem e se divertissem. Isso significava que meu pai estava feliz e minha mãe, fora da minha aba.

Atendendo ao meu pedido, minha mãe comprou os ingredientes para fazer bolo floresta negra. Charlie se empolgou comendo as cerejas enquanto o bolo ainda estava no forno, mas felizmente ainda tínhamos o suficiente para colocar na cobertura. Parecia delicioso, e era cem por cento garantido contra intoxicação alimentar e rastreadores, o que me deixava em êxtase.

Às vezes, parecia que eu só ficava feliz assim perto do Natal. Durante o resto do ano, ficava me perguntando se o sentido do Natal era só gastar dinheiro, engordar e abrir presentes. Se esbaldar.

Mas, quando finalmente chegava o Natal e com ele aquele sentimento cálido, aquele arrepio gostoso, aquela sensação de menta e suéteres e lareiras que começava a se juntar no fundo do estômago, e a gente ficava deitada no chão com todas as luzes apagadas, menos as da árvore de Natal, e ouvia o silêncio da neve caindo lá fora, a gente percebia o sentido. Naquele instante no tempo, tudo ficava bem no mundo. Não importava se tudo não estivesse realmente bem. Era a única época do ano em que fingir era o suficiente.

O problema estava em superar a época de Natal, porque, quando você sai dela, tem de redefinir as fronteiras entre realidade e imaginação.

Eu odiava isso.

Depois do Ano-Novo, alguns dias antes de termos que voltar para a escola, eu perguntei à minha mãe se poderia ir ao Meijer com ela. Ela me lançou um olhar estranho, mas não perguntou o motivo até eu embrulhar um pedaço da nossa segunda tentativa de bolo floresta negra.

— O Miles trabalha no Meijer. Eu queria ver se ele está lá hoje.

Charlie exigiu ir com a gente, e, assim que entramos no supermercado, segurei o prato de bolo com uma das mãos e, com a outra, conduzi minha irmã pela seção de hortifrúti, enquanto nossa mãe pegava um carrinho e ia fazer compras.

Claro, eu fora ao Meijer muitas vezes desde que tinha sete anos. O balcão de delicatéssen não tinha mudado em nada, e o tanque de lagostas estava exatamente no mesmo lugar. As lagostas ainda rastejavam umas sobre as outras, na busca desesperada pela fuga. Empurrei Charlie em direção ao tanque, e ela ficou observando os crustáceos atentamente, como eu costumava fazer. A única diferença era que ela nunca tentava libertá-las.

Apesar da correria de clientes pós-feriado na cidade, o mercado estava curiosamente vazio. Fiquei preocupada que Miles não estivesse trabalhando, mas então uma porta atrás do balcão se abriu e ele saiu.

— Oi! Você está aqui!

Miles parou no lugar como um gato pego por um facho de luz.

— O que você está fazendo aqui? — perguntou.

Hesitei.

— Compras, é claro. Uma pergunta meio mal-educada de se fazer a uma cliente, não acha? — Passei o pedaço de bolo sobre o balcão. — Espero que você tenha como guardar isso lá atrás de algum jeito, ou comer bem rápido. Pense nisso como um presente extra de Natal. É um *Sch... Schwarzw...*

Miles riu.

— *Schwarzwälder Kirschtorte* — disse ele. — Um bolo floresta negra. Foi você que...?

— A Charlie e eu fizemos — respondi, apontando por sobre o ombro para minha irmã, que mastigava um cavalo preto.

Miles olhou com a testa franzida. Por um breve momento, eu me perguntei se ele achava que ela era uma versão minha aos sete anos de idade, parada ao lado do tanque de lagostas com a versão dele de sete anos de idade, pedindo ajuda para libertar os bichinhos. Será que ele lembraria, se eu perguntasse?

Uma parte de mim estava com muito medo de descobrir.

— Ela é fofa no começo — falei —, mas, acredite em mim, o efeito some assim que ela se proclama o papa e declara que o banheiro é solo consagrado.

— Ela já fez isso? — perguntou Miles.

— Ah, sim. Várias vezes. Aliás, da última vez, eu tentei tomar banho. Dava para ouvir a Charlie gritando sobre blasfêmias pela rua inteira.

Miles riu de novo; eu estava quase acostumada ao som agora. Olhei de novo para Charlie, cuja atenção tinha começado a vagar.

— Eu, é... só vim ver se você estava aqui, achei que você ia gostar do bolo... — De repente, não havia mais nada a dizer. Eu o estava incomodando e sabia disso. E por que eu tinha decidido levar comida para ele no trabalho? Ele arrancou a cereja do bolo e olhou para mim enquanto mastigava. Queria ter posto mais cerejas naquela fatia. O vidro todo de cerejas. Eu poderia ficar vendo Miles comer um vidro todo de cerejas.

Jesus Cristinho, o que estava acontecendo comigo?

Puxei os cabelos com força e me virei, mas ele disse:

— Ei, espera, antes de você ir...

Voltei na direção dele. Ele massageou o pescoço, olhando para o lado, e não disse nada de imediato.

— Tenho outra proposta para você — disse e, quando viu a cara que eu fiz, se apressou em acrescentar: — Não é como a última. Essa não é um trabalho, juro. Tem, hum... uma coisa que eu queria te perguntar. Você disse que não conseguiu encontrar mais nada sobre a Scarlet e o McCoy. Minha mãe estudou com os dois e eu pensei que... se você quer... é...

— Sim?

Miles respirou fundo, prendeu a respiração no peito estufado e me olhou com cautela. Logo depois, soltou o ar e disse:

— Você quer conhecê-la?

Pisquei para ele.

— Como?

— Sabe aquela viagem mensal que eu te falei? Vou lá de novo antes de começarem as aulas. Eu posso te buscar no caminho. Só que, entre ida e volta, é uma viagem de oito horas, por isso, se você não quiser ir, não tem problema...

Quanto mais palavras saíam de sua boca, mais seu rosto perdia o entusiasmo, como se ele achasse que era uma má ideia. Deixei que ele esgotasse o fôlego antes de não conseguir mais aguentar sua expressão de pena, e tive de segurar uma risada.

— Claro, eu vou com certeza. — Nunca pensei que teria uma oportunidade de ouro para falar com a mãe dele. Não restava dúvida de que ela teria uma arca do tesouro inteira de informações sobre Scarlet e McCoy.

E... Ah, merda.

Vacilei no lugar. Isso era mais do que Scarlet ou McCoy. Ele queria que eu conhecesse a mãe dele. E eu tinha acabado de concordar em conhecer a mãe dele.

Ele se animou, mas ainda parecia apreensivo, como se quisesse dizer: "Sério?" E eu fosse responder: "Não".

— Eu vou ter que pedir primeiro — falei —, mas acho que posso ir. Quando você vai?

— Sábado. Saio bem cedo, então...

— Não se preocupe com isso, sou madrugadora. — Vi minha mãe dobrando o corredor, seguindo em direção ao tanque de lagostas e a Charlie. — Ali está ela, eu posso pedir agora.

— Não, isso... Não precisa... — Mas eu já tinha feito um aceno para ela se aproximar.

— O Miles me convidou para ir visitar a mãe dele — eu disse.

Minha mãe examinou Miles, obviamente se lembrando de quando ele me levou para casa durante meu episódio, e ele olhou de minha mãe para mim, me mostrando um olhar de pânico que eu nunca tinha visto em seu rosto antes.

— Você vai visitá-la? — minha mãe disse com interesse definitivo, mas com aquele traço que sugeria que Miles queria dizer "visitar a mãe na cadeia".

— Hum... vou. — Ele engoliu em seco. — Uma vez por mês. Não é nada sério, na verdade, mas, hum... ela está em um hospital em Goshen.

— Um hospital?

Miles olhou para mim novamente.

— Um hospital psiquiátrico.

Minha mãe ficou completamente muda por pelo menos um minuto inteiro. Quando voltou a falar, sua voz era cautelosa, mas quase... feliz.

— Bem, me parece uma boa ideia — disse. Miles pareceu aliviado, mas meu estômago afundou para as profundezas do oceano. Por que minha própria mãe estava tão de acordo com o fato de eu ir visitar alguém em um hospital psiquiátrico? Por que era uma boa ideia, hein?

Meio que parecia que ela estava me dando chutes na barriga, e todos os chutes diziam:

Eu não quero você.

Eu não preciso de você.

Eu não amo você.

30

No sábado de manhã, Miles estava na soleira da porta, com a jaqueta de aviador e as mãos enfiadas profundamente nos bolsos. Seu hálito embaçava o painel de vidro na porta da frente.

Ele me olhou de cima a baixo. Pijama e pantufas de gato.

— Por que você ainda não está pronta para ir?

— Minha mãe disse que eu preciso te convidar para o café da manhã.

Miles lançou um olhar por cima de mim em direção à cozinha.

— Eu não sabia que você estava comendo. Posso esperar na caminhonete...

— Não, não, está tudo bem. — Agarrei a manga da jaqueta e o puxei para dentro. — Sério, isso vai ser mais fácil se você entrar e comer.

Miles olhou para a cozinha novamente. Eu sabia que ele estava sentindo o cheiro da comida, porque minha mãe andara soprando o aroma da comida em direção à porta da frente desde que começara a cozinhar, pela manhã.

— Seu pai está em casa? — Miles perguntou.

— Está — respondi.

Uma linha se formou entre as sobrancelhas dele.

— Em geral ele é inofensivo. Mas você precisa lembrar o que sabe sobre história. — Abaixei a voz para acrescentar: — Não é todo mundo que tem um pai imbecil.

Isso pareceu convencê-lo. Ele sacudiu os ombros para tirar a jaqueta. Quando a peguei das mãos dele, o casaco quase me levou ao chão.

— Senhor! — Levantei de novo o peso inesperado. — Por que é tão pesada?

— É uma jaqueta pesada de voo — disse Miles. — Tenho outra mais leve, mas parece que eu saí do filme *Grease*... O que você está fazendo?

— Sentindo o cheiro. — Enfiei o nariz no colarinho. — Sempre tem cheiro de tabaco.

— É, tem mesmo. O *Opa* fumava muito.

— Opa?

— Desculpe, meu avô.

Pendurei a jaqueta no gancho de casacos ao lado da porta e empurrei Miles para a cozinha.

— Ah, você chegou! — minha mãe disse com falsa surpresa. — Já coloquei seu lugar na mesa, ao lado da Alex.

Os olhos de Miles ficaram vidrados ao verem ovos mexidos, salsicha, bacon, torradas e suco de laranja sobre a mesa. Empurrei-o para uma cadeira.

— É um prazer finalmente conhecer você, Miles. — Meu pai estendeu a mão para cumprimentá-lo. Miles olhou para ele como se tivesse perdido a vontade de falar. — Vai tomar café da manhã com a gente antes de sair?

— Acho que sim — disse Miles.

— Ótimo! Quanto você sabe sobre a Revolução Francesa?

— Tipo o quê?

— Quando aconteceu?

— De 1789 a 1799.

— Dia 20 de junho de 1789 foi o...?

— Juramento do Jogo da Pela.

— De 1793 a 1794 foi o período do...?

— Terror — respondeu Miles, massageando o pescoço.

— E o nome completo de Robespierre era...?

— Maximilien François Marie Isidore de Robespierre.

— Muito bem, senhor! — Meu pai sorriu. — Gostei dele, Lexi. Podemos comer agora?

Servi Miles, já que ele parecia estar paralisado dos olhos para baixo. Meu pai o bombardeou de perguntas de história até chegarem à Segunda Guerra Mundial, depois passaram para uma discussão analítica sobre táticas de guerra.

Charlie não apareceu durante o tempo todo em que Miles esteve lá, mesmo que minha mãe tivesse deixado um lugar para ela. Eu estava ansiosa para apresentá-la a Miles — tinha uma sensação de que ele não se importaria de alimentar a Palavra da Semana dela umas mil vezes.

Quando a refeição foi deixada em restos e ruínas, Miles olhou para o relógio e se arrumou no lugar.

— É melhor irmos. Já são nove.

Eu me vesti e, então, fomos até a entrada para pegar casacos e sapatos.

— Ah, Alex, espere. Não se esqueça de levar isso. — Minha mãe mexeu em uma pilha sobre a mesa do aparador. — O celular... Suas luvas... E aqui está algum dinheiro, se vocês forem parar para comer na volta.

Enfiei tudo nos bolsos e beijei minha mãe na bochecha.

— Obrigada, mãe. — Virei para a cozinha. — Tchau, pai!

— Tchau, Lexi — ele respondeu.

Miles saiu pela porta da frente antes de Charlie vir correndo da cozinha, em minha direção.

Ela bateu em minhas pernas.

— Quando é que você vai me deixar ir com você?

— Um dia — respondi. — Um dia eu vou viajar pelo mundo, e você pode vir comigo, tá bom?

— Tá bom — ela murmurou. Mas seus olhos dispararam, e ela apontou um dedo para mim. — Palavra de honra, hein?

— Não vou te decepcionar, Charlemagne.

31

Eu queria saber como Miles fazia essa viagem todos os meses sem ficar louco. Sem música, sem som, apenas um trecho infindável da rodovia US-31 entre Indianápolis e Goshen.

Meu detector de ilusão disparava cada vez menos quando eu estava perto de Miles. Se o convite para conhecer a mãe dele tivesse vindo mais cedo, seria mais fácil o inferno congelar do que eu aceitar. Eu teria enlouquecido tentando descobrir se ele estava mentindo, se era algum plano elaborado, ou se ele só ia me deixar no meio do nada e rir por todo o caminho até em casa. Mas sua presença não me deixava mais nervosa. O oposto, na verdade — já que Tucker e eu não estávamos mais nos falando, Miles era a pessoa de quem eu podia me aproximar com mais facilidade. Talvez até mesmo mais que de Tucker, porque Miles *sabia*. Ele sabia e não se importava.

E também não parecia se importar de ficar perto de mim.

— Então, como é sua mãe? — perguntei, quando saímos pela 465.

— Não sei — disse Miles.

— Como assim, "não sei"? Ela é sua mãe.

— Não sei, nunca tive que explicar minha mãe para ninguém antes.

— Bom... como é a aparência dela?

— Ela é parecida comigo.

Revirei os olhos.

— Como ela se chama?

— Juniper — disse ele. — Mas ela prefere June.

— Gostei.

— Ela era professora. É inteligente.

— Inteligente como você?

— Ninguém é inteligente como eu.

— Tenho uma pergunta — falei. — Se você é tão crânio assim, por que nunca pulou nenhuma série?

— Minha mãe não quis — disse ele. — Ela não quer que eu passe pelas coisas que ela passou quando pulou algumas séries. Era sempre excluída dos grupinhos, as pessoas zombavam dela...

— Ah.

— Ela provavelmente não vai parar de sorrir enquanto você estiver lá. E não mencione nada sobre o meu pai, ou sobre onde eu moro. Não gosto de deixar minha mãe preocupada com essas coisas.

Assenti, pensando em Miles se esgueirando pelo telhado e pulando em cima da casinha do cachorro do demônio.

— Aquele, hum... aquele cachorro...

— Ohio — disse Miles.

— Isso. É do seu pai?

— É. Meu pai o pegou em parte para impedir as pessoas de entrarem na nossa casa, em parte para me impedir de sair. Ele acha que eu saio de fininho para encontrar pessoas.

— Mas você sai.

— Ele não tem nenhuma prova — disse Miles. — De qualquer forma, o Ohio não é muito inteligente e dorme como um narcoléptico, por isso acho que ele e meu pai meio que foram feitos um para o outro. — Olhou para a estrada, depois disse com desgosto: — Eu odeio cachorros. Gatos são muito melhores.

Fiz meu ruído de desdém parecer uma tosse. Continuamos pelo caminho em silêncio por mais alguns minutos. Tentei me aconchegar um pouco mais dentro do casaco.

— Você não come muito no café da manhã — eu disse.

— Eu não estava com tanta fome.

— Mentiroso. Você estava olhando para a comida feito uma criança de um país do terceiro mundo.

— A comida da sua mãe estava muito boa.

— Eu sei, é por isso que eu como. — Depois de ver se tinha veneno, claro. — Aliás, péssima desculpa. Você podia ter dito: "Porque eu fiquei com vergonha de comer muito numa reunião familiar de pessoas desconhecidas" e encerrar o assunto.

Ele tossiu alto, seus dedos tamborilando no volante.

Algum tempo depois, Miles saiu da rodovia e entrou em um subúrbio muito arborizado. Tudo estava coberto de neve ofuscantemente branca. Ele só pegava ruas secundárias, e, quanto mais passávamos pelas casas, mais eu percebia que lembravam meu bairro. Poderiam ser as mesmas ruas.

Talvez todos os paranoicos tivessem uma espécie de sexto sentido para detectar locais que queriam aprisioná-los. Reconheci o hospital logo que o vi. Um edifício térreo de tijolos, atarracado, rodeado por uma cerca. Arbustos nus emolduravam a calçada da frente, e árvores cobertas de neve pontuavam o terreno. Devia ser bonito no restante do ano.

Aquela coisa toda de McCoy-Scarlet-Celia agora parecia boba. Dificilmente substancial o bastante para me fazer entrar um hospital psiquiátrico. McCoy poderia fazer o que quisesse, e Celia poderia cuidar dos próprios problemas.

— Você está bem? — Miles perguntou ao abrir minha porta. Consegui desatar o cinto de segurança e escorregar para fora da cabine.

— Sim, estou bem. — Cerrei os punhos e os segurei firme ao lado do corpo. Na calçada da frente, havia uma placa:

"BEM-VINDO AO CENTRO RESIDENCIAL PSIQUIÁTRICO CRIMSON FALLS".

Crimson Falls? Carmesim? Isso me fez pensar em derramamento de sangue. E ainda em letras vermelhas, veja só.

Meus dedos coçaram para tirar fotos, mas a vozinha no fundo da minha mente dizia que, se eu fizesse isso, funcionários do hospital pulariam dos arbustos, lançariam um par de algemas em mim e nunca mais me soltariam. Eu nunca terminaria o ensino médio. Nunca iria para a faculdade. Eu nunca nem mesmo conseguiria fazer as coisas que as pessoas normais faziam, porque *pessoas normais não fazem tanto drama a respeito de visitar hospitais psiquiátricos, sua idiota!*

Aquela voz às vezes era muito contraditória.

Dentro o lugar parecia mais um hospital comum, com pisos quadriculados, paredes no tom exato de bege-acinzentado para fazer a gente ter vontade de se matar. Uma garota não muito mais velha que Miles e eu estava sentada atrás da recepção.

— Ah, oi, Miles. — Ela lhe entregou uma prancheta. Ele anotou nossos nomes no registro de visitantes. — Você perdeu a recreação da manhã. Agora eles estão no refeitório. Pode ir lá e comer alguma coisa.

Miles devolveu a prancheta.

— Obrigado, Amy.

— Mande lembranças para sua mãe por mim, tá?

— Claro.

Segui Miles por um corredor à esquerda da recepção. Passamos por outro conjunto de portas duplas que levava a uma sala de recreação que estava sendo limpa por funcionários. Um pouco mais adiante, havia um refeitório pequeno, com sete ou oito pacientes.

Miles entrou primeiro. Segui em sua sombra, puxando os cabelos e tentando afastar a sensação de que homens de jaleco branco iam pular em cima de mim e me agarrar.

Havia apenas uma fileira de alimentos no refeitório e umas dez mesas quadradas no meio do salão. Grandes janelas deixavam entrar o sol. Miles foi andando por entre as mesas, sem sequer olhar para os pacientes, concentrado em apenas um deles, do outro lado da sala.

Ele estava certo, ela se parecia com ele. Ou melhor, ele se parecia com ela. A mulher estava sentada a uma mesa perto das janelas, rolando algumas vagens no prato e folheando as páginas de um livro. Olhou para cima e deu um sorriso radiante — era quase inteiramente igual ao de Miles, só que mais fácil, mais natural —, e não era o sorriso de uma pessoa louca.

Não era o sorriso de alguém que fosse ferir a si mesma por causa de humores voláteis. Era apenas o sorriso de alguém que estava muito, muito feliz em ver o filho.

Ela se levantou para abraçá-lo. Era alta e esbelta, e o sol criava um halo em torno de seus cabelos longos, cor de areia. Seus olhos também eram iguais aos dele, a mesma cor do céu limpo lá fora. A única coisa que eles não tinham em comum eram as sardas de Miles.

Miles disse algo à mãe e fez um sinal para eu me aproximar.

— Então você é a Alex — disse June.

— Sou. — Minha garganta ficou seca de repente. Por alguma razão, talvez porque Miles tivesse abraçado a mãe tão sinceramente, eu não senti vontade de ver se ela tinha armas escondidas. Não senti nadinha de estranho. Ela era apenas... June — Prazer em conhecê-la.

— É ótimo te conhecer também. O Miles fala de você o tempo todo.

— E antes que eu pudesse pensar a respeito, ela me puxou para um abraço apertado.

— Não me lembro de ter mencionado a Alex antes — disse Miles, mas massageou o pescoço e desviou os olhos.

— Não dê ouvidos a ele. O Miles finge esquecer as coisas desde que tinha sete anos — disse June. — Sentem-se, vocês dois. Foi uma viagem longa!

Fiquei calada e observei os dois interagirem, falarem sobre tudo e qualquer coisa. Enquanto Miles explicava o que estava acontecendo na escola, enfeitando pequenos fatos e detalhes, eu entrava na conversa e corrigia. June falou sobre como eram as coisas quando ela estava na escola, sobre as pessoas que conhecia.

— Já sabem que travessura vocês vão aprontar lá quando se formarem? — perguntou, o rosto iluminado de entusiasmo. Eu não tinha imaginado de cara que ela fosse o tipo de pessoa que gostasse muito dessas brincadeiras. — Pensei na nossa quando estava no último ano da East Shoal. Claro, muita gente não seguiu o plano todo. Só conseguimos fazer a primeira parte.

— Que foi...? — perguntou Miles.

June sorriu vagamente.

— Soltar o píton birmanês do sr. Tinsley pela escola.

Miles e eu disparamos olhares um para o outro, depois novamente para June.
— Foi você? — perguntei, incrédula. — Você soltou a cobra?
Ela ergueu as sobrancelhas.
— Ah, sim. Mas acho que eles nunca a capturaram de volta. Isso me preocupou um pouco.
— Mãe, aquela cobra agora virou lenda — disse Miles. — As pessoas pensam que ela ainda está lá.
Comecei a dizer que eu tinha visto a cobra — que andava vendo a cobra no corredor de ciências pelo ano todo —, mas eles continuaram no assunto, e o momento passou.
Quanto mais ela falava, mais eu percebia que June conhecia história. Não a história com a qual meus pais tinham um caso amoroso, mas histórias pessoais. Ela aprendia os eventos que compunham a vida de uma pessoa e os usava para entender por que essa pessoa fazia as coisas que fazia. Miles entendia de palavras. Ela entendia de pessoas.
Então, quando comecei a explicar sobre McCoy e Celia e sobre tudo o que tinha acontecido durante o ano, ela absorveu as informações da maneira que meus pais absorviam documentários de guerra: com seriedade completa. Falei e ela ouviu. A única coisa que deixei de fora foi a parte sobre McCoy descontar sua bronca em Miles.
— Celia parece um problema e tanto — disse ela, depois que desocupamos o refeitório e fomos para a sala de recreação. — Eu estudei com uma garota assim. — June se acomodou na poltrona, cruzando as pernas. Relaxada e pensativa, tinha o mesmo olhar felino de Miles. — Ela era exatamente como Celia parece ser. Líder de torcida, temperamento irritadiço, muito... qual é a palavra que eu quero...
— Impetuosa? — Miles ofereceu.
— Ah! Sim, impetuosa. E teimosa. Tudo isso era herança da mãe, antes dela. A mulher era brutal, quase não deu descanso desde que a menina tinha idade para usar salto alto. As duas conseguiam o que queriam. — June meneou a cabeça. — A gente chamava essa garota de Imperatriz. *Impy* como abreviação. Os meninos caíam de joelhos diante dela. Richard McCoy...

você queria saber sobre ele também, não queria? Ele ficava aos pés dela, mas não do jeito de um cachorrinho fofo. Ele tinha um santuário em homenagem a ela dentro do armário.

Ri pelo nariz... Parecia que McCoy agora servia a uma nova senhora. Basicamente, a mãe de Celia.

— Mas a Impy não estava interessada nele, ah, não — continuou June. — Lembro do dia em que ela começou a namorar o capitão do time de futebol americano, porque, quando Daniel foi ao armário dele depois da aula, naquele dia, todas as suas coisas estavam espalhadas no corredor, estraçalhadas. Todos nós sabíamos que o Richard tinha feito aquilo, mas ninguém podia provar. E ele rastejou nos calcanhares da Impy até o dia em que ela morreu.

— Você se lembra disso? O que aconteceu?

— Bem, isso foi alguns anos depois de a Impy e o capitão do time de futebol americano se casarem. Logo depois do nosso último ano, ela engravidou e usou o fato para fazê-lo se casar com ela. Voltou para nossa reunião de cinco anos de formados e ficou parada debaixo do placar, falando sobre seus dias de glória e sobre a filantropia do pai dela, e o placar caiu. Disseram que ela morreu no hospital algumas horas mais tarde, mas acho que o placar pegou em cheio na cabeça, e ela se foi ali mesmo, no chão do ginásio. O Richard estava lá... ouvi dizer que ele ainda andava atrás dela depois de terminar o ensino médio... e tentou levantar a placa pesada. Disseram que ele parecia... catatônico. Como se toda a sua razão de viver tivesse ficado presa debaixo daquele placar, e nada mais o ligou ao mundo.

Estremeci.

— Você acha que o McCoy pode estar obcecado por alguém agora? Tipo... ele encontrou uma nova ligação?

— É possível.

Era por isso que Celia andava fazendo todas aquelas coisas terríveis com outras pessoas? Porque McCoy estava fazendo algo com *ela*? Isso mudava as coisas — eu realmente tinha esperanças de que o envolvimento de Celia em tudo aquilo fosse apenas um subproduto de sua necessidade de ser popular. Algo que ela desejava para si. Só que, cada vez mais, parecia que ela havia sido pega em meio a algo que não podia controlar. E, se fosse mesmo o caso, como eu poderia ignorar? Depois deste semestre, ela não teria mais amigos. "Pária" estava praticamente tatuado na testa dela.

— Eu posso ser a única pensando que algo ruim está acontecendo — comentei.

— Talvez você devesse falar com ela — disse June. — Talvez ela pense que não tem como pedir ajuda. Ou talvez não saiba como.

Maravilha... Falar com Celia, um dos meus passatempos favoritos. Mesmo que eu quisesse, como poderia chegar perto dela? Falar com alguém parecia simplesmente irritá-la, e não éramos exatamente melhores amigas.

— Mantenha-a longe de mim enquanto você está nisso — disse Miles.

June riu.

— Ah, querido, você sempre teve dificuldade em falar com as meninas.

Ele ficou vermelho.

June olhou para mim.

— Quando morávamos na Alemanha, tinha uma menina legal que vinha de bicicleta até a fazenda para falar com ele. Ela trazia bolo no aniversário do Miles. Ele nunca falou mais de três sílabas com ela, e nunca aceitava o bolo.

— Ela sabia que eu não gostava de chocolate — Miles murmurou, ficando um tom mais vermelho e afundando na cadeira.

Isso era mentira. Ele tinha comido o bolo floresta negra que eu levei.

— Vocês moraram na Alemanha? — perguntei, olhando de um para o outro. — Em uma fazenda?

As sobrancelhas de June se levantaram, e ela olhou para Miles.

— Você não contou para ela?

— Não, ele não me contou.

June franziu a testa para Miles, que deu de ombros.

— Bem, nós nos mudamos para lá quando o Miles tinha sete anos. E voltamos para cá alguns meses depois de seu aniversário de treze. — June se voltou para mim. — Ele ficou muito chateado, mas, depois que meu pai morreu, não poderíamos mais ficar.

A maneira pouco profunda como ela dizia me fez pensar que havia mais que isso, que ela estava deixando de falar algo importante, mas June não continuou. Miles olhou para a parede, braços cruzados.

— Você pareceu fazer algumas amizades — disse June.

— Certo, Tucker Beaumont, o único menino no ensino fundamental que não tirava sarro do meu sotaque — ele retrucou com desdém. — Grande amigo.

— Eu gosto de sotaques — falei baixinho.

— Assim como a maioria das outras pessoas, mas quando o sotaque vem de garotas atraentes e caras musculosos e com sorrisos legais. Não quando é de um menino magrelo, sabe-tudo, com roupas que não servem e sem a menor possibilidade de se identificar com gente da mesma idade.

Não consegui pensar em nada para responder. Nem June, pelo visto. Ela colocou a mão sobre a boca e olhou em volta, como se estivesse à procura de um livro fora de lugar.

— Vou ao banheiro — disse Miles de repente, levantando-se da cadeira. — Já volto.

Quando as portas duplas se fecharam atrás dele, June baixou a mão.

— Ele te contou por que eu estou aqui? — perguntou.

Confirmei com um gesto de cabeça.

— Ele disse que foi por causa do pai, não é?

Assenti de novo.

— E foi. No início. Eu não queria deixar o Miles com ele, e lutei para sair daqui. Teria sido melhor para o Miles se eu estivesse lá, mas não posso negar que isso aqui me ajudou. Eu me sinto... mais estável agora. Ainda com raiva, mas estável. E, quando sair, vou poder fazer o que eu não podia antes.

Ela fez uma pausa e olhou para a porta novamente.

— Alex, se eu te perguntar algumas coisas, você faria o seu melhor para responder com sinceridade?

— Sim, claro.

— Ele tem amigos? Eu sei que ele não é das pessoas mais fáceis de gostar, e sei que ele considera... bem... *laborioso* lidar com as pessoas, mas existe alguém para todo mundo, e eu não sabia se... — Ela fez uma pausa e olhou para mim com esperança.

— Acho que ele tem amigos — eu disse. — Todo mundo no clube é amigo dele, mas acho que ele não sabe disso.

June assentiu.

— Segunda pergunta. As pessoas acham que ele é... desagradável?

Eu teria rido se ela não estivesse tão séria.

— A maioria das pessoas acha. Mas só porque elas nunca chegam a conhecê-lo, e ele nunca deixa que ninguém o conheça. Acho que ele prefere assim.

June assentiu novamente.

— Não sei se você pode responder a essa última, mas... — Ela respirou fundo, da mesma maneira que Miles fez quando me perguntou se eu queria ir ali. — Ele é feliz?

Essa me pegou. Ele era feliz? Eu estava qualificada para responder a essa pergunta? Parecia que a única pessoa que sabia se Miles era feliz era o próprio Miles.

— Sinceramente, não sei — eu disse. — Estar aqui, hoje, é o mais feliz que eu já o vi em algum tempo. Mas na escola... Eu diria que a felicidade dele provavelmente fica em um nível mais para o baixo.

O rosto de June se entristeceu.

— Eu só pergunto porque ele se esforça tanto. Quando não está na escola, ele está trabalhando, e tudo o que faz é economizar dinheiro. Acho que nunca o vi gastar um centavo em nada que não seja absolutamente necessário. Mesmo quando ele era pequeno, não aceitava as coisas que as pessoas tentavam comprar para ele.

June suspirou e relaxou novamente no sofá.

— Tudo o que ele sempre pareceu querer foi conhecimento... números para mastigar, história para aprender, informações para arquivar e usar depois...

— Ele sempre carrega um caderno preto e escreve nele o tempo todo.

June sorriu.

— Ah, os cadernos. Fui eu quem o iniciou nos cadernos. Cleveland, o pai dele, nunca gostou da ideia de que o filho fosse mais inteligente que ele. Ficava com raiva quando o Miles o corrigia. Eu sempre tive medo de que Cleveland pudesse espancá-lo até tirar essa característica dele, seu amor por ensinar as pessoas. Eu disse a Miles para escrever o que ele sabia nos cadernos, em vez de dizer em voz alta, e, se ele ainda está fazendo isso, então o pai dele não mudou muito.

Eu queria perguntar mais, mas não entregar o fato de que, na verdade, eu tinha lido o caderno. Escolhi uma rota diferente.

— Então, o que ele vem dizendo sobre mim?

June riu.

— Só coisas boas. Anda muito preocupado que você não goste dele.

— Ele anda preocupado que *eu* não goste *dele*? — Eu não podia imaginar Miles se importando com o que qualquer um pensasse dele, muito menos eu. Entramos em discussões durante todo o ano, caminhando pé ante pé numa gangorra de desequilíbrio perpétuo, porque ele sempre era um ou o outro: Miles, o Babaca ou o Miles de Sete Anos.

Ai, meu Deus, pensei. *E se ele contou sobre o beijo?*
Ele deve ter contado.
O que ela achou?
O que ele achou?
Melhor não dizer agora.

— Ele se lembra de você — disse June, e meu estômago se apertou de um jeito esquisito.

— Lembra de mim?

— A menina que queria libertar as lagostas. Aquele foi o dia em que fomos embora para a Alemanha. Eu estava comprando algumas coisas de última hora, e ele quis falar com você. Gostou do seu cabelo.

Minha garganta se apertou e meu coração inchou dolorosamente no peito. *Por favor, não permita que seja uma ilusão. Por favor, deixe ser real.* Aqui estava, finalmente, e com certeza, a minha prova. Meu primeiro amigo, completamente real e de jeito nenhum imaginário, estava aqui. Eu o tinha encontrado, ou ele tinha me encontrado, ou algo assim.

Ele era real, eu podia tocá-lo, nós respirávamos o mesmo ar.

Miles escolheu aquele momento para voltar, parecendo mais calmo do que estava quando saiu. Tentei não ficar olhando quando ele afundou na cadeira, mas meu cérebro se remexeu para juntar os fragmentos de memória, para colocar o menino do tanque de lagostas ao lado do menino diante de mim agora.

June disse algo a Miles em alemão, e um sorriso relutante tomou o rosto dele. Ele podia se sentir confuso sobre sentimentos por outras pessoas, mas era óbvio que sabia exatamente o que sentia pela mãe.

Ela era seu motivo.

É ele.
Impossível prever agora
Não, não estou perguntando, estou afirmando. É ele. Mas e se...
Sim
E se ele não lembrar?
Concentre-se e pergunte outra vez
Ah, desculpe. Quer dizer... é tipo assim: se uma árvore cair na floresta, mas ninguém estiver por perto para ouvir, ela emite som? Se ele não lembra, será que aconteceu? Sei que June disse que estávamos lá juntos, mas ela não estava com a gente. Ninguém estava.
Muito provavelmente

Então você está dizendo que aconteceu? Mas... mas se eu sou a única que se lembra dos detalhes...

Se eu sou...

32

Na volta para casa, fiquei encolhida dentro do casaco, examinando tudo o que tinha descoberto. Seria errado supor que algo *não estava* acontecendo, que eu estava aumentando tudo aquilo na minha cabeça. Algo estava muito errado com McCoy, e, se fôssemos os únicos a saber disso, tínhamos de fazer alguma coisa. Mas quem acreditaria em mim? Quem acreditaria em Miles?

Roubei olhares de Miles sempre que podia, querendo saber por que ainda me chocava que ele fosse o menino do tanque de lagostas. Eu queria simultaneamente beijá-lo e bater nele por ter ido embora.

Uma pressão foi aumentando atrás dos meus olhos, um nó se formou em minha garganta. Eu não podia deixá-lo me ver chorar. Ele zombaria de mim ou iria revirar os olhos — ele não parecia o tipo de pessoa que lida bem com lágrimas, e eu não lidava bem com ninguém que tirasse sarro de mim.

— Você está bem? — Miles perguntou depois de uma meia hora de silêncio.

— Estou. — Minha voz definitivamente saiu alta demais. Tucker iria zombar muito de mim.

— Com fome? — Ele examinou o horizonte. — Que tal o Wendy's?

— Claro.

Ele dirigiu até o estacionamento do Wendy's e passou no drive-thru. Escolhi o sanduíche mais barato do cardápio. Quando ele seguiu até a janela para pagar, peguei o dinheiro no bolso.

Ele deu uma olhada e afastou minha mão.
— Não quero isso.
— Não me importo, eu tenho dinheiro, então pegue.
— Não.
Atirei a nota de dez dólares para ele. Ele a pegou e a atirou de volta. Isso provocou uma guerra de jogar dinheiro que terminou quando Miles pagou nossa comida, me passou o suporte de bebidas e o saco de papel com os sanduíches para, em seguida, dobrar os dez dólares e enfiar debaixo de minha coxa. Fiz uma careta.

Ele recuou para o pátio do estacionamento, para que pudéssemos nos sentar na caçamba da caminhonete e ter uma bela vista da estrada. Não era muito mais quente na cabine, e esticar as pernas parecia uma boa ideia.

— Você é tão magro que não sei como não está ficando azul — eu disse quando me acomodei, encostada na cabine, sanduíche em punho. Miles já tinha devorado metade de suas batatas fritas. O cara definitivamente sabia comer quando via comida na frente.

— É essa jaqueta — disse ele, entre as fritas. — Muito quente.

— Onde você conseguiu isso?

— Meu *Opa*... Desculpe outra vez, meu avô tinha essa jaqueta desde a Segunda Guerra Mundial. Ele era piloto. — Miles deu uma mordida no sanduíche. — Moramos com ele na Alemanha. Ele me deu algumas de suas coisas antes de morrer. Fardas e jornais velhos, medalhas, todo tipo de coisa.

— Então, depois da guerra, ele ficou na Alemanha?

— Como assim?

— Ele não voltou para os Estados Unidos. Ele gostou de lá, ou algo assim?

Miles olhou fixamente para mim por um segundo e depois riu.

— Ah, você pensou... Não, não, o *Opa* não estava na Força Aérea dos Estados Unidos. Ele estava na Luftwaffe.

Todo o calor drenou do meu corpo.

— Bom, não fique tão chocada. Eu te disse que ele era alemão.

— Mas essa é uma jaqueta de aviador dos Estados Unidos.

— Sim, ele conseguiu de um piloto americano — Miles respondeu e, diante da minha expressão horrorizada, acrescentou: — O quê? Ele não matou o cara! Eles eram amigos! Por que você está surtando? Achei que você fosse fanática por história... Entre todas as pessoas, você deveria saber que nem todos os nazistas *queriam* ser nazistas.

Eu sabia. Ah, eu sabia. Isso não me impedia de ter medo deles.

— Você teria gostado do *Opa*. Ele era muito pé no chão.

— Então é por isso que todo mundo te chama de nazista na escola?

— Não. Ninguém sabe sobre o *Opa*. Eles me chamam assim porque, quando eu entrei na escola, ainda tinha sotaque e gostava muito de falar alemão, e, quando comecei a fazer os trabalhos, eles acharam que era um apelido engraçado. Depois de um tempo pegou.

— Ah. — Abaixei o rosto corado sobre as batatas fritas. — Então, hum... qual foi o motivo real de vocês voltarem para os Estados Unidos? Sua mãe estava agindo de um jeito meio estranho a respeito disso.

Miles envolveu os lábios no sanduíche.

— Cleveland. Ele escreveu cartas para ela por muito tempo, tentando convencê-la a voltar. Eu sei que ela queria, mas o *Opa* garantiu que ela lembrasse por que estávamos lá. E, quando ele morreu, foi a desculpa perfeita para voltar. — Revirou os olhos. — Sobre o que ela estava falando com você?

— Hã?

— Quando eu fui ao banheiro — disse Miles. — O que a minha mãe te disse?

— Nada de importante. Coisas de mãe.

Miles me lançou um olhar demonstrando que essa parte ele já sabia, e que não queria perguntar de novo.

— Ela perguntou se você estava indo bem na escola. O que as pessoas pensavam de você... Se você tinha amigos... Se era feliz...

Miles ficou olhando para o sanduíche, esperando.

— E eu, sabe, contei a ela.

— Contou o quê?

— A verdade. Você acha que eu mentiria para a sua mãe?

— Não, mas qual é exatamente "a verdade"?

— Bom, foi bem fácil — respondi, agora irritada. — As pessoas pensam que você é um babaca...

Miles bufou de brincadeira.

— ... porque não te conhecem, e você não deixa que te conheçam. E eu disse que, sim, você tem amigos...

Ele zombou.

— Quem, exatamente? Eu estava com a impressão de que a escola toda me odiava.

— O clube? Sabe, as pessoas com quem você anda o tempo todo? Com quem conversa?

— Não sei de que selva perdida você veio quando se juntou a nós, mas eles não são meus amigos. Já notou como nenhum deles me chama pelo nome? Até mesmo a Jetta diz *mein Chef*. Eu sou só a pessoa de quem eles são obrigados a receber ordens.

— Você só pode estar de brincadeira comigo. — Eu queria tanto enchê-lo de tapas, com força. — Nem sei como você pode dizer que eles não são seus amigos. Você está tentando negar para não se apegar a ninguém? Você... não sei... *como eu posso dizer*? Você não quer amigos ou algo assim? Até *eu* quero amigos!

Ele enfiou o resto do sanduíche de frango na boca e ficou olhando para a estrada enquanto mastigava. Passamos o restante da refeição quietos: eu pensando por que alguém, até mesmo ele, não iria querer amigos, e ele olhando fixo, as luzes da estrada refletindo nos óculos. Limpamos as coisas em silêncio, jogamos o lixo numa lixeira próxima em silêncio e voltamos para a cabine em silêncio.

E, quando Miles tentou dar partida na caminhonete, o motor estalou.

— Acho que não era para isso acontecer — eu disse.

— Não mesmo? — Miles me lançou um olhar. Girou a chave novamente. *Clique. Clique clique clique.* Ele olhou para o painel por alguns instantes, tentou a chave mais uma vez, depois foi abrir o capô.

Isso não está acontecendo. Um calafrio me percorreu o estômago. Eu não queria ficar presa ali, com Miles Richter, no meio do nada, à noite. *Você está tendo um sonho de uma lucidez impressionante e vai acordar em breve, e vai ficar tudo bem.*

— Eu não faço ideia do que está errado — disse Miles, com a voz oca. Também desci da cabine, dando um chega pra lá nele.

— Deixa eu ver... — Passei um olhar cuidadoso sobre o motor, tentando lembrar o que meu pai tinha me ensinado sobre carros. Também não consegui encontrar nada.

Ele se encostou na lateral da caminhonete, coçando a cabeça, olhando para o chão como se tivesse perdido alguma coisa. Tucker dissera que Miles era horrível com carros, e eu agradeci a tudo o que fosse mais sagrado por isso não ter acontecido enquanto estávamos na interestadual.

— Posso ligar — eu disse, abrindo o celular de emergência da família que minha mãe me dera. — Você conhece alguma oficina?

— Tenho cara de quem conhece alguma oficina?

— Você sabe tudo, então achei melhor perguntar. — Comecei a ligar para casa.

— Problemas com o carro?

Eu me virei; um homem de idade, provavelmente na casa dos sessenta ou setenta anos, se aproximou da caminhonete com um sorriso preocupado. Por uma fração de segundo, achei que o conhecia — seus olhos pareciam exatamente com os de Miles. Miles cerrou os dentes, então percebi que eu deveria falar. Olhei para o homem à procura de microfones ou outros objetos estranhos.

— É. Não dá partida, mas parece não ter nada de errado.

O homem meneou a cabeça.

— Se importa se eu der uma olhada?

Dei de ombros, e o homem arrastou os pés e enfiou a cabeça sob o capô.

— Mas, falando sério — eu disse para Miles, que se virou, parecendo com raiva e confuso. — Se eu tivesse tantos amigos, não tentaria agir como se não gostasse deles. E não diga que não, porque eu sei que você...

— Por que você se importa tanto? — ele perguntou.

Olhei para ele com frieza.

— Sério? Você ainda não percebeu?

Respiração profunda, dentes cerrados.

— Eles *não* são meus amigos — disse. — E não querem ser, como todo mundo naquela escola. Eles estão lá porque têm de estar. Dá pra parar de falar nisso?

— Tudo bem, e que tal esta: sabe qual foi a última pergunta da sua mãe? Se você é feliz. Eu disse a ela que hoje foi quando te vi mais feliz. Isso é um pouco patético, sério. — Eu não conseguia impedir que as palavras transbordassem da minha boca. — Você poderia ter amigos, poderia ser feliz, mas escolhe não ser.

— O que você está tentando me dizer? — ele vociferou tão alto que tive certeza de que o velho manteve a cabeça abaixada por educação. — Quem é você para me dar sermão sobre ser feliz? Você é a pessoa que toma seus comprimidos e tira todas aquelas fotos idiotas, esperando que o mundo não vire um inferno quando você finalmente der uma derrapada e alguém descobrir que você é louca. E você está tentando me ajudar com a minha vida quando a sua está desmoronando durante todo o ano? Para não mencionar que você está arrastando todo mundo para baixo... Olha só o Tucker, que te segue pra todo canto como se fosse um cachorrinho. E eu tenho certeza que você se sentiu *péssima* sobre aquele trabalho, tão mal que nem conseguiu contar pra ele o que fez. Então, sabe de uma coisa? Se eu sou um babaca arrogante, você é uma maldita hipócrita, e estamos parados em um estacionamento do Wendy's no meio do nada, discutindo sobre nada basicamente e... e... — Sua voz perdeu a potência. Ele baixou os braços, derrotado, sua expressão não mais cheia de raiva, mas de culpa. — E eu fiz você chorar.

Enxuguei os olhos e olhei para o capô da caminhonete, desejando muito que o velho não estivesse ali.

— Fez. Bom, não é a primeira vez.

Eu me virei e comecei a andar.

Louca. Desmoronando. Hipócrita.

Ele estava certo. Era exatamente o que eu era. Eu chamava Miles, Tucker, Celia e McCoy de loucos quando só eu era louca, eu era *a* louca, sempre fui a única louca.

Segui as luzes traseiras vermelhas. Não sabia aonde estava indo, ou para que direção estava seguindo, ou mesmo onde exatamente eu estava no momento. Eu estava, como ele tão corretamente havia apontado, no estacionamento de um Wendy's no meio do nada, e ia para lá... para o nada.

Eu o sentia me observando enquanto me afastava. Talvez algumas palavras tenham sido trocadas entre ele e o velho. Eu me sentei na neve, na beirada do estacionamento, a uns quinze metros de distância da caminhonete, encostei os joelhos no peito e fiquei olhando para a rodovia. Quantas vezes tentara me afastar de Miles? Uma vez na fogueira — ele me impediu; de novo quando Erwin morreu — e ele me impediu novamente. Dessa vez ele sabia que eu não tinha para onde ir.

Sapatos amassaram a neve atrás de mim e a manga da jaqueta de Miles bateu no meu ombro.

— Aqui — ele disse.

Empurrei a jaqueta para longe.

— Não quero. — Enxuguei os olhos novamente, tentei fazer com que meus arrepios parassem. Todas aquelas camadas de pele de carneiro... aquilo devia parecer uma torradeira.

— Me desculpe por te chamar de louca.

— Por quê? É verdade. — Puxei os joelhos mais junto do corpo. — É provável que eu acabe no hospital com a sua mãe.

— Não, você não vai. — Seu tom de voz era exasperado. — Seus pais...

— Já consideraram a possibilidade.

Isso o deteve.

— Então pode pegar o seu casaco idiota porque você vai congelar sem ele. Qual é o seu percentual de gordura corporal? Menos zero vírgula zero... *humf*.

Ele se ajoelhou e atirou o casaco sobre meus ombros. Sem olhar para mim, fechou bem o casaco e disse:

— Como você é teimosa. — Embora tentasse esconder, ele estremeceu.
— Vem, vamos embora. — Ofereceu a mão e eu peguei, usando o outra para segurar o casaco.

Estranhamente, ele não largou minha mão quando voltamos para a caminhonete. Como experiência, apertei um pouco a dele. Ele apertou de volta.

O velho espiou sobre capô e sorriu quando me viu vestindo a jaqueta de Miles.

— Bem, parece que a bateria pode precisar de uma carga — disse o homem. — Tenho cabos de ligação, vai demorar só um segundo.

Ele abriu o porta-malas do próprio carro e pegou um par de cabos de ligação, e, depois de algumas instruções, ele e Miles começaram a trabalhar. Eu quase dormi em pé, e Miles teve de me tirar do meu estupor quando chegou a hora de ir.

— Obrigado mais uma vez — disse ele para o velho. A voz de Miles saiu fraca, frágil.

— De verdade, não foi nada. — O homem sorriu e acenou, guardando os cabos de ligação. — Aproveitem o resto da noite, crianças! — Entrou no carro e foi embora.

Miles olhou para o homem, uma pequena ruga entre as sobrancelhas.

— O que foi? — perguntei, com a mão na maçaneta da porta do passageiro. Miles sacudiu a cabeça.

— Não foi nada, eu só... — Ele emitiu um som exasperado, seus ombros se curvaram um pouco. — Ele me fez pensar no *Opa*. — Deu a volta para o lado do motorista e entrou.

— Ah, espere. — Balancei os ombros para tirar a jaqueta, subi na caminhonete e a passei para ele sobre o assento. — Sério, seus lábios estão ficando azuis. Eu vou ficar bem, de verdade — acrescentei quando ele começou a protestar. Ele fingiu bastante relutância enquanto vestia de novo a jaqueta.

— Ele que me disse para te entregar — Miles confessou, depois de um minuto inteiro olhando pelo para-brisa.

Eu estava prestes a fazer uma piada sobre como era legal que alguém precisasse ensinar boas maneiras a ele, mas então vi o olhar em seu rosto.

— Vamos — eu disse baixinho. — Não devemos estar muito longe de casa, não é? — Miles assentiu e colocou a caminhonete em movimento.

33

Vinte minutos mais tarde, tive que começar a falar para manter Miles acordado. Minha aula enorme sobre as Guerras Napoleônicas (um dos temas favoritos de Charlie) foi interrompida pelas ruas familiares da cidade e pelo que eu só poderia descrever como uma mensagem de Deus.

A placa do Meijer.

— Pare um minuto — eu disse, virando-me para olhar para a loja.

— Oi?

— Precisamos ir ao Meijer.

— Por quê?

— Acredite em mim, temos de ir ao Meijer. Pare e estacione.

Ele entrou no estacionamento e dirigiu até o mais perto possível das portas. Quase tive de arrastá-lo para fora da cabine e para dentro da loja.

— Eu trabalho aqui direto — ele lamentou, bocejando. — Por que nós temos que parar?

— Você vira um bebê quando está cansado, sabia disso?

Puxei-o para o balcão da delicatéssen. Seus colegas de trabalho nos lançavam olhares estranhos conforme íamos passando. Miles os dispensou com um aceno. O corredor principal estava vazio.

Miles quase trombou com o tanque de lagostas quando eu parei na frente do vidro. Ele piscou uma vez, olhou para o tanque e então olhou para mim.

— É um tanque de lagostas — disse.

Respirei fundo. Agora ou nunca.

— É *o* tanque de lagostas — corrigi. — Sua mãe me disse que você se lembra.

Miles olhou de volta para o tanque, e a água refletiu em seus óculos. No começo pensei que eu estava errada, que as probabilidades tinham sido altas demais, que talvez minha mãe tivesse razão o tempo inteiro e que eu tivesse inventado aquela cena toda. Mas então ele disse:

— Você faz isso sempre?

— Não — respondi. — Só hoje.

O canto de sua boca se contorceu.

— Você tem cheiro de limão.

Eu me levantei na ponta dos pés.

Ele se virou, suas mãos encontraram minha cintura e seus lábios tocaram os meus, como se ele viesse se preparando para esse momento.

Dizer que eu não estava pronta é um eufemismo.

Eu não estava pronta para a emoção, e não estava pronta para a maneira como seus dedos longos e frios foram seguindo debaixo do meu casaco, do moletom e da camiseta e pressionaram meus quadris, fazendo disparar arrepios na minha pele. Tudo a nossa volta se afastou. Miles gemeu. A vibração percorreu meus lábios.

O calor. Como é que eu não notei o calor? Tinha um forno entre as camadas de roupa que nos separavam.

Eu me afastei. Ele respirava com dificuldade, me olhando com olhos famintos, alerta.

— Miles.

— Desculpe. — Sua voz, mais rouca do que de costume, não parecia arrependida.

— Não... Eu... Quer voltar para a minha casa?

Ele hesitou por um momento; em seus olhos, eu o vi digerindo o significado das minhas palavras. Levou muito mais tempo para entender isso do que um problema de matemática ou um caça-palavras. Esses ele resolvia imediatamente. O que estava acontecendo agora precisou de todo o seu poder cerebral.

Eu tinha de acreditar que ele havia nascido com esse tipo de confusão, essa incapacidade de entender as pessoas, porque a alternativa era que tivesse sido condicionado a pensar que ninguém nunca iria lhe sugerir algo assim, e por isso Miles não conseguia processar quando alguém sugeria. E isso era triste demais para acreditar.
— Você quer dizer...? — Suas sobrancelhas se juntaram.
— Quero.
Sua respiração falhou.
— Tem certeza?
Deixei meus dedos vaguearem até o cós de sua calça jeans.
— Tenho.

34

Não falamos durante o caminho para minha casa. Os nós dos dedos de Miles estavam esbranquiçados sobre o volante, e ele ficava olhando para mim a intervalos de poucos segundos. Eu sabia porque também não parava de olhar para ele. Algo pulsante e estranho se escondia em meu estômago, metade ansiedade, metade terror. Quando ele subiu na calçada que levava até a garagem e colocou a mão para desafivelar o cinto de segurança, eu o contive.

— Espera. Me deixa ir primeiro. Desça a rua de carro um pouco e depois volte andando. Você sabe qual é a janela do meu quarto?

— Não.

Mostrei a ele.

— Vá até a janela. Eu vou te deixar entrar.

•••

Marchei até a porta da frente, fazendo verificação de perímetro no jardim da frente, tentando ser o mais casual possível quando entrei na casa e tranquei a porta atrás de mim. Chutei os sapatos no corredor e passei na ponta dos pés pela sala de televisão.

— Alex?

Minha mãe.

— Oi, mãe.

— Que bom que você chegou. — Ela se levantou do sofá e estendeu a mão. — Eu não sabia que você ficaria fora até tão tarde... Você precisa tomar isso aqui.

Ela me deu um comprimido. Eu o engoli em seco.

— Paramos para jantar.

— Vocês se divertiram?

— Hum, sim, eu acho. — Eu queria estar no meu quarto. Queria estar encerrada, segura, longe de olhares indiscretos. Com Miles.

— Como estava o Miles?

— Bem? Não sei o que você quer dizer.

— Ele foi visitar a mãe em um hospital psiquiátrico. Seria de pensar que ele tivesse alguns problemas. Só Deus sabe que o menino já parece um pouco... emocionalmente atrofiado. Estou meio convencida de que ele é autista.

— E daí se ele for?

Ela piscou para mim.

— O quê?

— E daí se o Miles for autista? E ele não é "emocionalmente atrofiado". Ele tem emoções, como todos nós. Às vezes ele só tem dificuldade de decifrar quais são.

— Alex, ele parece muito inteligente, mas não acho que ele seja a melhor influência.

Dei uma risadinha irônica. Se ela soubesse...

— Então por que você ficou tão animada com a ideia de eu ir com ele? Porque queria que eu visse onde vou morar depois do ensino médio?

— Não, claro que não! Eu não quis dizer isso.

Tirei o casaco com um movimento de ombros e pendurei no gancho do corredor da entrada.

— Vou para a cama. Por favor, não me incomode.

Deixei-a parada na entrada escura e fui direto para o quarto, fechando e trancando a porta atrás de mim. Não me incomodei em verificar o perímetro. Não me importava. O próprio Joseph Stálin poderia estar parado no canto e não me importaria. Levantei a janela e abri a tela.

— Fique quieto — eu disse.

Miles não teve problemas com isso. Deslizou para dentro do quarto, misturando-se à escuridão. Encontrei-o pelo tato, puxei-o para perto e o ajudei a tirar a jaqueta. O cheiro de massa folhada e sabonete de menta encheu meu quarto. Com ele ali, eu sabia que tudo realmente estava bem. Passei os braços em torno dele e pressionei o rosto em sua camisa. Fomos caminhando para trás de modo desajeitado, através do facho estreito de luz amarelada que vinha do poste lá fora, e caímos em cima da cama.

Os artefatos nas prateleiras tremeram, e as fotos farfalharam. Sentei e pressionei um dedo em meus lábios. Miles assentiu. A iluminação da rua atingiu os olhos dele e os transformou em vitrais azuis.

Ele tinha que ser real. Entre todas as coisas, ele tinha que ser real. Tirei seus óculos e os coloquei na mesinha de cabeceira. Me chamou a atenção como seu rosto estava aberto, os olhos azuis límpidos, o cabelo cor de areia e as sardas douradas. Meu coração fraquejou, mas ele não tinha feito nada. Perguntei-me por um segundo se talvez fosse eu quem tinha sido condicionada a pensar que isso não poderia acontecer. Ele ficou ali deitado, olhando para mim, e, embora eu tivesse certeza de que ele não conseguia enxergar muita coisa, ainda parecia que ele estava analisando o menor dos detalhes.

Meus dedos se espalharam sobre seu abdome. Seus músculos se apertaram e ele soltou uma risada sem fôlego. Cócegas. Sorri, mas ele fechou os olhos. Puxei a camiseta por cima, sobre seu peito, e ele se sentou para me deixar tirá-la.

A sensação de sua pele sob meus dedos lançou pequenos disparos de fogo ao longo dos meus braços, e, quando ele foi cuidadosamente tirando minha camiseta, achei que iria entrar em combustão. Eu odiava coisas como nadar e trocar de roupa em vestiários, porque odiava ficar tão desnuda na frente de outras pessoas. Ficava muito exposta. O que me fazia pensar em tortura. Mas isso não tinha nada de tortura.

Miles fez uma pausa, se envolveu ao meu redor, o pescoço esticado por cima do meu ombro. Senti um pequeno puxão no sutiã e percebi que ele estava examinando o fecho. Sufoquei o riso em seu ombro. Ele tinha aberto e, agora, estava fechando de novo, então abriu e fechou os ganchinhos mais algumas vezes.

— Pare de ficar testando — sussurrei.

Ele desabotoou uma última vez e me deixou tirá-lo.

O restante de nossas roupas se juntou às camisetas no chão. Estremeci e me pressionei mais contra ele, deixando o calor se acumular entre nosso corpo novamente, escondendo o rosto na curva de seu braço. Giramos de lado e ele se envolveu em mim. Puxei o cobertor sobre nós para criar um pequeno casulo.

Eu adorava ficar assim tão perto dele. Adorava poder tocá-lo assim. Adorava o jeito como ele me abraçava com força, o inspirar e expirar suave, e como eu não sentia necessidade de olhar por cima do ombro quando ele estava ali. Eu adorava poder fingir que era uma adolescente normal, fazendo coisas escondida, e que com tudo e com todos

Estava

Tudo

Certo.

Os dedos de Miles pressionaram minhas costas.

— Basorexia — ele murmurou.

— Saúde.

Ele riu.

— É um desejo irresistível de beijar.

— Pensei que você não fosse bom em decifrar o que sentia.

— Eu devo estar usando a palavra no contexto errado. Mas tenho certeza que é isso.

Pressionei um beijo em seu ombro. Um de seus polegares passou por toda a minha coluna e...

Foi demais.

Demais, rápido demais.

— Não me odeie — eu disse. — Mas acho que não quero fazer isso. Não... não agora. Não aqui. Me desculpa. Não achei que eu fosse mudar de ideia.

Ele soltou um sussurrante riso de alívio.

— Na verdade foi bom. Acho que vou ter um ataque do coração só com isso aqui. Qualquer coisa mais pode me matar.

Levantei a mão entre nós. Seu coração batia rápido e forte na minha palma. Puxei a mão rapidamente.

— Jesus, você está certo, acho que pode ter mesmo um ataque do coração!

Eu estava brincando, na realidade, mas ele se afastou, acanhado. Sua respiração ficou um pouco mais forte.

— Ajudaria. Se a gente pudesse... se arrumar...

Nós nos afastamos um do outro. A respiração voltou ao normal. Então nos encaramos no escuro, as cobertas puxadas sobre nós. Sua mão encontrou a minha.

— Desculpe — disse ele. — Não estou acostumado com o toque das pessoas.

— Nem eu.

Houve silêncio por alguns longos minutos, até que tive uma ideia.

— Escolha alguém — eu disse.

— Quê?

Sorri.

— Escolha alguém.

Ele hesitou, depois retribuiu o sorriso.

— Certo. Pronto.

— Você está morto?

— Não.

— Você é homem?

— Não.

— Você vive em um país estrangeiro?

— Não.

Mulher, viva, dos Estados Unidos. Talvez ele *não* tivesse escolhido algo obscuro.

— Você tem alguma coisa a ver com a East Shoal? — perguntei.

— Sim.

Tiro no escuro.

— Você está no clube?
Ele fez uma pausa.
— Sim.
— Você é a Jetta.
Ele balançou a cabeça.
Fiz uma careta.
— A Theo?
— Não.
— Bom, se você não é nenhum delas, teria que ser eu.
Ele piscou.
— Sou eu? — perguntei.
— Não consegui pensar em mais ninguém.

Ele se aproximou e abriu os braços. Fui me aconchegando e apoiei a cabeça em seu ombro.

Ele sussurrou algo em alemão. Fechei os olhos e coloquei a mão sobre seu coração novamente.

PARTE III | Os elásticos

35

Miles caiu da cama à uma e meia da manhã, com a expressão inundada de pânico.

— Eu tenho que ir. — Foi tropeçando em meio às roupas. Sentei-me, sacudi a sonolência e puxei o edredom para cobrir o peito.

— Que foi? — sussurrei de volta.

— Sapatos... onde estão meus sapatos?

— Ao lado da janela.

Ele os agarrou e calçou.

— Meu pai sabe que eu nunca trabalho até depois da meia-noite.

— O que ele vai fazer se você não estiver lá quando deveria estar?

Miles parou e olhou para mim. Em seguida, encontrou a jaqueta no chão e atirou-a sobre os ombros.

— Venha aqui. — Abri os braços. Ele se sentou na ponta da cama, o corpo rígido. Virei o rosto dele para mim e o beijei. — Você pode estar aqui na segunda de manhã?

— Claro.

Eu o beijei novamente e lhe entreguei os óculos.

— Aqui.

36

Eu não conseguia parar de sorrir no dia seguinte, no Finnegan's. Os clientes definitivamente me deixaram gorjetas maiores, mas pode ter sido porque eu não estava olhando para eles como se estivessem com escutas.

Tucker notou.

— Por que você está tão feliz? — resmungou, enfiando as notas no caixa. A máquina sacudiu quando ele bateu a gaveta.

— Não tenho o direito de ser feliz? — perguntei. Ainda assim, apaguei o sorriso. A culpa deu um nó no meu estômago. Eu queria contar a ele o que tinha descoberto com a June, mas isso já era mais do que ele tinha falado comigo em dias. Peguei a Bola 8 do Finnegan's. *Fiz algo errado?*

Minhas fontes dizem que não.

Tucker olhou de soslaio para mim.

— Você está agindo como se tivesse ganhado na loteria. Só me fala que não tem nada a ver com o Richter.

— Certo. Não vou falar. — Eu tinha pedido desculpas um milhão e uma vezes. Tinha coberto o turno dele no trabalho, feito minhas próprias discussões nos trabalhos da aula de inglês e não obtive coisa nenhuma em troca. Eu não me importava se ele estava com raiva de mim. Ele não tinha o direito de comentar o que eu tinha feito com Miles.

Ele virou para mim.

— Tá brincando. Você ainda está andando com ele, depois do que ele fez comigo? Depois de tudo o que ele fez?

— Não é da sua conta o que eu faço com ele, Tucker. — Abaixei a voz, para o casal sentado à mesa mais próxima não ouvir.

Tucker hesitou.

— *O que você faz?* O que você está fazendo com ele?

Meu rosto todo deve ter ficado tão vermelho quanto meus cabelos.

— Eu falei que não é da sua conta, não falei?

A voz de Tucker baixou mais até se tornar um sussurro.

— Você está *zoando* com a minha cara. Você transou com ele?

Fingi verificar a caixa registradora.

— Nós estamos juntos, tá bom? Isso é tudo que você precisa saber.

Ele agarrou meu braço e me puxou em direção à cozinha.

— Você não tem ideia do que ele vai fazer com você! Ele não é uma pessoa normal, Alex! Ele não entende como as coisas que faz afetam as pessoas!

Por um momento, tudo o que consegui fazer foi olhar para ele. Eu tinha um comentário mordaz prontinho, mas ele não disse o que eu estava esperando. Não tinha dito: "Ele é um cretino" ou "É a encarnação do mal".

Tucker tinha passado por isso antes. Não exatamente as mesmas circunstâncias, mas... Miles tinha magoado Tucker muito tempo antes de eu conhecer qualquer um dos dois.

— Eu... eu vou ficar bem, Tucker. — Puxei o braço que ele estava apertando. — Eu vou ficar bem.

Tucker balançou a cabeça, e seu olhar baixou para o chão. Passou por mim de lado, murmurando algo que eu quase não captei.

— Espero que sim.

> *Eu vou ficar bem, não vou?*
> **Sem dúvida**

37

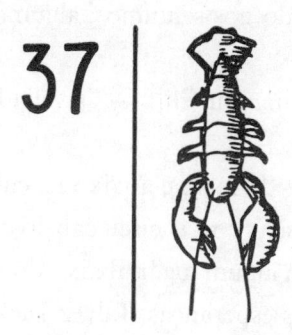

Meu pai não pareceu achar muito ruim perder seus direitos de transporte na segunda-feira; na verdade, ele me ofereceu um sorriso malicioso quando passei pela porta e saí.

Eu não sabia o que esperar. Talvez que Miles parecesse mais feliz do que parecia? Talvez que me desse uma razão para não acreditar no que Tucker havia dito? Só fazia um dia que a gente tinha se visto, e eu não tinha tentado sufocar a ansiedade em meu estômago. Mas, quando subi no banco do passageiro, ele só me deu o mais fraco dos sorrisos e depois se dissolveu em uma espécie de depressão humilhada. Tinha bolsas escuras sob os olhos, como se não tivesse dormido.

— Que foi? — perguntei. — O que ele fez?

— Nada. — Ele não desviava os olhos da rua enquanto dirigia.

Eu não disse nada mais até estacionarmos o carro e irmos andando em direção ao prédio, e notei que ele estava fazendo o seu melhor para esconder que estava mancando um pouco.

— Por que você está mancando? O que aconteceu?

— Nada. Não aconteceu nada, estou bem.

— Miles, o que ele fez com você?

— Não se preocupe com isso! — ele retrucou.

Eu me retraí. Não conversamos durante todo o caminho até a primeira aula de inglês, e, quando nos sentamos, algumas risadinhas vieram do canto de Cliff na sala.

— E aí, Richter? — chamou Cliff — Os Aliados finalmente te deram um chute no traseiro?

Miles mostrou o dedo do meio e abaixou a cabeça sobre a mesa.

Fiquei olhando para suas costas e seu cabelo cor de areia, e meu coração afundou e pousou em algum lugar abaixo do umbigo. Talvez eu tivesse elevado demais minhas esperanças. Talvez Tucker tivesse razão. Talvez essa viagem tivesse um evento único. Talvez ele não...

Pare de pensar nele, idiota!

Olhei para a luz fluorescente piscando sobre a minha cabeça, depois para meus colegas, descansados após as férias de inverno.

O cabelo de Celia tinha virado uma mistura estranha e embolorada de amarelo e marrom, mas ainda estava verde nas pontas. Ela usava moletom da East Shoal, e as lentes de contato azuis haviam desaparecido; seus olhos eram castanhos. Seu rosto parecia estranho, até eu perceber que era pela falta de maquiagem. Mesmo sem maquiagem e com a cara cheia de acne, ela ainda era bonita.

Por que ela se esforçava tanto?

Todo mundo estava falando sobre ela, fazendo piadas e comentários sarcásticos, altos o suficiente para ela ouvir. Ela só ficou lá, olhando para o tampo da mesa, sobrancelhas unidas. Não parecia querer me matar. Nem matar ninguém. Não parecia ter sobrado nenhum espírito de luta.

Uma pequena parte de mim, a parte que se esqueceu de ter testemunhado Celia gritando sobre seu cabelo estar em chamas, e gritando sobre não conseguir o que queria, e gritando sobre suas amigas, se sentiu mal por ela.

•••

Miles dormiu durante todas as nossas aulas naquele dia. Mesmo que ele não costumasse fazer esforço, nunca simplesmente dormia. Os professores deviam ter percebido que algo estava errado, porque não tentaram acordá-lo. Cinco minutos antes de tocar cada sinal, ele se levantava como os mortos e ia arrastando os pés para a próxima aula. Alguém o chamou de "nazista" no corredor, depois da quinta aula, e ele apenas continuou andando.

Eu não gostava de vê-lo tão chateado. Assim, quando saímos da aula de química e fomos para o ginásio, juntei meus livros em um só braço e peguei a mão dele, entrelaçando nossos dedos. Fiquei na ponta dos pés e beijei o canto de sua boca. Por alguns segundos, um verdadeiro sorriso iluminou o rosto de Miles.

E desapareceu no momento em que chegamos ao ginásio, embora ele ainda segurasse firmemente minha mão. O clube sentou-se em um grupo nas arquibancadas, e lá, a poucos metros de distância, estava Celia. Todos sabíamos que isso ia acontecer, mas ninguém pareceu particularmente feliz a respeito.

— Oi, chefe. Alex — disse Evan.

— Alguma coisa que você queira contar pra gente? — Ian perguntou, apontando para nossas mãos.

Miles olhou para baixo, como se tivesse esquecido que estava segurando minha mão, depois olhou de volta para Evan, Ian e seus sorrisos travessos, e disse muito claramente:

— Não.

Balancei a cabeça em negativa, soltei a mão de Miles e fui me sentar ao lado de Jetta.

— Como vocês todos provavelmente adivinharam, a Hendricks agora vai fazer serviço comunitário com a gente. — Miles acenou a mão preguiçosa na direção de Celia. Ela lhe lançou um olhar, mas sumiu num instante.

— Você não pode fazer nada, chefe? — perguntou Theo. — Não consegue fazer mandarem a Celia para outro lugar?

— Não estou gostando disso — Miles retrucou —, mas não faço milagres. Foram as próprias malditas regras do McCoy que a colocaram aqui, e, acredite em mim, ele também não estava feliz com isso. É um semestre; lidem com ela. Evan e Ian, vou deixá-la sob o controle de vocês. Cuidem para que ela faça alguma coisa. Todos os outros, posições de sempre.

Evan e Ian olharam para Celia com expressões gêmeas de alegria no rosto e depois a arrastaram junto quando foram até o almoxarifado para pegar os carrinhos de bolas. Jetta se foi, para assistir ao treino de luta livre de Art no ginásio auxiliar, e Theo se retirou para a lanchonete. Comecei a segui-la, mas Miles agarrou minha manga e gentilmente me puxou de volta.

— Você fica comigo. — Apontou para a mesa de controle do placar.

Nós nos sentamos e preparamos os mapas de estatísticas e as listas para quando os jogadores de basquete voltassem do aquecimento. Fiquei olhando para Celia o tempo todo, enquanto Evan a fazia varrer o chão do ginásio sozinha, e Ian a fez colocar sacos novos em todas as latas de lixo.

Quando terminou, ela se sentou na arquibancada. Segundos mais tarde, sua mãe entrou no ginásio com passos leves e ágeis, cabelos loiros balançando nas costas. Celia nem sequer olhou para cima quando a mulher parou na frente dela e começou sibilar:

— O que você está fazendo agora? Se lamentando?

Celia ficou olhando para os pés e não disse nada. Sua mãe continuou, lançando uma sombra sobre ela.

— Você poderia ter tido tudo, Celia. Se tivesse feito como eu disse, poderia ter tido a possibilidade de escolher qualquer faculdade. Qualquer uma que você quisesse. Poderia ter tido tudo. Mas agora está fora da equipe de líderes de torcida, forçada a perder tempo com esses *delinquentes*...

— Desculpa por hoje cedo — disse Miles. — Não estou acostumado a lidar com... hum... não acostumado a ter alguém para...

— ... e em vez de tentar voltar ao topo, eu encontro você chorando por causa daquele *menino*...

— ... então, sim, foi ele. Você ficou preocupada? Eu não tive a intenção de...

— ... não posso te contar tudo agora, mas o Richard vai ter uma ou duas coisas a dizer sobre isso. Ele não vai deixar a *minha filha* se privar de todo o potencial dela...

— ... não precisa se preocupar com isso, tá? Está tudo bem...

— ... o Richard vai colocar tudo em ordem outra vez. Ele vai se certificar de que você seja digna de carregar o meu legado. E, se esse menino ficar no caminho dele, o Richard vai *removê-lo*.

Miles puxou minha mão, atraindo meu foco completamente para ele.

— Você está tremendo. Por que está tremendo?

— Eu só estou... nervosa. E me sinto mal pela Celia. A mãe dela parece terrível, e o McCoy... Quero contar para alguém, mas não sei quem ouviria.

— Talvez o McCoy derrape, e aí vamos ter provas de que alguma coisa está acontecendo.

Celia estava nas arquibancadas do outro lado do ginásio, olhando para nós. Sua mãe tinha ido embora. Quando me viu olhando para ela, Celia disparou escada abaixo tão depressa que tropeçou nos últimos três degraus.

— Você é um obstáculo — eu disse.

— Quê?

— A Celia gosta de você.

— Já me disseram.

— E o McCoy e a mãe dela acham que isso é uma coisa ruim. Eles pensam que você está... bloqueando o potencial dela ou algo assim. E realmente não gostam dessa ideia.

Ele hesitou, e a dúvida uniu suas sobrancelhas. Até mesmo Miles tinha um limite para a suspensão de descrença, e eu tinha sido paranoica por tempo suficiente para saber que o estava pressionando.

— Eu sei como soa — eu disse —, mas ouvi isso tudo da boca deles, e estou com muito medo de que o McCoy machuque você. Eu não vou fazer nada idiota ou esquisito ou... Só me diz, por favor, que você vai ficar longe dele?

Ele levantou a mão e a segurou contra o peito.

— Eu disse que teria cuidado, não disse?

— Disse.

Celia enxugou os olhos e foi se arrastando em direção à porta.

— O que ela está fazendo? — Miles se levantou do assento. Eu o puxei de volta para baixo novamente.

— Deixe ela ir. Ela vai voltar.

Como previsto, cerca de dez minutos mais tarde, Celia veio andando de volta para o ginásio, com os olhos mais vermelhos e inchados do que quando havia saído. Ela se sentou no final da fileira inferior das arquibancadas e olhou para as mãos. Parecia... arrasada. Como se a megera louca dentro dela tivesse enfim morrido e deixado uma casca para trás.

June estava certa. Eu precisava falar com ela.

38

Ela tentou sair por um dos corredores dos fundos após o jogo.

Não imaginei que seria difícil detê-la. Com duas palavras, ela se viraria, pronta para me atacar. Mas, quando abri as portas e gritei seu nome, ela olhou por cima do ombro, olhos arregalados, como se estivesse com medo de que *eu* fosse matá-la.

E então correu.

Eu corri atrás. Acho que ser líder de torcida tinha suas vantagens, porque ela estava em melhor forma do que eu. Porém eu sabia para onde ela estava indo. Quando chegamos a um cruzamento de corredores, Celia virou à direita e eu continuei reto. Saí no lado oeste da escola, pulei pela rampa de acessibilidade e virei a noroeste a tempo de pegar Celia na barriga com o meu braço. Meu impulso a fez bater na parede.

— Para... de correr... — eu disse, ofegante. Ela olhou para mim, esfregando o ombro que havia atingido o tijolo. — Eu... tenho que... te perguntar uma coisa...

— Então pergunta — ela rosnou.

Respirei fundo.

— O McCoy. O que está acontecendo... com o McCoy?

Os olhos de Celia se arregalaram primeiro, depois se estreitaram.

— Do que você está falando?

— Olha, eu sei sobre a sua mãe. E eu sei sobre o McCoy. Eu sei que ele te chama para ir à sala dele o tempo todo e que está obcecado. Se... se ele está fazendo alguma coisa, você devia falar sobre isso com alguém.

Por meio segundo, um reconhecimento verdadeiro atravessou o rosto de Celia. Mas então sua expressão se retorceu e ela mostrou os dentes.

— Você não sabe de nada sobre mim. — Ela me empurrou para trás. — Sai da minha frente. E não mencione o imbecil do McCoy ou a minha mãe para mim nunca mais.

O encontrão do ombro dela foi tão forte que me fez cambalear para trás e quase cair. Pensei em segui-la novamente e inquirir até ela admitir que alguma coisa estava acontecendo, que ela precisava de ajuda, mas eu já sabia.

Eu tinha tomado algo que ela amava. Celia nunca confiaria em mim.

> *Ela não é nem um pouco louca, é?*
> **Minhas fontes dizem que não**
> *Ela só é... sozinha.*
> **Muito provavelmente**
> *Mas ela nunca quer ninguém por perto.*
> **Resposta nebulosa, tente outra vez**
> *Ela não quer ajuda. Por que ela não quer ajuda?*
> **Agora não posso prever**

39

O tema recorrente de janeiro parecia ser como tornar a vida de Celia um inferno. Evan e Ian forçavam-na a recolher o lixo que eles tinham derrubado. Theo a fez limpar as máquinas de pipoca e de cachorro-quente por uma semana inteira. Jetta a fez pular na piscina, de roupa e tudo, para pegar os blocos de natação que a própria Jetta tinha jogado lá dentro, quando a equipe de natação estava parada a menos de três metros de distância.

Celia nunca fez nada para impedir. Na verdade, as únicas vezes em que ficou com raiva o suficiente para bater o pé foram quando mencionei o McCoy para ela.

Em meados de fevereiro, comecei a me perguntar o que o clube poderia ter contra Celia que justificasse as coisas que eles faziam com ela. Sim, ela era uma vaca. Sim, tinha feito coisas horríveis para as pessoas — ou pelo menos era o que diziam.

Miles e eu não participávamos, mas também não fazíamos nada para impedir, o que me fazia sentir como se fôssemos parte daquilo. Sempre que Celia nos via, sempre que eu a pegava olhando para nós depois de um beijinho no ginásio, ou de mãos dadas no corredor, podia jurar que ela estava prestes a se debulhar em lágrimas.

— Eles podem fazer o que quiserem com ela — disse Miles um dia, no fim de fevereiro, depois de os trigêmeos terem feito Celia carregar todas as toalhas fedorentas até a lavanderia sem um carrinho. Ela deixou cair algumas acidentalmente na piscina e teve de entrar na água para buscar. Miles e eu estávamos com as costas apoiadas nos azulejos. Miles estava olhando para a água com o nariz empinado.

Quando Celia saiu de novo da piscina, ela olhou para nós... para Miles.

— Coloque aquilo ali na lavanderia — Miles lhe disse.

Ela assentiu. Miles era a única pessoa de quem ela recebia ordens sem xingar baixinho ou olhar feio.

— E aí, Rainha Verde! — Evan, Ian e Jetta saíram dos vestiários em trajes de banho.

— O que vocês vão fazer? — perguntou Miles, olhando para o relógio.

— São seis horas.

— O que significa que temos muito tempo para nadar antes de termos de fechar! — Ian subiu no trampolim.

— *Mein Chef!* Alex! Venham *nadarr* com a gente! — disse Jetta, flutuando para a beirada da piscina e olhando para nós.

— Isso! Vem, chefe! — Ian gritou antes de mergulhar.

— Não — disse Miles. — Odeio ficar molhado.

— Isso é o que ela d... — Evan começou, antes de levar um caldo do irmão.

— Você sabe que eu não gosto de nadar — disse Miles, enquanto Jetta não parava de fazer cara de cachorrinho pidão.

— Então vamos *jogarr* o seu jogo. Escolhi alguém.

Miles lutou contra um sorriso durante alguns segundos, mas perdeu. Eles começaram um jogo de vinte perguntas em alemão. Eu não sabia o que estavam dizendo, mas tinha certeza de que Miles estava arrastando o jogo de propósito. Quando estavam apenas ele e Jetta, ele encontrava qualquer desculpa para não falar inglês.

Eu ficava feliz por ele ter Jetta para conversar, mas estava perdendo algo. Havia uma outra pessoa inteira dentro dele que eu não podia ver, porque não falava a língua dela.

Quando o jogo acabou — Miles fez quinze perguntas antes de dar a resposta certa —, Jetta ergueu os braços em direção a ele e mexeu os dedos.

— Eu *não* vou entrar — disse ele uma última vez. Jetta admitiu a derrota e nadou para longe.

— Não me diga que não sabe nadar — falei.

Miles desdenhou.

— Claro que eu sei nadar. Se não soubesse, eu estaria morto — disse ele. Então, mais baixo: — Meu pai costumava me levar para pescar quando eu era pequeno. Você sabe, a maioria dos filhos pesca com os pais. É uma experiência agradável para criar vínculo familiar, certo? Bem, adicione a isso o tempo que uma pulga com transtorno de déficit de atenção consegue manter a concentração, um pouco de bebida e uma grande massa de água, e você acaba com um pai que pensa que é divertido jogar o filho para fora do barco e vê-lo nadar até a margem.

— Como ele fez com a sua mãe?

Ele assentiu.

— Ele me pegou primeiro.

— Isso é terrível — sussurrei. — Você poderia ter se afogado! Ou ficado muito doente... tem todo tipo de bactérias em lagos, ou...

— Ou ter sido puxado para o fundo por alguma coisa que eu não conseguia ver? — Miles disse baixinho. — Sim, essa foi a melhor parte. Ele sabia que eu estava com medo das coisas naqueles lagos. Maldito.

Cheiro de algas e sujeira de lagoa.

— Foi no dia anterior a minha mãe e eu irmos para a Alemanha — continuou. — Ela percebeu que Cleveland tinha feito algo e veio me procurar. Ficamos no carro aquela noite e, no dia seguinte, ela decidiu que íamos embora. Nós só voltamos para casa por um minuto, para pegar os passaportes. E depois fomos direto ao Meijer, para que ela pudesse comprar coisas que achava que iríamos precisar, e finalmente fomos para o aeroporto.

Eu o abracei, algo que fazia muito ultimamente, às vezes porque podia; na maioria delas, porque ele parecia precisar.

•••

Até agora, ninguém havia tentado fazer nada contra Miles. Eu mal tinha visto McCoy desde o início do semestre, e Celia não parecia ter vontade de machucar ninguém. Sempre que eu a pegava encarando, só tinha de olhar e ela ia embora novamente. Mas ela estava sempre rondando, como um fantasma à espera de alguém que se juntasse a ele do outro lado.

Miles andava cada vez menos colocando em prática seus trabalhos de assassino de aluguel da máfia, e ficou claro que ele não tinha o suficiente ocupando sua mente. Com frequência, ele andava de um lado para o outro pelo ginásio, escrevendo tanto no caderno de anotações que precisou arranjar um novo, e várias vezes iniciava as frases no meio de um pensamento. Ele parou de mancar, mas usava mangas compridas e um dia chegou à escola de olho roxo. Seu humor infectou o clube como uma doença; nada mais corria bem. E logo sua melancolia infestou toda a escola.

O sr. Gunthrie deu um sermão de uma hora a respeito da luz bruxuleante acima de minha mesa, desperdiçando uma aula inteira. A sra. Dalton não conseguia encontrar nenhuma de suas anotações e até esqueceu a Coca zero. Os alunos que normalmente pagavam Miles por seus serviços começaram a resolver seus assuntos com as próprias mãos, e a detenção estava cheia pela primeira vez no ano.

Fiquei me perguntando se a melancolia estava me afetando também, mas minha intuição dizia que tinha mais a ver com os envelopes finos que eu continuava a receber das faculdades e fundações de bolsas de estudos. A maioria deles começava com: "Lamentamos informar..." Tentei não levar para o lado pessoal — quantas garotas pobres de ensino médio, com transtorno mental, poderiam existir em Indiana? Provavelmente mais do que eu pensava, mas entregar cada uma das cartas para minha mãe era iniciar um confronto de conversas passivo-agressivas. *Tem certeza de que você se inscreveu do jeito certo? Talvez só tenha esquecido de algo. Devo pedir para a Leann explicar as coisas para eles?*

Não era preciso dizer que eu não gostava de ficar em casa. Se bem que a escola não era muito melhor.

Em março, comecei a notar que as pessoas apontavam para mim quando eu caminhava no corredor, me ignoravam quando eu tentava falar com elas e, evidentemente, não acreditavam em coisas que eu dizia. Eu não teria me importado tanto se não fosse exatamente o que tinha acontecido na Hillpark depois que descobriram.

No fim de março, todo o clube estava reunido no ginásio principal para a competição de bandas marciais. As arquibancadas estavam cheias de espectadores e das bandas de outras escolas. McCoy empregou metade dos alunos de educação física da sétima aula para pendurar laços dourados ao redor do placar, a fim de criar uma "mesa de tributo" na qual as pessoas pudessem assinar uma petição para finalmente conseguirem banhar o placar em ouro e ganharem de cortesia um ímã minúsculo do placar. (Obviamente, foi um sucesso estrondoso.)

Pelo que vi, a maioria das pessoas achava que aquilo era uma piada: homenagear o painel daquele jeito era uma coisinha excêntrica que nós, da East Shoal, fazíamos para encobrir o fato de que ele tinha matado uma pessoa. Nunca soube de alguém ter acusado McCoy de perder o juízo.

Quando a competição começou, fomos expulsos da mesa de controle pelo sujeito que estava anunciando as bandas. Ficamos parados ao lado das portas principais, com as costas pressionadas na parede. Grudei em Miles, porque com ele eu não sentia necessidade de verificar cada instrumento em busca de itens contrabandeados e propaganda comunista. Se algo estranho estivesse realmente acontecendo, Miles me diria.

Uma banda terminou seu repertório, e outra entrou no lugar. O locutor deixou seu posto, reclamando por nunca conseguir intervalos para ir ao banheiro. No relativo silêncio, comecei a cochilar no ombro de Miles.

— Com licença, pessoal — a voz de Celia encheu o ginásio. Acordei num sobressalto. O recinto ficou em silêncio. — Oi — ela acenou da mesa de controle. — Eu só queria um momento para lembrar que todos os rendimentos das vendas de hoje, na lanchonete, vão beneficiar a Associação Norte-Americana de Esquizofrenia.

Você é o obstáculo, idiota!, rugiu a vozinha.

— Alex — Miles disse com urgência, me puxando em direção à porta. — Alex, você precisa sair daqui...

Mas eu estava presa ao chão, meu cérebro congelado.

— Tudo isso é em homenagem a nossa própria esquizofrênica paranoica, Alexandra Ridgemont, que foi transferida para nossa escola depois de pichar o ginásio da escola Hillpark. — Celia girou e olhou para mim, assim como todos os outros. Ela acenou, sorrindo. — Oi, Alex.

Suas últimas palavras se perderam no ar vazio do ginásio; Miles tinha disparado para a base da arquibancada e arrancado da extensão o cabo do microfone dela. Ele disparou até a mesa de controle e pegou o microfone da mão dela, mas o estrago estava feito.

Eu estava em um tanque cheio de tubarões.

Olhos se fixaram em mim, vindos de todos os lados. Os membros da banda pararam de tocar seus instrumentos. Algumas pessoas do outro lado da arquibancada se levantaram para ver melhor. Theo tinha vindo da lanchonete e agora estava rondando as portas mais distantes com Evan e Ian, todos pálidos.

Minha mão se atrapalhou na porta. A barra de empurrar deslizou sob meus dedos uma vez, duas vezes, mas finalmente consegui abri-la e corri para o banheiro mais próximo.

Eu me tranquei em um cubículo, vomitei, me encolhi numa bola no ladrilho e fechei os olhos. Puxei os cabelos, desejando que não fossem tão absurdamente vermelhos, desejando que minha mente funcionasse da maneira que deveria, desejando que as coisas voltassem a ser como eram quando eu tinha sete anos, quando tudo era real e eu não sabia de nada.

Quando finalmente me acalmei o suficiente para abrir os olhos, ainda estava sentada no chão em um cubículo de banheiro de uma escola pública, ainda era louca, e meus cabelos ainda eram vermelhos como se eu tivesse mergulhado a cabeça em um tanque de ketchup.

Miles devia estar mantendo as pessoas fora do banheiro, porque ninguém veio, e de vez em quando ele batia na porta e chamava meu nome para dizer que não tinha contado a ninguém.

Eu queria dizer que acreditava nele, que Celia poderia ter descoberto de outras maneiras. Mas não conseguia me mexer, e não conseguia abrir a boca.

— Lexi?

Eu me coloquei em pé, enxuguei quaisquer lágrimas que ainda tivessem restado e abri um pouquinho a porta do banheiro. Meu pai estava ali, com cheiro de terra recém-cavada e plantas selvagens. Atrás dele, o corredor estava vazio. Miles tinha ido embora. Meu pai não disse nada, apenas me puxou para um abraço e me levou para o carro.

40

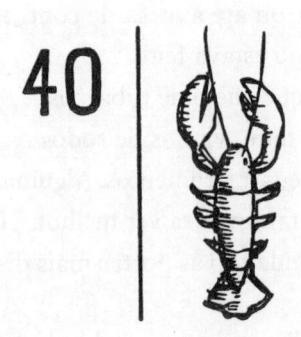

Meu pai era melhor em me acalmar do que eu jamais teria suposto. Acho que um pouco da razão para isso era o cheiro que ele tinha. A outra parte era sua escolha de filmes.

— Pai, você poderia ser o Indiana Jones.

— Você acha? — ele respondeu. — Eu teria que ficar um pouco mais desleixado do que agora. — Esfregou o rosto com a barba por fazer. — Ahh, eu podia me fantasiar de Indiana Jones no Halloween do ano que vem. Será que a sua mãe toparia se vestir como minha companheira sexy e corajosa?

— Não sei. Você teria que ficar muito bonito. E provavelmente subornar com chocolate.

Ele riu. A campainha tocou. Ele foi atender enquanto eu me acomodava no sofá com a tigela de pipoca. Charlie tinha evitado a sala de estar desde a nossa volta, e minha mãe — graças a Deus — estava no supermercado quando Miles ligou para minha casa.

Tentei ignorar o que estava acontecendo no corredor. Meu pai espantaria qualquer um dali, a menos que fosse Miles. Mas eu tinha a impressão de que Miles me daria um pouco de espaço.

— Eu queria ver como a Alex está, ver se ela está bem. Ouvi sobre o que aconteceu na escola.

Tucker.

— Sim, ela está bem — respondeu meu pai. Ele espiou dentro da sala de estar. — Ei, Lex Luthor, está a fim de receber visita?

Eu me levantei do sofá e enfiei a cabeça pela abertura da porta do corredor. Tucker estava no degrau da frente, com uma expressão preocupada. Sua mão roçou nervosamente o enorme vaso de gerânios brancos frescos que minha mãe tinha colocado na varanda. Atrás dele, as árvores que ladeavam a rua estavam em plena floração, despontando com as cores da primavera.

— Ah, oi, Alex. Você está bem?

— Pai, está tudo bem. Eu vou falar com ele lá fora. — Coloquei a tigela de pipoca de lado e passei por meu pai para me juntar a Tucker na varanda. — Está tudo bem, é sério — eu disse uma última vez e, com um sorriso relutante, meu pai fechou a porta.

— Então... você está bem? — Tucker se apressou em dizer. — Vai voltar para a escola?

— Não, eu realmente não estou bem — respondi. — Mas, sim, vou voltar. Afinal de contas, só faltam mais dois meses. E, se eu não voltar, as coisas só vão piorar.

Ensino médio incompleto. Era exatamente isso que faculdades queriam nas inscrições.

Tucker ficou ali por um momento, passando a mão pelos cabelos pretos, arrumando os óculos, girando o relógio no pulso.

— Como você descobriu? — perguntei.

— Mensagem de texto. — Ele levantou o celular. — Acho... que a maioria do pessoal na escola recebeu uma também.

Assenti. Eu imaginava que quase todo mundo devia saber àquela altura — era por isso que andavam me ignorando e cochichando pelas minhas costas nos últimos dias. Celia andava vazando informações havia pelo menos uma semana. A competição de bandas era o jeito certinho de me assustar.

— Então... agora você sabe — falei.

— Sinto muito.

— Por quê? Não é culpa sua eu ser louca.

— Não, eu... eu não me importo com isso. Meu pai tem pacientes esquizofrênicos. Ele os chama de "pessoas normais com mais peculiaridades".

Estou me desculpando por ter ficado tão bravo com você. E por ter te ignorado por tanto tempo. E por não ter acreditado que você conseguiria lidar com o Miles. Eu não devia ter me intrometido.

— Mas você estava certo, eu não devia ter feito aquilo com você. Nem com ninguém. Devia era ter feito o Miles parar.

Tucker riu, hesitante.

— Bom. Eu meio que mereci.

Esperei.

Ele suspirou e se sentou no balanço da varanda.

— Ele recebeu aquele trabalho do Cliff. Eu estava esperando aquilo durante todo o semestre. Lembra da fogueira na casa da Celia, no Dia do Placar?

— Lembro... — Meu estômago afundou. Eu sabia aonde ele queria chegar.

Ele corou e desviou o olhar.

— Eu transei com a Ria.

Antes que eu soubesse o que estava fazendo, estava com o rosto dele nas mãos, gritando:

— TUCKER, ISSO NÃO É VERDADE. Você é a única fonte de BEM neste lugar esquecido por Deus! Você não pode ter caído nos planos da Ria. Fui *eu* quem estragou tudo e colocou gel na sua cueca!

Ele negou com a cabeça, e deixei cair as mãos.

— Não, você não é uma má pessoa — disse ele. — E o Richter não é uma má pessoa, e eu não sou uma má pessoa. Somos apenas pessoas, e as pessoas às vezes fazem coisas idiotas.

Olhei para ele. Depois de alguns segundos, falei:

— Então, você e a Ria.

— Eu e a Ria — ele respondeu.

— Você transou com a Ria Wolf.

— Eu transei com a Ria Wolf — admitiu, erguendo as mãos em derrota.

— E como foi?

— Uma *merda* — disse ele, rindo de repente. — Foi horrível. Eu nunca me senti mais estranho na vida. Quer dizer, era bem óbvio desde o início que ela estava me usando, mas você já viu a garota, ela é gostosa. Tipo, mais que isso. Elevado à enésima potência.

— Tucker, eu entendi.

— A gente pensa que a aparência torna a coisa toda melhor, sabe? Mas é meio difícil se divertir quando a outra pessoa fica te batendo, dizendo como você é péssimo e tudo o que está fazendo de errado.

— Isso deve ser *mesmo* uma merda. — Eu ri só porque ele riu. — Por que você fez isso? Quer dizer, não pode ter sido só porque ela é gostosa.

Tucker corou um pouco novamente.

— De verdade? O Richter e eu meio que tínhamos uma guerra a respeito dela no fundamental.

— Por causa da Ria? — Eu ri novamente.

— Sim, é por isso que ele a odeia — disse Tucker. — Quer dizer, nós dois sabíamos que era inútil, mas ele nunca entendeu por que ela escolhia músculos e não cérebros. Ela veio até mim na fogueira da Celia e começou a me paquerar ...

Então era Tucker quem estava com Ria naquele quarto, e eu tinha flagrado os dois.

Formidável.

— ... e então meio que aconteceu. Eu sabia que ela estava fazendo isso apenas para deixar o Cliff zangado... todo mundo sabe, ela faz isso todos os anos... e eu sabia que teria de lidar com a situação mais tarde. Foi por isso que o Richter fez vocês invadirem a minha casa e aprontar tudo aquilo comigo, porque o Cliff pagou. Ou seja, a bem da verdade, foi culpa minha em primeiro lugar.

— Tucker, cale a boca.

— Tá.

Ficamos em silêncio, olhando, do outro lado da rua, o gramado verde-vivo do vizinho. Depois de alguns minutos, ele disse:

— Então, você ainda acha que algo está acontecendo com o McCoy?

— Acho — falei. — Eu nunca te contei... Eu conversei com a mãe do Miles.

Expliquei tudo o que eu ficara sabendo depois de falar com June. Então contei a ele sobre confrontar Celia fora do ginásio e sobre Miles ser um obstáculo.

— Acho que o McCoy vai fazer alguma coisa, mas não sei quando nem como. E estou com medo de que, se eu não descobrir o que é, algo ruim aconteça.

— E você tem *certeza* — disse ele lentamente — que tudo isso realmente vai acontecer?

Revirei os olhos.

— Eu nunca tenho certeza de nada, Tucker, estou apenas dizendo o que eu sei. Mas você disse, no início do ano, que a Celia e a mãe dela não se davam bem, não disse?

— Eu... Bem, quer dizer, eu vi as duas entrarem na escola algumas vezes antes, e ouvi coisas, mas não que eu seja íntimo da família.

— Olha só, mesmo que eu esteja inventando partes disso, eu sei que *alguma coisa* está acontecendo. Sei que o McCoy está confuso e que está arrastando a Celia na confusão. E sinto que... se eu não fizer alguma coisa, ninguém vai fazer.

Tucker ficou em silêncio por um momento. Então finalmente disse:

— Não sei se eu devia dizer isso, mas... eu sei onde o McCoy mora. Você não vai encontrar nada incriminador, nem na sala dele, nem na escola. Se existe alguma coisa, você vai encontrar onde ele mora.

— Sr. Salada de Batatas Moles — eu disse, colocando a mão sobre o coração. — Você está... está sugerindo que a gente *invada* a casa de alguém?

Tucker deu de ombros.

— Não vamos levar nada. Só dar uma olhada.

— Devo pedir ao Miles para ir junto? Ele tem mais experiência do que a gente em arrombamento e invasão.

— Ele sabe de tudo isso?

— Eu imaginei que ele podia se manter mais seguro do que eu sozinha — eu disse. — Além disso, ele sabe sobre mim desde outubro.

— Ah, tá. — Tucker pensou por um momento. — Sim, eu acho que seria idiota não chamar. Ele mora a apenas algumas ruas de distância do McCoy.

— O quê?

— É, o McCoy mora em Lakeview Trail.

41

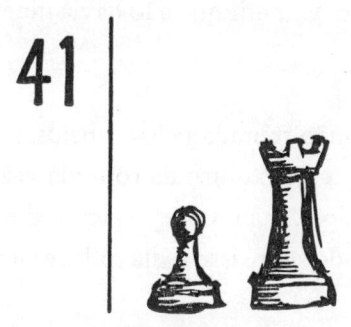

Meu pai me levou para a escola no dia seguinte. Nos corredores, todo mundo ficou me olhando bem do jeito que eu tinha imaginado que eles estavam fazendo durante o ano todo. Meus cabelos tinham se tornado uma praga, assim como na Hillpark; as pessoas me viam chegando e pulavam para fora do meu caminho.

Tentei fazer minhas verificações de perímetro, como de costume, mas, quando me afastei do armário, já tinha tantos olhos me observando que era difícil manter baixo meu nível de pânico. O único lugar bom era a aula de inglês, onde o sr. Gunthrie parecia ter refreado a classe tão bem que eles me ignoravam completamente.

Miles também me ignorou. Ele estava sentado com a cabeça baixa, escrevendo furiosamente em seu caderno.

As linhas que compunha eram grossas e escuras, e cobriam páginas inteiras.

No verdadeiro jeito Miles, o Babaca, ele não falou comigo até que eu o obrigasse, quando estávamos caminhando juntos em direção ao ginásio. Era o dia da partida de beisebol que eu estava temendo durante o ano todo — East Shoal contra Hillpark — e parte da razão pela qual eu decidira voltar para a escola. A outra parte era uma ameaça conjunta entre minha mãe e a Coveira de me queimarem no fogo do inferno se eu ficasse em casa. (Contei isso ao meu pai; ele disse que devia ser exagero.)

Eu teria de enfrentar aquilo. Mas, antes de sequer pensar sobre isso, eu precisava ter certeza de que Miles estava bem.

Verifiquei, para garantir que não havia ninguém por perto, e então perguntei a ele:

— O que foi?

Ele passou a mão trêmula pelos cabelos, seus olhos rapidamente passando de um lado para o outro da rotunda vazia.

— Eu... desculpe... não consegui pensar direito hoje. Todo mundo sabe. Eles ficaram falando sobre isso o dia todo, e eu não consigo entender *como* eles sabem...

Eles sabiam sobre a mãe dele. Peguei a mão de Miles e a afastei do cabelo, segurando-a entre as minhas.

— Qual é a pior coisa que eles podem fazer com essa informação? Só temos mais alguns meses.

— É que eles *sabem* — disse ele. — Eu não gosto que saibam coisas sobre a minha mãe, porque vão começar a fazer julgamentos. E alguém mais vai me levar a sério? O que vão me pedir para fazer agora? Mesmo que seja ridículo, eu vou ter que fazer... Não posso recusar, senão, de gênio barra-pesada, vou voltar a ser o nerd saco de pancadas, e ninguém mais vai estar seguro. *Eu* não vou mais estar seguro.

Olhei em volta de novo. Só de ele dizer que não se sentia seguro me fez pensar que McCoy estava escondido em uma esquina, com um isqueiro e uma lata de spray de cabelo.

Finalmente, ele disse:

— Minha mãe me ligou. Ontem à noite, no Finnegan's.

— Por quê?

— Meu pai. Ele foi visitá-la no hospital. Ela me disse para não ir mais vê-la.

— Miles... — Eu não era boa em consolar as pessoas. Então fiz o que tinha feito antes e o arrastei para os meus planos. — Eu acho que a Celia contou pra todo mundo — eu disse. — Como contou sobre mim. E acho que foi o McCoy quem contou para *ela*.

Miles ficou inexpressivo, do jeito que sempre ficava quando estava lidando com informações em vez de emoções. Para qualquer outra pessoa, ele provavelmente parecia entediado ou irritado. Para mim, ele parecia relaxado. O gato contente.

— Faz sentido. Ele teria acesso às fichas. Teria sido mais difícil para ele saber sobre minha mãe, mas...

Esfreguei a cabeça.

— Eu sinceramente não achei que a Celia iria te machucar. Eu pensei... Eu pensei que ela ainda gostasse muito de você.

— Eu acho que ela já estava de saco cheio.

— O Tucker e eu achamos que podemos descobrir qual é o plano mestre do McCoy, mas precisamos da sua ajuda.

— Com o quê?

— Nós vamos invadir a casa dele.

Miles mostrou a Magnífica Sobrancelha Erguida, o que me fez sentir melhor. Aquela expressão significava que as coisas pelo menos não estavam tão ruins.

— Tem certeza que é isso que você quer fazer?

— O Tucker disse que, se tivermos de encontrar alguma coisa incriminadora, não vai ser na escola, e ele está certo. Vai ser na casa do McCoy. Mesmo tendo certeza que eu poderia apenas dar uma de John McClane e invadir a casa dele derrubando a porta da frente a tiros, imaginei que você deve conseguir fazer essa tarefa com um pouco mais de discrição.

— Então, basicamente, você está dizendo que, se eu não concordar, você vai mesmo assim, mas tem certeza que vai ser pega.

— Basicamente.

— Mas você sabe que eu não quero que você seja pega.

— Sim.

— Então você está me chantageando.

— Isso.

Ele estreitou os olhos.

— Eu posso estar por trás disso — declarou. — Quando?

— Não sei. Tem certeza que não vai se importar se o Tucker estiver lá? Vocês dois conseguem conviver amigavelmente?

— Talvez.

— Ajudaria se eu te dissesse que foi ideia do Tucker?

Agora as duas sobrancelhas se levantaram.

— Porra.

— Vou tomar isso como um sim.

Ele se inclinou e beijou minha testa. As vezes em que *ele* me beijava eram tão poucas e distantes entre si que não pude deixar de sorrir.

— Te encontro na pista — disse ele, afastando-se sem mais explicações.

42

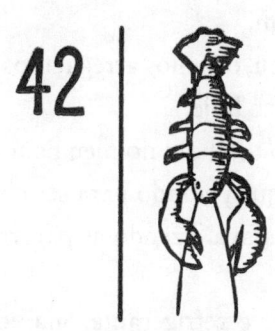

Quando cheguei ao campo de beisebol, minutos depois, as arquibancadas dos visitantes já estavam repletas de fãs da Hillpark vestidos de vermelho, muitos dos quais reconheci, mesmo a distância. Formavam uma massa ondulante de vermelho, com a cabeça de um dragão se elevando entre eles. As escamas brilhavam ao sol, e as chamas lambiam de sua boca. O lado Hillpark era separado do lado East Shoal pela lanchonete e pela área de imprensa, plantada atrás da placa de *casa*.

Fiquei de olhos abertos para qualquer sinal de Miles.

Em vez disso, o que vi foram Cliff e Ria saindo da lanchonete em direção às arquibancadas. Fiquei paralisada, como um cervo pego pela luz de faróis, assim que os vi se aproximar — era o que eu conseguia quando não fazia verificação de perímetro. Se tivesse feito, não teria trombado com eles, eu não pareceria uma idiota, eu não faria...

— Cuidado, amor, ela é perigosa — Cliff disse a Ria, estendendo um braço como se fosse protegê-la de alguma coisa. *Protegê-la de você, idiota.* Cerrei os dentes e tentei não olhar para eles.

— Não sou perigosa — eu disse, mantendo a voz inexpressiva.

— Sim, e o seu namorado não é um nazista — Ria zombou.

Por um segundo, eu me perguntei o que Miles algum dia tinha visto nela. Ela devia ter sido horrível com ele, porque nada mais o faria odiá-la tanto.

Agora eu entendia por que os apelidos deixavam Miles tão incomodado, e não podia mais ouvir o chamarem assim.

— Não o chame assim.

— Sério? — Ria piscou, os olhos arregalados e inocentes. — Porque ele meio que está pedindo isso hoje.

A raiva foi formando um bolo no meu peito.

— E você está meio que pedindo para ser chamada de vagabunda.

Eu mal percebi que estava dizendo as palavras até elas terem saído de minha boca.

Ria quase deixou cair o refrigerante. Sua voz se tornou inexpressiva, afiada e mortal.

— Do que você acabou de me chamar?

Eu não podia voltar atrás agora.

— Você é uma vagabunda. Transar com outros caras só para fazer ciúme pra ele — apontei um dedo para Cliff — é bem avançado na definição de *vagabunda*, eu acho.

Os nós dos dedos de Ria ficaram esbranquiçados ao redor da garrafa de refrigerante. Eu realmente esperava que ela não viesse para cima de mim, pois minhas pernas não iriam se mover rápido demais nem que eu pedisse.

— Retire o que disse — esbravejou ela, a voz tensa. — Retire o que disse, porra, ou eu juro por Deus...

Não ouvi o restante da ameaça. Baixei a cabeça e passei por eles, seguindo em direção à lanchonete, para onde quer que Miles estivesse. Vir a esse jogo não parecia mais uma ideia tão legal. Inspirei profundamente, pensando nos problemas que poderia arrumar ao dizer coisas como essa para pessoas como Ria. Eu já podia imaginá-los bolando um plano. Merda. Que merda.

Eu precisava encontrar Miles.

Não precisei procurar muito. Eu o vi caminhando em direção às arquibancadas dos visitantes. Meu coração pulou na garganta e meu estômago afundou, deixando um vazio escancarado no peito, onde as coisas costumavam ficar.

Ele era um nazista.

Ou estava vestido como um. O uniforme marrom. As botas e as luvas pretas. O quepe. A braçadeira berrante. Um sabre pendurado ao lado do corpo e a bandeira alemã, retirada da entrada das Bandeiras do Mundo da East Shoal, apoiada sobre um ombro. Ele tirou o quepe e enxugou a testa. Havia penteado os cabelos com gel para trás, finalmente colocando um pouco de ordem neles.

Apenas quando seus olhos encontraram os meus, a consciência de que aquilo realmente estava acontecendo me atingiu. Quando ele me viu, seu olhar não se tornou vítreo, duro e frio. Ele se suavizou em algo mais profundo que o reconhecimento. Os olhos eram dele. O restante não.

Corri até Miles, parei a três metros de distância e abracei o peito para que ele não me visse tremendo.

— Você vai ser preso! — sibilei, mal ousando elevar a voz acima de um sussurro. — O que você está fazendo?

— Eles não podem me prender por vestir uma roupa — disse Miles, as sobrancelhas franzidas. — Além disso, sou o mascote, está vendo? — Cutucou o sabre embainhado ao lado do quadril.

— Ei, é a Esquizo Ridgemont!

Alguns alunos da Hillpark que eu conhecia passaram por nós, parecendo chocados por me encontrar viva. Miles se virou e gritou com eles num alemão veloz. O pessoal da Hillpark se calou, surpreso.

— Eu entendo você achar que precisa continuar fazendo isso, mas... — puxei os cabelos — ... mas você está vestido de *nazista*. E aquilo que você disse para o Cliff? Sobre não querer que as pessoas te chamem assim? — Hesitei. — Quanto... quanto eles te pagaram para fazer isso?

Miles não respondeu.

Alguém passando por nós riu alto, e ouvi as palavras: "O nazista e a comunista".

— *Cala a boca!* — gritei. — Que merda, quanta falta de consideração! Estou tentando conversar! — Virei de novo para Miles, baixando a voz. — Você não precisa se humilhar a esse ponto.

Foi uma desculpa terrível, e ele sabia, e eu percebia que ele sabia. A verdade era que eu tinha pavor de nazistas, e ali estava um.

— Por favor, tire esse uniforme — sussurrei. — Por favor.

Ele me encarou com uma expressão estranha no rosto e deu alguns passos à frente, estendendo a mão para mim. Dei alguns passos para trás em resposta. Ele tirou o chapéu e piscou por causa do sol que batia em seus olhos.

— Tá. Só me dê alguns minutos. Minhas roupas estão no vestiário da piscina.

Ele seguiu para a escola. Fugi para a área de imprensa, onde Evan e Ian trabalhavam nos controles do placar do beisebol, expliquei onde Miles estava e que eu planejava me esconder com eles durante todo o jogo.

— Esta não é a sua antiga escola? — perguntou Evan.

Confirmei com a cabeça.

— Infelizmente.

— O que aconteceu? O que te fez ser expulsa?

— Eu, hum... pichei a palavra "Comunistas" no chão do ginásio. As coisas saíram de controle, eu estava tendo alguns problemas na época. Está tudo bem agora.

— Tá bom. — Ian riu. — Sério, a gente não liga para o seu... problema? Acho que é assim que vamos chamar.

— Que bom. — Alívio percorreu meu corpo. Olhei para a área da Hillpark, então novamente para Evan e Ian, e lembrei como foi péssimo da primeira vez: as pessoas não confiavam em mim, zombavam do jeito como eu girava no lugar cada vez que entrava em uma sala, do fato de eu tirar fotos sem parar, e como eu não me sentia tão solitária desde que tinha sete anos e meu único amigo me deixou e foi para a Alemanha.

Pelo canto do olho, vi alguém subir as escadas para a área de imprensa. Um uniforme marrom saiu voando e pousou sobre os controles do placar.

— Seu namorado nazista não vai mais precisar disso!

Girei e captei um vislumbre dos cabelos loiros de Ria. Olhei para o uniforme de Miles, em seguida para Evan e Ian, e nós três compreendemos ao mesmo tempo.

— Theo! — Evan chamou em direção à lanchonete abaixo de nós. — Venha até aqui e pilote um pouco esse negócio!

Nós três saímos correndo para a escola, cada um segurando uma peça diferente do uniforme de Miles. Entramos com tudo nos corredores atrás do ginásio, através dos vestiários, e depois na área de natação ao lado.

Finalmente tinha acontecido. McCoy usara Cliff e Ria como distração, e Miles estaria deitado no chão de ladrilhos em uma poça do próprio sangue.

O ginásio estava escuro quando chegamos. Uma figura solitária estava sentada no banco ao lado da piscina, toda molhada e vestida com nada além de uma cueca samba-canção.

— Vão pegar toalhas — eu disse a Evan e Ian. Eles desapareceram nos vestiários.

Sentei-me ao lado de Miles. Ele estava sem óculos, os olhos desfocados.

— Eu odeio água — murmurou.

— Eu sei.

Ele parecia um gato molhado. Os cabelos estavam colados à cabeça. Sua pele estava arrepiada, e hematomas lhe cobriam o tronco e iam até as costelas. Um hematoma verde-amarelo-azulado horrível corria na diagonal das costas. Eram todos antigos, não provocados ali na piscina.

— O que aconteceu? — perguntei.

— Fui para o vestiário trocar de roupa — disse ele. — Eles me armaram uma emboscada. Pegaram meus óculos. Me jogaram na piscina. Eles tinham ido embora na hora em que saí, mas estava escorregadio e eu caí de novo. Agora você está aqui. Fim da história.

Ele coçou as pernas e os braços, mexendo na pele como se houvesse algo nela. Lembrei-me de todas as ataduras. Do cheiro de lagoa e das algas. *Animalia Annelida Hirudinea.*

Sanguessugas.

— Você não pode deixar esse pessoal fazer coisas assim com você — eu disse.

— Não vai ser mais por muito mais tempo.

Ele falava baixinho, sua voz soava como cada parte dele que eu já tinha conhecido — o babaca, o menino de sete anos, o gênio — e, ao mesmo tempo, como nenhuma delas. Isso era algo novo, algo desconhecido. Algo que me assustava. Talvez ele quisesse dizer que não demoraria muito mais tempo até o fim do ano letivo, que, quando saíssemos da escola, ele teria mais liberdade para fazer o que precisava fazer.

Tem certeza, idiota?
Você é tão burra.
Ele nunca fala sobre a faculdade, nem nada depois disso.
Você é realmente tão ingênua?

Tudo o que ele queria, tudo o que ele planejava, era tirar a mãe daquele hospital. Mas ele precisava se livrar de Cleveland antes. E tinha um plano. Eu sabia disso.

Só não percebera até onde ele estava disposto a ir.

Algum instinto profundo me fez esticar o braço e segurá-lo firme, como se pudesse manter Miles ali onde ele estava, vivo e incólume.

Eu não podia perdê-lo novamente.

Não... eu não poderia deixá-lo se perder.

De repente, eu estava com mais medo do que jamais tive em toda a minha vida, com mais medo do que quando Miles Sangrento apareceu na fogueira da Celia, mais medo do que quando minha mãe disse que me mandaria embora. Isso era pior que a ideia de McCoy tentar ferir Miles. Eu poderia deter McCoy. Poderia gritar e gritar e, mesmo que não acreditassem em mim, eles iriam parar e olhar.

Eu não tinha domínio sobre o próprio Miles. Não quando dizia respeito a isso.

Evan e Ian voltaram, carregados de toalhas e trazendo o uniforme de Miles. Ele se enxugou. Ninguém disse nada sobre as contusões enquanto Miles vestia a calça e a camisa.

Nós o seguimos para fora do galpão da piscina. Quando passamos pelo ginásio principal, ouvi vozes e olhei ali dentro, mas apenas McCoy estava lá. Ele andava de um lado para o outro debaixo do placar, falando em voz alta, como se estivesse se preparando para um grande discurso. Nada de Celia, nada da mãe de Celia. O medo me perfurou por estarmos tão perto dele, por saber que a única coisa que o separava de Miles era uma porta fechada.

Depois o medo foi embora de novo, e McCoy voltou a ser apenas um homem solitário em uma sala solitária, falando sozinho.

— O que foi? — perguntou Miles.
Mesmo se eu contasse, não tinha certeza de que ele entenderia.
— Nada — respondi.

Ele vai ficar bem?
As perspectivas não são muito boas

Posso fazer alguma coisa para deixá-lo bem?
Muito duvidoso

... posso fazer alguma coisa?

Não conte com isso

43

Percebi o que Miles queria dizer quando mencionou que as pessoas começariam a pagar para ele fazer coisas ridículas. Em química, alguém lhe deu trinta dólares para chamar a sra. Dalton de prostituta chupadora de Coca-Cola em alemão, o que, claro, ela não entendeu. Ele ganhou vinte dólares para enrolar fita adesiva na ponte dos óculos, usar calças curtas demais e calçar meias xadrez por três dias. Cliff, o imbecil, pagou cinquenta dólares para acertar Miles no queixo, só que um soco se transformou em vários e em um chute na barriga. Os trigêmeos especularam que Cliff tinha mirado nos genitais, mas o olhar incessante de Miles o fez errar muito o alvo.

Todo dia ele jogava fora mais uma parte de seu orgulho e dignidade em troca de alguns dólares, mas eu não podia detê-lo.

Acho que ninguém poderia.

44

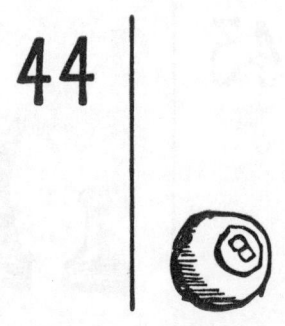

— RIDGEMONT. — O sr. Gunthrie bateu o jornal em cima da mesa.
— Sim?
— ESTOU CANSADO DAQUELA MALDITA LUZ PISCANDO.
A luz sobre minha mesa piscou quando ele falou, zombando dele.
— O senhor quer que eu faça alguma coisa? — perguntei. Mal conseguia manter os olhos abertos. Meus sonhos não vinham sendo nada relaxantes ultimamente.
— COM TODA CERTEZA. O PESSOAL DA MANUTENÇÃO TROCOU A LÂMPADA TRÊS VEZES. SUBA LÁ E VEJA COM QUE CARA ESTÁ.
Eu não ia perguntar por que ele simplesmente não pedia ao pessoal da manutenção para verificar. Enquanto o restante da classe se voltava para os trabalhos, subi na minha mesa e ergui a placa do forro que ficava ao lado da luminária. Coloquei as mãos dos dois lados da abertura e fiquei na ponta dos pés para olhar na escuridão.
— Alguma coisa roeu a fiação. — Apertei os olhos para enxergar no espaço escuro, tentando me focar no fio descascado. Não só tinha sido roído; tinha sido completamente partido em dois.
Algo perto da minha cabeça sibilou.
Eu me virei e vi o píton ali, a língua apontando para mim. Revirei os olhos. Eu não tinha tempo para isso. Os malditos delírios precisavam me deixar em paz, droga.

Abaixei a cabeça pela abertura e mantive as mãos firmes para me equilibrar. Algo tocou meu braço, mas eu ignorei.

— Ei, Miles, você pode me dar um impulso? Acho que tem um rato ou alguma coisa aqui. Talvez eu enxergue melhor.

Miles se virou, se levantou um pouco da cadeira e olhou para mim.

A cobra sibilou novamente.

Olhei para a cobra. Olhei para Miles.

A cobra. Miles.

A cobra.

Miles.

— Alex. — Ele levantou a mão. — Não. Se. Mexa.

Vários alunos gritaram; mesas foram afastadas e arranharam o chão quando alunos pularam e correram da sala. O sr. Gunthrie disparou de seu assento, xingando alto e gritando sobre cobras e o Vietnã.

O píton se enrolou em meu braço, passou atrás da minha cabeça, deu a volta em meu ombro esquerdo e sobre meu peito. Girou uma vez em volta da minha cintura, em seguida desceu pela perna esquerda. Seu corpo escorreu para fora do teto como água escamosa, mais leve do que parecia.

— Puta merda. — Miles ficou em pé. — Puta merda, Alex, é a cobra.

— Você consegue ver? — sibilei as palavras entredentes.

— Sim, eu consigo ver.

— O que eu faço?

— Hum, me deixa pensar... — Pressionou a palma das mãos na testa e falou rapidamente: — Elas podem viver mais de vinte anos... se alimentam de roedores grandes e outros mamíferos... média de uns três metros, mas podem chegar a seis... — Gemeu alto e falou ainda mais rápido: — O nome trinomial é *Python molorus bivittatus*, pode ser domesticada, não é venenosa, pode matar uma criança quando é jovem e esmagar um homem adulto quando é mais velha...

— Miles! Cale a boca! — minha voz subiu uma oitava, o coração batendo nas costelas. A cobra se mexeu sobre mim. Lutei contra a vontade de gritar.

— Alguém liga pro controle de zoonoses! — Theo gritou.

— Não, vai demorar muito! — Tucker estava de repente a meu lado. — Ele está com fome. Vamos lá, Alex, você tem que descer daí.

— Como você sabe que ela não vai... — estremeci quando a cabeça da cobra roçou minha panturrilha — me matar?

— Ele está com fome — insistiu Tucker, evitando a pergunta. — Posso ajudar a tirar a cobra daí, mas você precisa descer.

— *Ele?* — soltei um guinchado.

— Por favor, por favor, desça! Vai ficar tudo bem.

— Meu Deus, Beaumont! Qual é o seu problema, caramba? — Miles empurrou Tucker para fora do caminho e estendeu a mão. Lentamente, baixei a mão esquerda do teto para pegar a dele.

— Chega de fatos — sussurrei.

— Acabaram os fatos — Miles concordou. — Devagar... desça.

Eu me mexi lentamente.

A cobra sibilou.

— Tucker! — Acenei com a outra mão, a do braço com a cauda da cobra enrolada. Ele pareceu surpreso, mas pegou. — Aonde vamos?

— Ao depósito dos zeladores — disse ele.

— Vamos, vamos.

Seguimos em direção à porta, passando por colegas de classe perplexos e pelo apavorado sr. Gunthrie.

Apertei as mãos deles com força. Entramos desajeitados no corredor e fomos para a escada.

— Eu acho que você está quebrando meus dedos — disse Miles.

— Cala a boca.

Conforme descíamos a escada meticulosamente, eles mantinham um fluxo constante de conversa-fiada. Paramos no pé da escada e levamos um tempo para virar, em seguida rumamos para o Culto do Quartinho de Tucker. A cobra pesava sobre mim como a peça de roupa mais pesada que eu vestiria em toda a minha vida.

— Então, hum... Miles. — Apertei a mão dele com mais força. — Eu já disse quanto eu realmente não quero ficar presa em Crimson Falls? Mas tenho certeza que a minha mãe vai me colocar lá de qualquer maneira, e essa situação me fez perceber a calamidade de tudo isso...

— Crimson Falls — Miles repetiu. — O que é Crimson Falls?
Meu Deus, a gente não ia jogar esse jogo.
— O hospital psiquiátrico. Onde sua mãe está.
— Alex, o hospital se chama Woodlands. De onde você tirou Crimson Falls?
Respirei fundo sob o peso da cobra, tentando manter a calma.
— Era isso que dizia a placa em frente. Dizia Crimson Falls.
— A placa dizia Woodlands.
O pânico tomou conta de mim. E fez Miles entrar em pânico.
— Ei — ele se apressou em continuar —, o que você fez com o meu presente de Natal?
— Que presente? — Soltei o ar. — O cupcake? Eu comi.
— Não, o cupcake não... Ai, droga, esqueci de explicar. — Ele flexionou a mão na minha. — Eu deixei em cima da sua mesa antes de sairmos para as férias de Natal.
— A pedra? Aquela que ficou no meu armário durante todo o semestre?
— Isso.
— Foi você?
— É um pedaço do Muro de Berlim. Achei que você ia gostar.
Olhei para ele, senti a cobra apertar novamente e só consegui dizer:
— Cala a boca.
— Meu Deus, Alex, desculpa — Tucker sussurrou. — Nunca pensei que isso fosse acontecer... Achei que ele ia morrer logo...
— Você tem mesmo um clube naquele depósito, Beaumont? — rosnou Miles.
— Não! Claro que não! Você acha mesmo que eu tenho amigos? — Tucker lançou um olhar sobre minha cabeça. — Você tem um clube. Eu tenho um píton. Pode parar de esfregar isso na minha cara agora, tá bom?
— Vocês dois! Calem. A. Boca.
De alguma forma, chegamos ao depósito dos zeladores. Tucker correu para o fundo da salinha e abriu um freezer. A cobra balançou a cabeça para cima, farejando o ar. Tucker pegou um guaxinim inteiro congelado. Balançou-o perto da cobra e, em seguida, o jogou no chão.

A cobra deslizou e saiu de cima de mim.

Andei para trás, trançando os pés, e caí de bunda no meio do corredor. Miles saiu da sala e se virou para mim.

— Você me deu um pedaço do Muro de Berlim — sussurrei.

— O quê?

— Você me deu um pedaço do *Muro de Berlim*.

— Sim, foi o que *Opa* me deu. Eu tinha há muito tempo e achei que você ia gostar...

— MILES. — Agarrei a frente da camisa dele e me levantei para ficar da mesma altura. — VOCÊ ME DEU UM PEDAÇO DO SÍMBOLO DA QUEDA DO COMUNISMO NA EUROPA.

— Eu... bom, dei...

— Crimson Falls não é Crimson Falls.

— Não, é...

— Eu quase fui morta por uma maldita cobra.

— É...

— Acho que eu vou desmaiar.

Minhas mãos se afastaram da camisa dele, o sangue subiu para minha cabeça e o mundo ficou preto.

45

Passei o restante da primeira aula e toda a segunda na enfermaria, vendo o pessoal do controle de zoonoses passar pelo corredor. Tive de responder a uma série de perguntas, depois falar com meu pai pelo telefone. (Pelo visto, minha mãe achou que a cobra era uma alucinação, mas depois descobriu que metade da minha classe agora estava completamente paranoica e a outra metade estava tão animada que não conseguia permanecer sentada.) Miles ajudou Tucker a se livrar da geladeira de comida de cobra, mas eles se recusaram a me dizer exatamente como conseguiram fazer isso sem os professores e o pessoal do controle de zoonoses perceberem. Miles parecia sombrio. Tucker estava suando.

— O que vocês precisaram fazer, matar alguém? — perguntei. — Também esconderam um corpo?

Eles se entreolharam. Tucker puxou o colarinho.

— Não exatamente.

— Não se preocupe com isso — Miles disse ao mesmo tempo.

Decidi deixar passar.

Voltei para a classe durante a terceira aula e fui bombardeada por pedidos para recontar a história. Foi tão ruim que o professor decidiu que a gente não estava aprendendo nada, e assim ganhamos uma aula livre.

O problema de recontar a história era que me fazia revivê-la, e eu não queria lembrar a sensação de chegar perto de ter as costelas esmagadas.

Não queria lembrar como o píton tinha passado de falso a verdadeiro em cinco segundos. Pensar num evento e perceber que a gente poderia ter morrido tão facilmente — sem nem compreender a letalidade da coisa que nos matou — era um pouco como jogar um balde de gelo na cabeça. Em geral era inofensivo, mas nem por isso menos chocante.

Passei o horário de almoço procurando veneno na comida e pensando que eu poderia ter batido as botas.

Puf. Acabou.

Nada de faculdade... adeus, todos os outros anos da minha vida.

Eu teria morrido neste tanque de lagostas.

46

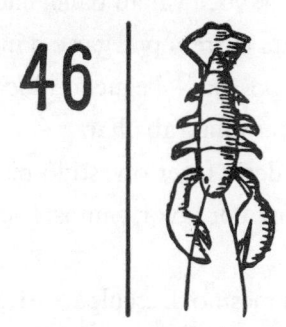

Eu estava trabalhando no Finnegan's na sexta-feira quando um enxame de gente da East Shoal invadiu o local. Apareceu todo mundo do clube, além de Cliff e Ria, lotando cada canto do restaurante.

O próprio Finnegan sempre passava lá nas noites de sexta, e isso acabava com a minha graça, porque eu não podia tirar fotos nem fazer minhas verificações de perímetro ou minhas inspeções alimentares. Ele se sentou na sala dele e garantiu que estivéssemos fazendo o que tínhamos de fazer. Era um cara de aparência mediana: altura mediana, corpo mediano, cabelo mediano castanho quase preto e olhos azul-acinzentados. Ele me lembrava um abutre, com o pescoço muito longo e dobrado em ângulos estranhos.

Miles entrou e se sentou com o restante do clube. Gus passou o hambúrguer e as batatas fritas pela janela da cozinha, antes que eu pudesse fazer o pedido.

— Obrigado — disse Miles, quando coloquei a comida na frente dele. Art e Jetta se sentaram do outro lado da mesa; os trigêmeos, na mesa seguinte.

— Desculpe, não posso ficar e conversar — eu disse. — O Finnegan está aqui. Ele vai me crucificar se parecer que não estou trabalhando — acrescentei, puxando a manga da camisa branca de Miles com dois dedos. Uma substituição patética para um beijo, mas era o melhor que eu podia fazer sob vigilância de Finnegan.

— Finja que a gente está pedindo mais alguma coisa — disse Theo. — E responda a esta pergunta: você vai ao baile, não vai?

Miles rolou uma batata entre o polegar e o indicador.

— Eu... Não, eu não posso. — Peguei o bloco de notas e fingi anotar algo. — Nessa noite vou ter que trabalhar.

— Ah, mas a Jetta poderia fazer o vestido perfeito para você — Theo choramingou. — Por favor? Por favor, vamos. Peça o dia de folga. Eu pedi, e nunca peço.

— Sério, Theo, não dá mesmo. Desculpa. — Eu não tinha dinheiro para isso, nem Miles.

— Não olhe agora — sussurrou Art. — O Cliff está te olhando feio.

Pela minha visão periférica, notei Cliff e Ria olhando para mim a algumas mesas de distância.

— Eles que façam o que quiserem — falei. — Só devem estar querendo inventar mais algumas piadas sobre eu ser uma encantadora de serpentes.

Eu não esperava outra coisa deles naquele momento. Depois do incidente da cobra, eu os vi no refeitório, reencenando para os amigos o que havia acontecido. De acordo com eles, eu tinha desmaiado na hora, e Miles tinha tentado espancar a cobra até a morte, enquanto ela ainda estava enrolada em mim. Interpretações perfeitas, na verdade, mas, se eles queriam tirar sarro da minha experiência de quase morte, pelo menos poderiam representar os detalhes do jeito certo.

Eu os ignorei e voltei para o balcão, fingindo procurar outro bloco de notas, mas na verdade procurando o Bola 8 Mágica. A cobra era real todas as vezes em que a vi, ou em apenas algumas? Havia mais coisas que eu pensava serem alucinações, mas eram reais? Mesmo que a resposta a essa pergunta fosse *sim*, a Bola 8 não poderia me responder exatamente o que eram...

O lugar habitual da Bola 8, ao lado do caixa, estava vazio. Puxei Tucker.

— Ei. Cadê a Bola 8?

— O quê?

— A Bola 8. Bola 8 Mágica do Finnegan's. Não consigo encontrar.

Ele me lançou um olhar estranho.

— O Finnegan's não tem uma Bola 8 Mágica. — E saiu de perto.

Fiquei olhando para a bancada e tentei absorver a informação. Eu tinha usado a Bola 8 tantas vezes que não conseguia lembrar todas as perguntas que tinha feito. E em nenhum momento suspeitei de que ela fosse uma alucinação. Nem mesmo parecia uma alucinação. Não havia nada de estranho nela. A luzinha azul não era roxa, nem laranja, nem verde. Ela nunca dizia coisas estranhas. Era apenas uma velha Bola 8 Mágica, com uma marca vermelha desgastada e tudo o mais. Simplesmente estava ali.

Ergui os olhos. O restaurante era uma criatura viva, respirando, pronta para me engolir. Segurei as bordas do balcão e respirei fundo algumas vezes.

— Alexandra! — Agora Finnegan estava inclinado para a frente em sua cadeira de computador, esticando o pescoço de abutre pela porta do escritório para me ver. — Volte para o trabalho!

Peguei meu jarro de água. Tucker já estava dando a volta com Coca-Cola e chá gelado. Fiz um aceno de cabeça quando passei por ele, reabastecendo copos no caminho. Quando parei na mesa de Cliff e Ria, todos foram estranhamente cordiais comigo. Eu gostava assim. Era como se eles realmente não me notassem. Eu os ignorei, e eles me ignoraram. Ótimo.

Até eu me virar e passar para a mesa seguinte. Meu pé ficou preso em algo. Tropecei. O jarro de água, depois de derramar o conteúdo na frente do meu corpo, me pegou no queixo. Uma dor começou a pulsar em meu lábio, e sangue acobreado se espalhou por minha língua.

Xinguei e me levantei. O riso se espalhou sobre minha cabeça. Cliff puxou o pé de volta para debaixo da mesa.

Então Miles se levantou e arrastou Cliff da cadeira dele, jogando-o contra a mesa. Ria e os outros gritaram quando os copos deles balançaram.

— Qual é a merda do seu problema? — Miles rosnou. Cada músculo de suas mãos e braços saltaram, tensos; a mandíbula se apertou. Era pior que gritar. Era ainda pior que na aula de inglês. Seus óculos tinham escorregado pelo nariz, e ele prendeu Cliff sobre a mesa com um olhar implacável. — Quando é que você vai parar? O que ela fez pra você?

— Relaxa, Richter...

— RELAXA VOCÊ, CLIFFORD, PORRA. — Miles o jogou contra a mesa novamente. — Se você tem um problema com alguém, é comigo. Então resolva comigo.

Eu me levantei e agarrei o jarro de água.

— Miles, para. Não vale a pena. Não foi nada.

Seus olhos se voltaram para mim.

— Ele te machucou.

Toquei o lábio, no ponto onde eu tinha mordido. Meus dedos saíram vermelhos de sangue.

— Vou ficar bem. Mordi o lábio. Foi um acidente.

Miles não parecia nem um pouco feliz, mas soltou Cliff.

— Porra, Richter. Você sabe que a sua namorada é doida da cabeça, não sabe? — Cliff puxou o colarinho. — Mas acho que você está acostumado, não está? Acho que você gosta dela porque lembra sua querida *Mutter*. — Parou e cruzou os braços, assumindo um olhar sério e concentrado. — Na verdade é meio nojento quando a gente pensa, porque isso significa que você quer comer a sua mãe.

Senti a onda de choque se propagar pelo salão. Começou com Miles, fazendo-o recuar um pouco, parecendo sacudir cada centímetro de seu corpo. O resto do restaurante ficou em silêncio. Vi Tucker no canto mais distante, esquecendo que estava reabastecendo o chá de alguém e deixando o copo transbordar.

No mundo dos insultos do ensino médio, aquilo na verdade era fichinha, mas a reação de Miles tornou o insulto terrível. Até Ria parecia assustada. Os músculos na garganta de Miles trabalhavam como se ele estivesse tentando falar ou engolir, mas os lábios estavam apertados com tanta força que ficaram brancos. Ele fechou os olhos.

— Miles — eu disse.

Ele soltou o ar pelo nariz com força, abriu os olhos e estendeu a mão para mim.

Cliff acertou um soco na orelha dele.

Miles engasgou e cambaleou para o lado, segurando firme a cabeça. Deixei cair o jarro de água e me joguei em Cliff antes que ele pudesse acertar outro golpe. A próxima coisa que vi foi Ria agarrando meus cabelos e minha camisa, e Cliff tentando me afastar dela. Em seguida Art entrou na confusão, impedindo que dois jogadores de futebol americano se juntassem à briga, e Jetta, os trigêmeos e Tucker saltaram em torno dele, tentando me ajudar. O lugar todo virou um inferno.

Depois de algum tempo, alguém me agarrou por baixo dos braços e me tirou da briga. Coloquei os pés atrás do balcão e me virei para ver Gus, o grande e barrigudo Gus, cigarro ainda preso entre os lábios. Ele balançou a cabeça, parecendo preocupado.

Com pena.

Eu odiava aquele olhar.

Ele voltou lá para separar a briga, oferecendo a visão de um Finnegan fervendo de raiva logo atrás. O rosto de Finnegan passou de vermelho a roxo e depois a branco. Placas se quebraram. Bebidas voaram pelo salão. O sangue escorria do meu lábio.

Finnegan só colocou três palavras para fora antes de aparentemente perder a capacidade de falar:

— Você está demitida.

47

Minha mãe não achou graça.

Assim que viu meu lábio, ela soube o que tinha acontecido. Como se Finnegan tivesse algum tipo de ligação telepática com ela ou algo assim.

Ou, mais provavelmente, como se Finnegan tivesse uma irmã chamada Coveira.

Ela me sentou no meu quarto com minhas fotos e artefatos e me forçou a ficar lá pelo resto da noite. Charlie me fez companhia, enrolou-se em meu colo, meus braços em torno dela. A gravidade da situação não me atingiu até sábado à tarde, quando Miles apareceu na soleira da porta, pedindo desculpas.

— Eu não queria que você tivesse sido demitida — disse ele.

Eu o tinha convidado para entrar, mas ele ainda estava no capacho de boas-vindas diante da porta, as mãos enfiadas nos bolsos. Sombras rodeavam seus olhos. Um hematoma estava se formando ao longo de sua bochecha esquerda, que podia ou não ter sido provocada na luta no Finnegan's.

— Não foi culpa sua o Cliff ter te acertado um soco na orelha — eu disse. — Ele é uma bola de demolição humana de cem quilos. Você realmente achou que eu ia ficar parada e esperar que ele batesse em você de novo?

Ele olhou para mim, sem dizer nada.

— A resposta é *não, você não achou,* porque *não, eu não ia.* Além disso, o Finnegan ia encontrar algum motivo para me demitir, mais cedo ou mais tarde. Estou feliz que tenha sido por um motivo digno.

— Eu podia ter lidado com o Cliff — disse Miles. — Tenho alguma experiência em apanhar. Mas você precisava daquele emprego.

Eu queria discutir com ele, mas às vezes ele tinha um péssimo jeito de estar certo. Eu não tinha sido apenas despedida; tinha sido despedida por começar uma briga. Adeus, usar Finnegan como referência de emprego.

Olhei de novo para a casa, para me certificar de que ninguém estava ouvindo, mas minha mãe tinha ido ao mercado com a Charlie e meu pai tinha adormecido lendo uma *National Geographic* no sofá. Saí para a varanda e fechei a porta atrás de mim.

— Bem, agora é tarde demais — eu disse e depois ofereci um sorriso patético. — Mas, ei, isso significa que eu vou ter mais tempo para descobrir o que o McCoy está aprontando, certo?

Eu estava brincando, mas Miles franziu a testa.

— Você ainda quer invadir a casa dele?

— Tenho que descobrir o que está acontecendo. Contanto que a gente não seja pego, vai dar tudo certo. — Eu tinha certeza de que daria, se Miles ainda estivesse dentro. Esperei, mas sua testa franzida só ficou mais vincada. Ele empurrou os óculos para cima e esfregou os olhos.

— Eu me lembro de te levantar, sabia? — disse, afinal.

— Quê?

— Com as lagostas. Eu me lembro de te levantar. Você era pesada.

— Hum... obrigada?

Ele balançou a cabeça.

— Quando vamos agir?

— Um dia antes da premiação dos esportes de primavera.

— Está próximo.

— Eu sei. O Tucker descobriu, pela secretária da diretoria, que o McCoy vai ficar até mais tarde no dia dos preparativos, por isso sabemos que ele não vai estar em casa. Eu disse para minha mãe que teria de voltar para a escola para ajudar o clube a preparar o ginásio. Eu poderia fugir, mas meus pais estão de olho em mim o tempo todo.

Miles exalou bruscamente pelo nariz.
— Tudo bem — disse. — Eu te busco?
— O Tucker disse que pode fazer isso, e a gente se encontra lá. Já que você mora tão perto.
— Está bem. — Ele hesitou um segundo e depois se virou para ir embora.
— Espera! — Peguei a manga dele entre os dedos. — Você está com raiva?
Miles só se virou um pouco.
— Estou com um monte de coisas — ele retrucou. — Não sei.
— Você pode... você pode ficar aqui por um tempo. Não precisa ir para casa.
— Eu não devia... — ele começou.
Então o Firenza da minha mãe virou na esquina e entrou na frente de casa, fechando a caminhonete de Miles. Charlie saltou do banco do passageiro. Minha mãe saiu e pediu ajuda para descarregar as compras.
— Bem — ele disse, e eu juro que parecia aliviado —, acho que eu posso ficar por um tempo.

48

Um dia antes da premiação dos esportes de primavera, Tucker me buscou assim que as sombras das árvores começaram a se alongar na direção oposta. Corri para fora de seu SUV o mais rápido que pude, ignorando a verificação de perímetro para que, assim, minha mãe não tivesse tempo de ver quem estava dirigindo. A fênix de Hannibal's Rest pairou acima de nós. Não mencionei o fato ao Tucker.

— Eu não preciso de nada, né? — perguntei, olhando para mim mesma. All Star. Jeans. Camiseta listrada.

— Não. O Richter disse que conhece uma maneira rápida de entrar. — Tucker se afastou da minha casa e se pôs a caminho de Lakeview.

— Por que você ainda o chama de "Richter"? Você já o chamou de "Miles" antes.

Ele deu de ombros.

— Hábito, eu acho. Não sei se consigo chamá-lo de qualquer outra coisa.

Chegamos a Lakeview em dez minutos. Tucker passou pela rua de Miles, depois mais duas, até chegar a uma rua sem saída onde todos os nossos sonhos morriam. A caminhonete de Miles já estava estacionada junto ao meio-fio. Tucker parou atrás dele e apontou para uma casa um pouco mais abaixo.

— É aquela.

O lugar provavelmente tinha sido legal algum dia, mas agora uma hera descuidada crescia nas laterais. A casa devia ter sido vermelha e branca, mas o branco estava descascando e amarelando; o vermelho tinha sido branqueado pelo sol e parecia um rosa da cor de Pepto Bismol.

Saímos e encontramos Miles.

— Ele não veio para casa desde que cheguei — disse Miles.

— Quanto tempo você acha que temos? — perguntei.

— Uma hora... O Evan e o Ian disseram que poderiam segurar o McCoy na escola até pelo menos quatro da tarde. Deve ser suficiente.

— Tem certeza que você consegue entrar? — perguntou Tucker.

Miles desdenhou.

— Confie mais em mim, Beaumont. Eu entrei na sua casa, não entrei?

Tucker revirou os olhos.

— Tudo bem então. Vá na frente.

Os dois começaram a descer a calçada. Mas, assim que dei um passo, um lampejo de vermelho atrás do banco do motorista no SUV de Tucker chamou minha atenção. Olhei para trás, pensando se era algum tipo de alucinação, e então me dei conta: eu conhecia aquele tom de vermelho.

— Espere aí.

Os dois pararam quando fui marchando de volta para o SUV e abri a porta de trás. Charlie estava agachada entre os assentos, tão encolhida que eu não a tinha notado na viagem de carro até ali. Ela olhou para mim, olhos arregalados e assustados. O rei preto estava dentro de um punho cerrado, brilhante de saliva e com marcas de dente.

— Charlie!

— Desculpa! — ela lamentou. — Pensei que você estava indo para a escola, e eu queria ver como era! Você nunca me leva a lugar nenhum com você!

Puxei os cabelos.

— Fala sério! Ai... agora não posso te levar pra casa.

— Me deixa ir com você! — Ela tentou saltar para fora do carro. Eu a empurrei de volta para o SUV. Não queria que ela andasse no meio da parte porcaria de Lakeview Trail. — Onde estamos? — perguntou.

— Fique aqui. Está me ouvindo? *Não* saia do carro. — Fixei-a no lugar com meu olhar mais lancinante. — Não. Saia. Daqui. Entendeu?

Ela assentiu com a cabeça, mas ainda tentou conseguir uma visão melhor do exterior. Tive a sensação de que não tinha realmente ouvido uma palavra que eu disse.

— O que foi? — Miles perguntou de longe.

Apontei um dedo de advertência para Charlie e fechei a porta com uma pancada. Ela se sentou no banco de trás e cruzou os braços, fazendo beicinho.

— A Charlie pegou uma carona — eu disse. — Nem vi que ela tinha entrado. Eu disse para ela não sair do lugar enquanto estivermos aqui.

Miles e Tucker se entreolharam, mas não disseram nada.

Caminhamos até a porta da frente de McCoy. Fiz minha verificação de perímetro, olhando para o SUV para garantir que Charlie não fugisse. Miles foi diretamente para uma borda criada pelo telhado da varanda. Tateou por um segundo e tirou uma chave.

— Como você sabia que estava aí? — perguntou Tucker.

Miles deu de ombros.

— Ele deve ter chaves em todo lugar. — Chutou o capacho de boas-vindas para o lado, e havia outra chave embaixo. — Está vendo? — Ele chutou o tapete de volta no lugar, em seguida destrancou a porta e a abriu.

No interior, o cheiro de mofo revestia tudo como se fosse uma camada generosa de perfume ruim. Tucker espirrou. Miles fechou a porta atrás de nós.

— Parece tão... normal — disse Tucker.

Passamos por uma escada e entramos em uma sala de jantar forrada de armários.

— Talvez para um octogenário aposentado — eu disse. Mobiliário antigo revestia cada centímetro do espaço disponível; parte dele quebrado e algumas peças em condições de uso. Pensei ter visto uma máscara de gás da Segunda Guerra Mundial encravada entre uma balança quebrada e uma lata usada de biscoitos, mas agarrei a mão de Miles e disse a mim mesma que não estava realmente lá.

Vasculhamos todo o piso térreo da casa, da sala de jantar até uma cozinha suja e estreita, passando por uma sala de estar com o tapete alaranjado felpudo mais feio que eu já tinha visto na vida. Por meio segundo, fiquei tentada a deixar um bilhete para McCoy expressando minha profunda e sincera perplexidade por ele ter coragem de manter um tapete daqueles em casa.

Nada parecia fora do comum, com exceção da máscara de gás e alguns ímãs em formato de suástica na geladeira.

— Não vi nada — eu disse.

— Não. — Tucker deu de ombros. — Mas ainda falta lá em cima.

Eu me virei para a escada novamente e vi um lampejo de vermelho.

— Charlie! — sussurrei, correndo atrás dela. Eu sabia que não devia ter confiado que ela ficaria dentro do carro. Ela se parecida demais comigo para ficar parada. Charlie congelou no meio da escada, olhando para trás. — Eu te falei para ficar no carro!

— Mas eu quero ajudar! — Charlie gritou, batendo o pé.

— Desça aqui agora.

— Não!

— Charlemagne!

— Você parece a mamãe falando! — Ela disparou pelo resto do caminho escada acima. Corri atrás dela. Miles e Tucker foram logo em seguida. Com um esbarrão de ombro, entrei pela porta que Charlie tinha atravessado.

E então estaquei.

— Olha só todos esses vestidos — Charlie cantarolou.

O quarto parecia um museu. Vestidos — de formatura, de coquetel, de gala, até mesmo de noiva — estavam em manequins, todos eles de peruca loira. Revestindo as paredes atrás deles, havia fotos e mais fotos, acumuladas umas sobre as outras, todas de uma pessoa: Scarlet.

Meu estômago embrulhou. Aquelas poderiam ser as *minhas* paredes.

Havia uma grande mesa de madeira do outro lado do quarto, repleta de papéis e mais porta-retratos. Um par de sapatos de salto prateados estava no canto.

— Que porra é essa? — Tucker entrou, e, um instante depois, Miles o seguiu.

Passei um braço em torno de Charlie e a coloquei atrás de mim enquanto Tucker, Miles e eu nos concentrávamos em vasculhar os papéis sobre a mesa. Havia todo tipo de coisas: contas, documentos com aparência oficial da escola, impostos que ainda não haviam sido pagos, um jogo de palavras-cruzadas meio feito.

— Isso tudo é apenas lixo — Tucker resmungou, pegando uma pilha de papel em branco da impressora. Nem parecia que McCoy tinha computador, que dirá impressora.

— Continuem procurando — eu disse. — Tem que haver alguma coisa... — Peguei o canto de uma fotografia e deslizei-a para fora da confusão, tomando cuidado para não tirar mais nada do lugar.

Era uma foto de Celia e um homem mais velho de cabelos castanhos, com o braço em volta dos ombros dela. Ambos estavam sorrindo. O pai de Celia, talvez? Os olhos do homem haviam sido queimados, as bordas de seu rosto estavam enrugadas e vermelhas.

Mas por que McCoy queimaria os olhos do pai de Celia na foto? Por que queimaria os olhos de *alguém*? Como alguém podia chegar tão ao fundo do poço sem perceber que precisava de ajuda?

E, mais importante, o que ele faria se nos encontrasse ali, fuçando em suas coisas?

Enfiei a foto no mesmo lugar onde a havia encontrado, agarrei Miles e Tucker e empurrei os dois para a porta. Precisávamos sair dali imediatamente.

— Não vamos encontrar mais nada. Vamos nessa. — Olhos espiaram do espaço escuro embaixo da mesa. — Charlie! Vamos!

Ninguém fez nenhuma pergunta. Miles tirou a chave do bolso e trancou a porta atrás de nós.

— Oh-oh — fez Tucker.

A lata-velha que McCoy chamava de carro veio descendo a rua. Miles enfiou a chave no alto, no batente da porta, depois nos arrastou para longe da varanda, empurrando Tucker e eu para detrás dos arbustos mortos que ladeavam a casa de McCoy, abaixando-se logo atrás de nós. Ramos afiados se cravaram em meus braços e minha cabeça, e o suor me escorria pelo pescoço. McCoy estacionou o carro na garagem, desceu e entrou.

— Ele se foi? — Miles sussurrou, com o pescoço dobrado em minha direção, para que os arbustos não espetassem seus olhos.

— Foi — eu disse.

O mais silenciosamente possível, saímos dos arbustos e corremos para a caminhonete de Miles e o SUV de Tucker.

Charlie não estava atrás de mim. Parei bruscamente, puxando Miles comigo.

— O quê? O que foi? — ele perguntou.

— A Charlie! Cadê a Charlie? — Olhei ao redor e de novo para a casa de McCoy. — Ela saiu com a gente, não saiu? Você a viu sair?

— Alex... — Miles me puxou para a frente.

— Miles, se ela ainda estiver lá dentro... Nós precisamos voltar!

Ele continuou puxando. Cravei os pés no chão. A idiota, a *idiota* da Charlie tinha de nos seguir. Eu não conseguia acreditar. Eu sabia que ela só tinha oito anos, mas não acreditava que ela pudesse ser tão burra.

Miles agarrou meus ombros e me arrastou para os carros, depois me virou para que eu ficasse presa entre ele e a caminhonete. Tucker estava atrás, o rosto retorcido com aquela pena horrorosa.

— Alex.

A voz de Miles era baixa, mas firme. Seus olhos azuis brilhantes me perfuravam.

— A Charlie não é real.

Por que você foi embora?

49

O mundo tombou de lado.

— O-o quê? — gaguejei.

— A Charlie não é real. Não tem ninguém lá. Nunca houve. — Miles me puxou para o outro lado da caminhonete. As palavras zumbiam em meus ouvidos, e tudo parou. O vento parou de fazer farfalhar as árvores; até mesmo o inseto no para-brisa de Miles parou o que estava fazendo.

— Não. — Arranquei o braço do aperto de Miles. O choque irradiava de meus membros. — Não. Você está mentindo. Ela estava lá, ela estava bem ali! — Eu a tinha visto sair da casa com a gente; eu tinha certeza. — Não minta para mim, Miles. Não se atreva a mentir.

— Ele não está mentindo. — Tucker se aproximou e parou do outro lado, com as mãos para cima.

— Ela é real, Tucker. Ela... ela tem que ser... — Olhei outra vez em direção à casa de McCoy, esperando que Charlie saísse do outro lado, fazendo uma brincadeira. Eu ia gritar com ela por me assustar, e não iria deixá-la fora da minha vista outra vez até chegarmos em casa.

Mas ela não apareceu.

— Vá para casa, Beaumont — Miles disse a Tucker. — Eu cuido dela.

— Alex — disse Tucker novamente, aproximando-se mais de mim. Eu me afastei, enxugando os olhos. Eu não podia chorar. Charlie não estava ali. Ela estava em casa. Mas, quanto mais eu enxugava os olhos, mais lágrimas se derramavam.

Casa. Eu tinha que ir para casa.

Subi no banco do passageiro da caminhonete de Miles e prendi o cinto de segurança. Casa.

— Vai ficar tudo bem. — Tucker se inclinou pela janela, segurando minha mão e falando baixinho.

O que era "tudo bem"?

A porta de Miles bateu. A caminhonete rugiu. Tucker ficou para trás, com o restante do cenário.

Miles continuou falando comigo, mas eu não conseguia ouvir o que ele estava dizendo.

Ela estava lá. Sempre estivera lá.

Abri a porta da frente com tudo, e ela bateu contra a parede do corredor.

Meus pais estavam na mesa da cozinha. Jantando. Como se não houvesse nada. Levantaram a cabeça bruscamente quando apareci na porta. De repente, percebi que eu não conseguia respirar.

— Charlie — falei sem fôlego.

Minha mãe se levantou primeiro. Ainda estava com o guardanapo preso em uma das mãos e veio até mim com ele, como se eu fosse um bebê que tivesse cuspido. Eu me afastei dela.

— Por que você não me contou?

— Alex, querida...

— Como ela pode não ser real?

Um gemido surgiu atrás de mim. Charlie estava no corredor, segurando seu jogo de xadrez nas mãos trêmulas. Era o conjunto de xadrez para o qual ela teve que conseguir novos peões pretos, pois eu tinha jogado todos os antigos no vaso sanitário. Um dos peões estava preso entre seus dentes. Quando ela choramingou novamente, a peça caiu da boca.

— O que está acontecendo, Alex? — Charlie perguntou, sua voz tremendo tanto quanto as mãos. — Do que você está falando?

— Charlie... — Um nó se formou em minha garganta. Minha visão ficou turva novamente. — Mas... mas eu me lembro de você trazê-la do hospital para casa. Dar de mamar, cuidar dela e vê-la crescer e... e sempre tinha presentes de Natal para ela debaixo da árvore, e você sempre colocou um lugar para ela na mesa e... ela tem que ser...

— Ela *era* real — minha mãe disse. Sua voz tinha ficado tensa, falhando de uma forma que eu nunca tinha ouvido antes. — Mas ela morreu. Quatro anos atrás.

Meu pai também se levantou da mesa. Eu não gostava que todo mundo ficasse em pé.

— A Charlie morreu antes de fazer cinco anos. As... — A voz do meu pai falhou. — Asfixia — disse ele. — Eu nunca devia tê-la deixado brincar com meu jogo de xadrez.

Recuei, ocultando Charlie da vista. Ela choramingou novamente. O tabuleiro de xadrez caiu de suas mãos, e agora todas as outras peças se juntaram ao peão preto no chão.

— Vou ligar para a Leann. — Minha mãe foi para o telefone. — Não devíamos ter esperado tanto tempo. Isso já foi longe demais. Tem que existir um medicamento mais forte que ela possa receitar.

— Ela não precisa de medicação mais forte. — Uma mão se fechou em meu braço. Miles ficou onde Charlie tinha estado segundos antes, olhando feio para minha mãe. A raiva irradiava dele, profunda e fria. — Ela precisa de pais que deem pelo menos a mínima importância a falar para ela o que é real e o que não é.

Meus pais ficaram olhando para ele, ambos plantados no lugar e completamente mudos.

— Miles — sussurrei.

— Como vocês podem não ter contado? — Sua voz parecia se elevar mais, segundo a segundo. — A Charlie morreu há anos, e vocês acham normal fingir que não? Acharam que a Alex não ia descobrir? Que ela era louca demais para isso?

— Não, não é nada disso... — minha mãe começou.

— Nada do quê? O que poderia justificar isso? — Os dedos de Miles se cravaram em meu braço. — É melhor que seja muito, muito bom, porque isso é um absurdo. É realmente um absurdo. Vocês são as pessoas em quem ela supostamente poderia confiar, a quem ela poderia recorrer quando não consegue diferenciar. Mas, em vez disso, a Alex tem que ficar tirando um monte de fotos, porque, se ela menciona algo, vocês ameaçam mandá-la para um manicômio!

Lágrimas encheram os olhos de minha mãe.

— Você não tem o direito de entrar na minha casa e me dizer como tratar a minha filha!

— É mesmo? Porque eu sei o que são pais terríveis, e vocês são dois deles!

— Nós tentamos — meu pai disse finalmente, sua voz quase um sussurro. — Tentamos contar a ela. A Alex estava no hospital na época, tinha acabado de ter uma crise, não estava bem. E, não importava o que a gente dissesse, simplesmente... não se fixava. — Ele olhou para mim. — Era como se você não conseguisse nos ouvir. Primeiro achamos que você estava em estado de choque. Achamos que você tinha entendido. Mas, depois que chegou em casa e ficava falando com ela, percebemos que... você não tinha entendido.

A cozinha parecia pequena demais, apertada demais, quente demais. Um soluço horrível me escapou da garganta antes que eu pudesse contê-lo. Bati a mão sobre a boca. Isso pareceu romper a ira de Miles, e seu rosto se rearranjou em uma expressão suave de pena que eu odiava. Não queria aquele olhar de ninguém, muito menos de Miles. Nunca dele. Atravessei a cozinha para a porta dos fundos. Eu mal conseguia enxergar, mas sabia exatamente aonde estava indo.

Abri a porta com um empurrão, desci com passos incertos pelos degraus e saí correndo pelo quintal.

Quando cheguei à Ponte Red Witch, deslizei pelo aterro ao lado do riacho e desci para debaixo da ponte, onde ninguém poderia me ver. Meus pulmões queimavam, meus olhos ardiam por causa das lágrimas.

Olhos Azuis. Miles Sangrento. Scarlet. A Bola 8. E agora Charlie.

Charlie. Charlemagne. Minha própria irmã. Se Charlie não era real, então o que era?

Era tudo inventado? Será que o mundo inteiro estava dentro da minha cabeça? Se algum dia eu acordasse disso, estaria dentro de uma sala acolchoada em algum lugar, babando em cima do meu corpo?

Será que eu ainda *seria* eu mesma?

Charlie tinha sido uma constante. Em nenhum momento suspeitei de que ela não fosse real. Macia e quente e presente quando eu precisava dela.

Eu não conseguia respirar. Apertei o estômago com uma das mãos e suguei o ar, mas a bile subiu para bloqueá-lo. Minha garganta se fechou.

— Alex! Alex, calma! — Miles deslizou para baixo do aterro, se plantou diante de mim e agarrou meus ombros. — Respire. Apenas respire. Relaxa.

Ele pegou minha mão e a apertou contra o peito, sobre seu coração. Ele batia freneticamente na minha palma.

Isso era real? Seu coração? Ele era real?

Fiquei olhando para os olhos azuis que sempre pensei serem bons demais para ser verdade. Então, eles eram? Miles era real? Porque, se Charlie não era real e ele não era real, eu não queria mais isso. Não queria nada disso.

— Ei...

— Você é real? — perguntei.

— Sim, eu sou — disse ele, resoluto. Apertou minha mão com mais força em seu peito. Seu coração batia como um tambor. — Eu sou real. Isso — colocou a outra mão sobre a primeira — é real. Você me vê interagindo com outras pessoas o dia todo, não vê? Eu falo com as pessoas, eu afeto as coisas no mundo. Eu faço coisas acontecerem. Eu sou real.

— Mas... mas e se todo este lugar — tive que sugar o ar novamente —, e se tudo isso estiver na minha cabeça? A East Shoal e a Scarlet e essa ponte e você... E se você não for real porque nada disso é real?

— Se nada é real, então de que importa? — disse. — Você mora aqui. Isso não torna real o suficiente?

50

Miles e eu ficamos sentados sob a Ponte Red Witch até que a escuridão se assentasse em definitivo ao redor. Meus pais não vieram me procurar. Acho que sabiam que eu não iria longe — ou tinham uma fé incrível na capacidade de Miles para me encontrar. Ou talvez não quisessem enfrentar nenhum de nós.

Na casa, a luz da cozinha ainda estava acesa. Parei no quintal, me detendo por um longo minuto para verificar a área. Agora parecia idiota, mas eu não conseguia parar. Dei um giro lento sem sair do lugar. Casa, porta, rua, bosque.

Entramos pela porta da frente. Fechei-a com barulho suficiente para garantir que meus pais soubessem que estávamos de volta. Eu não queria outro confronto. Não queria que Miles e minha mãe se enfrentassem novamente.

Fiz outra verificação de perímetro em meu quarto e abri um dos meus álbuns de fotografias sobre a cômoda.

Era tudo sobre Charlie. Charlie sorrindo, Charlie jogando xadrez, Charlie dormindo com o violino debaixo do braço.

Mostrei o álbum a Miles.

— O que você vê?

Ele folheou algumas páginas.

— Móveis. Seu quintal. Sua cozinha. A rua. O que era para eu ver?

Peguei o álbum de volta, fechei-o e coloquei sobre a cômoda. Nenhum remédio jamais seria forte o suficiente para isso.

Miles olhou para o relógio na minha mesa de cabeceira. Era quase uma da manhã.

— Seu pai vai ficar bravo? — perguntei.

— Provavelmente. Ele fica bravo com tudo.

Por cima do ombro, tive um vislumbre de branco e vermelho; Miles Sangrento estava no canto, sorrindo para mim com os dentes manchados. Fechei os olhos com força.

— Você... hum... você tem que ir?

— Você está bem? — Ele roçou meu braço. Abri os olhos.

— Estou bem. Estou ótima. — Virei para a cama e para a janela.

Charlie estava do lado de fora, com uma careta triste, horrível, no rosto. Todas as dezesseis peças pretas de xadrez estavam penduradas em sua boca, como tumores finamente esculpidos. Engoli em seco e dei um pulo; os braços de Miles vieram ao meu redor.

— O que você está vendo?

— A Charlie está na janela. E... e você está no canto.

— Eu?

Confirmei com a cabeça.

— Como na fogueira da Celia. Por favor, não pergunte.

— Eu posso ficar.

Assenti. Afastei os braços dele e caminhei até o armário, abrindo a porta na cara do Miles Sangrento. Tirei a camiseta e o jeans e vesti o pijama.

Miles se sentou na beira da cama e tirou os sapatos.

— Seus pais? — perguntou.

— Não vamos fazer nada. — Além disso, eles podem não ser reais.

— Acho que a sua mãe me odeia — disse ele.

— E eu meio que odeio ela — falei, percebendo com um sobressalto que estava sendo sincera. — Ela precisava ouvir aquilo. Obrigada por dizer a ela.

Fechei a porta do armário. O hálito fétido do Miles Sangrento se espalhou sobre minha orelha e meu rosto. Eu me afastei dele, passei por Miles, deitei na cama. Ele se deitou e passou o braço sobre minha cintura. Eu não sabia como me posicionar. Se ficasse de costas para ele, Charlie olhava para mim da janela. De frente para ele, Miles Sangrento espreitava logo adiante. Então me virei para o travesseiro, de olhos fechados.

Isso não era real. Eles não eram reais.

Miles se apertou contra mim e enterrou o rosto em meus cabelos. Ele podia dizer quanto quisesse que não entendia emoções, mas às vezes parecia entender melhor que qualquer pessoa que eu conhecia.

O aro duro de seus óculos pressionou minha têmpora. Gostei da pressão. Me lembrava de que ele estava lá.

— Miles?
— Sim?
— Não vá embora.
— Eu não vou.

51

A luz da manhã penetrou no quarto, iluminando meus artefatos e as sardas no rosto de Miles. Os lençóis estavam emaranhados em torno de nós. Uma de suas mãos estava enrolada sob minha blusa, quente em minha barriga, a outra escondida debaixo do queixo dele. Seu corpo bloqueava a visão da maior parte do quarto, então tive que levantar os olhos um pouquinho acima dele, devagar, para verificar os arredores.

Miles Sangrento tinha ido embora.

Assim como Charlie.

Detive o pensamento quando o notei tomar conta de mim e não permiti que fosse mais longe que isto: Charlie tinha ido embora. Nenhuma quantidade de esperança ou desejo a traria de volta. Não de verdade.

A porta se abriu um pouquinho. Minha mãe. Encontrei os olhos dela, esperando que entrasse, que gritasse com a gente, que me deixasse em prisão domiciliar por ter mentido para ela no dia anterior, por ficar fora até tão tarde, por deixar Miles dormir em meu quarto. Mas ela não fez nada disso.

Assentiu com a cabeça e se virou.

Miles suspirou. Seus óculos estavam tortos no nariz. Eu não queria acordá-lo, mas também não queria ficar sozinha. Beijei sua bochecha. Ele suspirou de novo. Respirei fundo e disse:

— Miles.

Ele resmungou, abrindo os olhos.

— Bom dia — eu disse.

— Como você dormiu? — perguntou.

— Nada mal, eu acho. — Eu nem teria dormido se ele não tivesse ficado acordado até eu adormecer. Agora a noite era um borrão; eu não conseguia me lembrar de nenhum sonho, apenas de lampejos de cabelos vermelhos e peças de xadrez, fragmentos de música de violino. — E você?

— Melhor que o habitual.

Estendi a mão para endireitar seus óculos. Ele sorriu um pouco.

— Nós temos que ir para a escola hoje? — perguntei. — Podemos pelo menos faltar na premiação?

— A premiação é a única coisa a que precisamos ir — disse ele. — Tenho que estar lá por causa do clube, e, se você não for, vai estar infringindo o serviço comunitário.

— Mas o McCoy vai estar lá. Eu não quero você perto dele.

McCoy vai arrancar os olhos dele.

— Se não formos, o McCoy vai ter um motivo para me chamar até a sala dele. Aí ele vai me pegar sozinho e vai ser ainda pior.

Meu Deus, ele estava entrando na minha, e eu não conseguia parar.

— Então você precisa ficar longe dele. Não deixe que ele se aproxime. Nem deixe ele te olhar...

— Eu sei. — Seu punho apertou meu estômago. — Eu sei.

Se eu o olhasse por mais tempo, começaria a chorar, então levantei e me debrucei por cima dele para encontrar meu uniforme no meio da bagunça no chão.

Assim que terminei de me trocar, fiz Miles esperar na porta da frente enquanto entrava de fininho na cozinha.

Meu pai estava sozinho, olhando pela janela sobre a pia. Bati no batente da porta para chamar sua atenção.

— Sua mãe está no telefone com a Leann — disse ele.

Olhei no relógio. Sete da manhã: era um novo recorde para ela.

— Vou para a escola — eu disse.

Ele se afastou da pia.

— Lexi, eu não acho...

— Não quero ficar aqui o dia todo.

— Sua mãe não quer que você vá.

— Só hoje, por favor? — Eu não ia deixar Miles ir sozinho e sabia que, se continuasse pressionando, meu pai iria ceder. — Se isso te faz sentir melhor, o Miles vai estar comigo o dia todo.

Ele enfiou as mãos nos bolsos.

— Na verdade faz mesmo. Mas você sabe que ela vai ficar brava se eu te deixar sair.

Esperei.

Ele acenou com a mão, derrotado.

— Vá. Mas prometa que volta para casa se ficar com medo ou pânico ou... ou se alguma coisa acontecer. E diga isso ao Miles, para que ele possa trazer você de volta aqui!

Ele precisou levantar a voz na última parte; eu já estava marchando para a porta da frente.

• • •

Acreditar que algo existia e depois descobrir que não era como chegar ao topo da escada e pensar que ainda havia mais um degrau. Só que, no caso da Charlie, a escada tinha dez quilômetros de altura e meus pés nunca mais encontravam o chão.

Estar de volta à escola depois desse tipo de queda era surreal, como se eu estivesse caindo diante dos olhos de todo mundo, tão depressa que eles nem conseguiam me ver.

Na maior parte do tempo, todo mundo nos ignorou. Após o fim das aulas, Miles e eu seguimos para o ginásio e sentamos atrás da mesa de controle. Ele vociferou as ordens; todas as mãos estavam ocupadas em organizar o lugar para a premiação.

— Celia! — Miles explodiu. — Por que você está atrasada?

Ela entrou correndo no ginásio, os cabelos castanhos escorridos emoldurando o rosto pálido.

— Desculpa! — ela gemeu quando se acomodou nas arquibancadas, enxugando os olhos. — O Richar... o sr. McCoy queria falar comigo.

Meu coração afundou. Por que ele queria falar com ela? O que os dois estavam fazendo na sala dele? Por que McCoy tinha uma foto dela e do pai dela em casa?

Miles a analisou com o olhar.

— Sobre o quê?

Celia se encolheu.

— Nada.

— Celia. O que ele te disse?

— Não é da sua conta, otário. — Um pouco da antiga Celia veio à tona. Ela bufou e foi se sentar no final da arquibancada, depois baixou a cabeça nas mãos e começou a choramingar.

Aquilo era pior que o habitual. Muito pior.

Forcei minha respiração a permanecer constante. Se McCoy se aproximasse um pouco que fosse de Miles, eu estaria em cima dele como uma cobra. Como aquele píton.

Seja a cobra, disse a vozinha. *Seja a cobra. Se enrole nele até ele morrer.*

Miles olhou para as portas do ginásio que levavam à rotunda.

— O McCoy vai estar aqui em breve — disse ele. Eu não sabia dizer se ele estava preocupado ou com medo.

— Você acha que ele ainda está na diretoria? — perguntei. Miles assentiu.

Celia estava tendo um colapso nervoso. McCoy provavelmente estava afiando seu machado de carrasco.

Se eu fosse agora, poderia conseguir dissuadi-lo. Detê-lo antes que ele sequer saísse da sala. Poderia funcionar.

— Já volto — eu disse a Miles. — Pausa para o banheiro. Fique longe do McCoy se ele vier aqui, tá bom?

— Tá.

Assim que me vi fora do campo de visão de Miles, comecei a correr. A rotunda estava pontilhada de vermelhos: troféus, fotografias. Porções inteiras de parede pingavam tinta vermelha. Uma longa linha vermelha percorria o caminho do ginásio até a diretoria, na extremidade do corredor principal. Eu a segui.

Seja a cobra.

Passei pela recepção a passos largos, ignorando os protestos da secretária e seguindo para a sala de McCoy.

Ele estava sentado atrás da mesa, parecendo mais composto que de costume. Terno. Gravata. Mãos cruzadas na frente do corpo. Olhos injetados. O escritório era apenas um escritório: certificados emoldurados nas paredes, livros em uma estante, computador zunindo sobre a mesa.

— Está tudo bem, Mary — ele disse para a secretária. Ela bufou e voltou para sua cadeira.

— O que o senhor vai fazer? — perguntei, cerrando os punhos ao lado do corpo.

McCoy tirou um fiapinho de cima da manga.

— O que você quer dizer?

— Eu sei que o senhor vem chamando a Celia para sua sala pelos últimos quatro anos. Sei que o senhor está trabalhando em algum tipo de *plano* com a mãe dela. E sei que o senhor odeia o Miles. Eu sei que está tentando se livrar dele, porque... porque a mãe da Celia disse que ele é um obstáculo.

— Receio não saber do que você está falando, srta. Ridgemont.

— O senhor sabe *exatamente* do que estou falando. — Olhei pela porta, para garantir que a secretária não estava escutando. — Eu não sou louca, tá legal? Eu sei sobre a Scarlet. Sei sobre as suas *obsessões*. Não vou deixar isso passar. E não vou deixar o senhor machucar o Miles.

McCoy ajeitou a placa de identificação sobre sua mesa.

— Você está enganada. Eu não planejo fazer nada para o sr. Richter.

— Se não o senhor, então quem? A Celia?

— Não posso dizer que sei o que Celia Hendricks tem a ver com isso.

— Olha, seu maluco...

— Eu compreendo que você teve um ano difícil, mas tem certeza de que anda tomando a sua medicação regularmente?

— Eu ando, na verdade. O senhor não é minha mãe, então por favor não me pergunte isso de novo. Agora me diga o que vai fazer com o Miles.

— Mais uma vez, srta. Ridgemont, não vou prejudicar um fio de cabelo da cabeça ariana do sr. Richter. — Ele fez uma pausa; precisei reunir toda a minha força de vontade para não desviar os olhos daquele olhar fulminante. — Você deveria se apressar e voltar para o ginásio. Seria uma pena se não cumprisse os requisitos do serviço comunitário logo no fim do ano.

Hesitei. Se McCoy revogasse minhas horas de serviço comunitário, eu definitivamente seria enviada para algum lugar — Woodlands, ou pior — e provavelmente perderia todos os créditos de aulas daquele ano. Ele tinha uma vantagem; eu tinha pedaços de uma história e uma psiquiatra na discagem rápida.

Ele entrelaçou os dedos e ofereceu um sorriso benigno.

— Acho que estamos finalmente de acordo.

Não, não estamos, seu imbecil. Mas eu não podia dizer isso. Não podia dizer nada se quisesse sair dali inteira. Fiquei do outro lado da mesa dele, tremendo de fúria.

— Tenha um bom dia, srta. Ridgemont.

• • •

Em silêncio, voltei arrastando os pés para o ginásio.

Eu não conseguiria deter McCoy sozinha, mas, se contasse a alguém sobre isso, quem acreditaria em mim? Poderia soar vagamente crível vindo de alguém como Tucker, mas de *mim*... sem chance. Se eu sequer deixasse transpirar uma palavra sobre algo assim tão grande, minha mãe tomaria uma decisão a meu respeito antes que eu pudesse dizer "brincadeirinha".

Entrei no ginásio do outro lado da arquibancada, perto do placar. As arquibancadas já haviam sido preenchidas com atletas e seus pais. Os membros do clube estavam parados ao redor da sala, perto das portas. Miles estava embaixo do placar, de costas para mim. Celia estava ao lado dele, como se estivesse presa por uma coleira.

McCoy já estava lá. Em pé, no microfone, no meio do ginásio. Já falando.

Mas, se ele estava aqui, com quem eu tinha falado na sala dele?

— Boa tarde, senhoras e senhores. Gostaria de dar as boas-vindas à nossa premiação anual dos esportes de primavera. Vamos começar com o time de beisebol vencedor do campeonato, que fez uma grande temporada...

Meu sapato guinchava no piso. Celia se virou e me viu lá; ela ainda estava chorando, mais que antes.

A mãe dela estava em pé na sombra da arquibancada do ginásio, do outro lado, com seu terninho e seus longos cabelos loiros. Mas seu rosto... Eu tinha visto aquele rosto antes. No jornal. Nos armários fora do ginásio. Na expressão da própria Celia, porque, quando elas ficavam lado a lado, as semelhanças eram notáveis.

Mas Scarlet... Scarlet estava morta. Scarlet estava morta havia *anos*.

— Lembre-se, Celia — disse ela, com a voz enchendo o ginásio —, estou fazendo isso por você.

Celia não reagiu.

— O Richard e eu já resolvemos tudo. Vai acabar logo.

Celia não reagiu, porque Celia *não podia* reagir, porque Scarlet estava morta.

— Você pode seguir em frente.

O placar deu um rangido sinistro. Scarlet sorriu. McCoy falou um pouco mais alto no microfone quando o placar rangeu uma segunda vez. Ninguém notou. Eu não podia ser a única a ter visto aquilo. Estava *acontecendo* — tinha que estar —, só que Scarlet... Scarlet não estava sorrindo para Celia, mas para *mim*. E levantou uma unha pontuda vermelho-cereja para o placar.

Olhei para cima. Tinta vermelha escorria pela parede. Cada letra tinha três metros de altura; as duas palavras espremiam o placar entre elas como se fossem dentes sangrentos.

CRIMSON FALLS

A queda escarlate.

O placar rangeu alto demais para McCoy encobrir. Celia saltou para longe e se arrastou para as arquibancadas. Miles virou e assobiou para ela.

Os suportes do placar estalaram.

Meus pés fraquejaram; o riso estridente de Scarlet ressoou por todo o ginásio.

Eu me lancei para a frente e colidi com as costas de Miles.

52

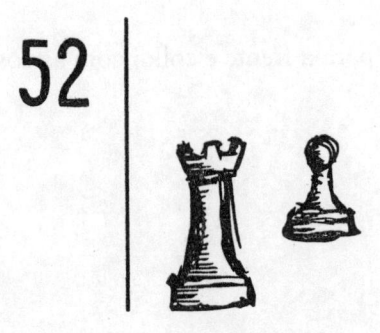

Eis a questão sobre morrer em um acidente trágico e repentino, tipo ser esmagado por um placar:

Você não espera.

Eu esperava. Então acho que deve ter sido por isso que eu não morri.

53

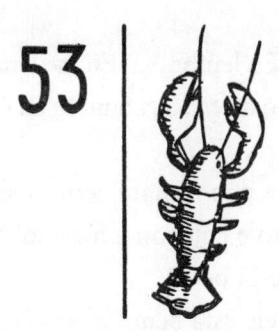

Forcei-me a abrir um olho. Depois o outro.

Minha cabeça tinha sido pega em um torno. Minha boca estava forrada de algodão. A luz do quarto era fraca, mas o suficiente para eu ver a silhueta de minhas pernas e meus pés debaixo das cobertas e o nicho escuro no canto, onde estaria a porta. Um aparelho emitia ruído branco no canto, e um cheiro estéril me envolvia.

Eu estava no hospital. Cama. Banheiro. Aparelhos pendurados do teto. Câmera de olhos vermelhos na porta. Ali, não havia alucinações.

Meu corpo ainda estava dormindo. Flexionei os dedos das mãos e dos pés para me certificar de que conseguia e depois olhei em volta.

As cortinas estavam afastadas em volta da minha cama. A cama ao lado estava vazia. Do meu outro lado, uma figura envolta em um cobertor dormia profundamente em uma cadeira que parecia ter sido projetada por um perito em tortura.

Minha mãe.

Tossi para limpar a garganta. Ela acordou com um sobressalto e olhou para mim sem expressão, até parecer perceber que eu estava olhando para ela. Então estava bem na minha frente, afastando meus cabelos do rosto.

— Ah, Alex. — Seus olhos já estavam cheios de lágrimas. Ela me abraçou com cuidado, como se eu fosse quebrar.

— O que aconteceu?

— O placar caiu em cima de você — ela disse, fungando. — Você não lembra?

— Mais ou menos. — Eu lembrava. Eu me lembrava de correr e depois da dor, então a luz sumindo ao redor, como se eu estivesse sendo esmagada entre as páginas de um livro.

— Eles disseram... que não tinham certeza se você ia acordar. — Ela deixou escapar um lamento e colocou a mão sobre a boca.

— Cadê o Miles? Ele está bem?

— Está. Sim, querida, ele está bem.

— Ele está aqui?

— Não, agora não.

Eu precisava descobrir onde ele estava. Tinha que ter certeza de que ele estava seguro.

— Por quanto tempo eu dormi?

— Três dias.

— Mãe — eu disse, mais por surpresa que por qualquer outra coisa. As lágrimas rolavam pelo rosto dela.

— Eu tive tanto medo — disse ela. — Quando o seu pai me contou que você tinha ido para a escola, eu queria te trazer para casa, mas ele disse que ia ficar tudo bem...

— Não foi culpa dele.

— Eu sei que não.

— Também não foi culpa minha.

— Eu sei, eu sei. — Ela enxugou os olhos com a gola da camisa. — Eu não te culpo, é claro que não. Só quero te manter segura, e eu... eu acho que não sei mais como fazer isso.

Com cuidado, certificando-me de que nada doesse demais, eu me levantei sobre os cotovelos. Ela captou a mensagem e colocou os braços em volta de mim.

Por que ela havia esperado tanto tempo para me contar sobre Charlie? Era porque ela mesma não conseguia pensar a respeito? Ou porque eu ficava mais feliz quando Charlie estava por perto?

E era por isso que ela queria que eu fosse para o hospital psiquiátrico? Não para me tirar da barra da saia dela, mas para me salvar de mim mesma, porque ela não podia mais fazer isso?

— Eu comprei... achocolatado de garrafinha para você — ela disse quando finalmente se afastou, fungando. — Coloquei na geladeira, porque sei que você gosta gelado...

E eu achava que ela envenenava minha comida.

Então, aparentemente chorar *doía*. As lágrimas faziam meus olhos arderem. Senti o pulsar da cabeça e o rosto ficando quente.

— Te amo, mãe — eu disse.

Ela se inclinou e beijou minha testa.

54

No dia seguinte, quando minha mãe saiu para almoçar, recebi uma visita inesperada.

Celia. Ela estava parada na borda do quarto, um pouco mais parecida com sua antiga imagem: cabelo loiro, saia curta demais, camadas de maquiagem finalizadas com brilho labial cor de morango.

— Sabe de uma coisa? — comecei a dizer, terminando de beber minha água de canudinho. — Todo mundo diz que a história se repete, mas eu *não* esperava que fosse tão literal.

Sua mandíbula se apertou, as mãos ficaram mexendo na bainha da camisa. Plateia difícil. Ela ficou ali, olhando, como se eu fosse sacar um par de facas de baixo das cobertas e usá-lo para praticar tiro ao alvo.

Finalmente, ela disse:

— Como você sabia?

— Eu sou louca, não te contaram? — respondi. — A verdadeira pergunta é: por que você não contou pra ninguém?

Celia deu de ombros.

— Eu... eu não sei. Não acho que alguém se importaria. Eles diriam que eu estava só tentando chamar atenção. Ou que a culpa era minha. Ou... sei lá.

De repente ela parecia muito, muito velha.

— Estou cansada disso. Estou cansada de ser sozinha. Estou cansada da maneira como as pessoas olham para mim e das coisas que elas dizem. E estou cansada de tentar lidar com isso sozinha.

— Então não faça isso — eu disse. — Você não está proibida de pedir ajuda.

— Por que ninguém diz isso pra gente?

— Porque... talvez ninguém tenha dito para eles.

— Você acha que eu sou uma má pessoa? — Celia perguntou em voz baixa.

— Não — respondi. — Também não acho que você seja louca.

Ela sorriu.

•••

Foi somente algumas horas mais tarde que a enfermeira entrou e disse:

— Estamos tão surpresos por você ainda não ter recebido nenhuma visita!

55

O pessoal do clube me visitou mais tarde, quando minha mãe e a enfermeira estavam no quarto, então eu sabia que eles eram reais. Trouxeram doces, flores e livros de história. Sabe, coisas que acharam que fossem me animar. Ficaram sentados ao redor da cama durante a maior parte do dia, contando com riqueza de detalhes e entusiasmo como eu pareci heroica quando tirei Miles do caminho imediatamente antes de o placar cair em cima dele, e como todo mundo no ginásio entrou em pânico, e como eu ainda estava em todos os noticiários.

Aparentemente, Miles não era o alvo de McCoy. O placar era para Celia. Ela havia se afastado do lugar achando que eu iria atacá-la. McCoy, enfurecido, tentou estrangular Miles e foi arrastado pelo sr. Gunthrie. Um peso foi tirado do meu peito. McCoy tinha derrapado. A ameaça se fora.

— Mas você não vai acreditar em *por que* ele tentou derrubar o placar em cima dela — disse Evan.

— Sabe aquele lance do McCoy estar sempre chamando a Celia na sala dele? — disse Ian.

— Parece que o McCoy era obcecado pela mãe da Celia — disse Theo, indo direto ao ponto. — E ela foi esmagada debaixo daquela coisa anos atrás. Já que não podia tê-la, ele se conformou com a Celia, mas ela não estava... à altura das expectativas dele ou algo assim. Então, finalmente, ele decidiu que iria imortalizá-la soltando sobre ela o mesmo placar que matou a mãe dela. Os policiais encontraram todo tipo de material incriminador na casa dele. Diários e planos e, tipo, vídeos. Da Celia. Quando eles chegaram à escola, a Celia contou tudo a eles, bem na nossa frente. Foi horrível.

— Foi tão estranho — acrescentou Evan. — Estava acontecendo fazia dois anos e ninguém sabia. Por que a pessoa não contaria a ninguém sobre algo assim?

— Talvez ela achasse que não conseguia — eu disse.

Theo assentiu.

— Eu acredito nisso. Conversei com a Stacey e a Britney depois da premiação. Parece que o pai da Celia se casou de novo há alguns anos, e a madrasta dela estava planejando expulsá-la de casa assim que ela se formasse, e o pai estava de acordo. A Stacey e a Britney disseram que a Celia quase nunca contava nada a *elas*, que eram suas únicas amigas.

— Ela tem uma madrasta? — perguntei.

— Eu a vi algumas vezes — Theo respondeu. — Cabelo curto, castanho, parecia ser uma pessoa legal, mas não estou totalmente surpresa de saber que não é.

Foi por isso que Tucker e Miles não me questionaram durante o ano todo, quando eu dizia que tinha visto Celia e McCoy falando com a mãe da Celia? Porque pensavam que eu estava falando sobre a madrasta? Quantas outras alucinações eu tinha deixado de notar por causa de um mal-entendido?

— Como foi que ninguém suspeitou do McCoy antes disso? — perguntei.

— Ele foi votado o *melhorr dirrretorr* do município *trrrês* vezes — disse Jetta. — E a sala dele *errra* impecável.

— Aparentemente ele fazia um ótimo trabalho escondendo as coisas que poderiam incriminá-lo — disse Ian. — Se ele não tivesse todas aquelas coisas na casa dele, acho que poderia ter dito que a Celia estava inventando mentiras. Pelo menos eles ainda o teriam pegado por tentar estrangular o chefe.

Theo suspirou.

— Pelo menos agora, quando a Celia testemunhar contra ele no tribunal, vai ter uma casa cheia de provas concretas para apoiá-la.

— Alguém sabe se ela está bem? — perguntei.

— Ela foi molestada por um psicopata durante dois anos — disse Art.

— Então, não.

•••

Só depois que eu ameacei arrancar os pontos da lateral da minha cabeça, eles finalmente me contaram o que Miles tinha feito.

— Ele ficou branco que nem papel — disse Art. — Nunca vi alguém perder a cor daquele jeito. Aí ele gritou comigo para desligar a eletricidade, correu e começou a tentar levantar o placar de cima de você. Tivemos que afastá-lo para ele não ser eletrocutado.

Todos pareceram repentinamente culpados.

— A gente queria te ajudar — disse Theo.

— O sr. Gunthrie veio em seguida — disse Evan —, com os paramédicos e tudo. Eles tiraram o painel de cima de você, mas o Miles ainda estava lá, e ele fez um ruído...

— E o sr. Gunthrie nos fez trancar o Miles no vestiário, antes que ele fizesse uma idiotice, como ir atrás do McCoy na frente de todos os policiais — Ian terminou.

Tomei um longo gole do canudinho enfiado na garrafa de achocolatado, tentando me acalmar.

— Onde ele está? Ele não veio me visitar. Ele sabe que eu acordei, não sabe?

Eles trocaram olhares incertos.

— Não sabemos dele desde aquele dia — disse Jetta. — Ele não ligou *parra* nenhum de nós.

— Fomos até a casa dele, mas a caminhonete não estava na garagem. — Evan olhou para Ian e Theo, que assentiram. — E verificamos no Meijer, mas ele não tem aparecido no trabalho.

— Achei que ele pudesse estar no Finnegan's — disse Art. — Ele foi banido, mas achei que isso não ia impedi-lo.

— Então nenhum de vocês sabe dele desde que o placar caiu?

Todos negaram com um gesto de cabeça.

Um peso de chumbo afundou em meu estômago. A ameaça de McCoy podia ter acabado, mas havia outra ameaça para Miles.

E essa eu não podia enfrentar.

56

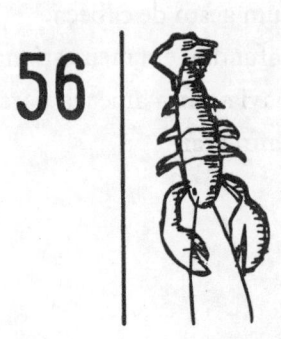

Minhas mãos coçavam pela Bola 8 Mágica. Por Charlie. Pela segurança suave, escura e silenciosa. Por responder a perguntas que eu não podia responder sozinha. Por fugir deste mundo, recuando tão fundo dentro da minha cabeça que nunca teria de questionar se algo era real ou não.

Mas eu não conseguia parar de me preocupar com Miles.

• • •

Era noite de quarta-feira — seis dias depois da queda do placar, três dias depois de eu ter acordado, meio dia antes da alta programada do hospital — quando Tucker invadiu meu quarto, o casaco pingando de chuva.

— Ah, finalmente decidiu me visitar? — Dei os últimos retoques em minha mais recente obra-prima de giz de cera, o desenho de um tiranossauro rex. Ele me lembrava de algo, mas eu não conseguia saber exatamente o quê. — Não achei que você fosse demorar tanto assim para aparecer.

— Alex.

O tom me pegou, me fez erguer os olhos novamente.

— O quê? O que foi?

— O Miles. Acho que ele vai fazer algo idiota.

Joguei as pernas pela lateral da cama e procurei os sapatos que minha mãe tinha trazido.

— Você falou com ele? O que ele disse?

— Ele não está indo para a escola. — As palavras de Tucker saíram curtas e rápidas. — Eu nunca mais o tinha visto, até pouco antes de vir aqui. Ele foi até a minha casa e parecia apavorado, como se alguém estivesse atrás dele. Pediu desculpas. Só que ele ficava tropeçando nas palavras.

Eu me levantei, agarrei a mão de Tucker e o puxei em direção à porta.

— O que mais? — Enfiei a cabeça pela abertura da porta e espiei.

— Ele... ele queria que eu me certificasse de que você estava bem. Disse que não podia vir pessoalmente.

Ignorei as serras circulares cortando buracos invisíveis em meu estômago.

— Me dá seu casaco.

— O quê?

— Me dá seu casaco. Você vai me ajudar a fugir daqui.

— Mas você está ferida!

— Não me interessa se está me faltando uma perna, Tucker. Nós vamos para a casa do Miles, e você vai dirigindo. Me dá seu casaco.

Ele deu. Vesti e fechei o zíper até em cima. Enrolei os cabelos para trás e puxei o capuz para cobri-los.

— Vá na frente — orientei.

57

Minhas verificações de perímetro eram úteis, mas foi o conhecimento de Tucker a respeito de linguagem clínica que nos tirou do hospital.

Eu sabia que nunca seria capaz de retribuir por ele ter me ajudado a fugir. E nunca, realmente, seria capaz de lhe agradecer por ficar preocupado comigo quando descobriu que Miles e eu estávamos juntos, em vez de ficar com raiva.

Saímos correndo pelo estacionamento encharcado de chuva, entramos no SUV preto de Tucker e pegamos a rua a toda a velocidade. Ele não perguntou o que eu achava que estava acontecendo. Eles já tinham sido melhores amigos. Tucker provavelmente já sabia.

Eu não conseguia enxergar Hannibal's Rest por causa da chuva escura e pesada, mas soube quando passamos pela minha rua, porque a fênix estava em cima do sinal de PARE, penas de um vermelho-flamejante em meio à chuva. Demos uma guinada na entrada de Lakeview Trail. Tucker parou em frente à casa de Miles. Avistei a caminhonete na garagem, mas não o Mustang que estava lá antes.

— Precisamos entrar. — Saltei para fora do SUV.

— O quê?

— Vamos entrar na casa! Anda.

Juntos, pulamos a cerca no jardim da frente. Eu esperava desesperadamente que Ohio não estivesse para fora, ou que não pudesse nos ouvir ou farejar naquela chuva. O cão monstruoso nos faria em pedaços. A porta da frente estava bem fechada, e todas as luzes do térreo estavam apagadas, mas uma luz estava acesa no andar de cima.

Puxei Tucker para a casa do cachorro, paralisando quando vi a silhueta volumosa de um rottweiler enorme, aparentemente adormecido. Mas havia algo não natural a respeito da imobilidade de Ohio.

Arrepios subiram por meus braços. Era isso; esta era a noite. Subi na casa de cachorro e tentei alcançar o cano que descia da calha, como tinha visto Miles fazer ao sair de casa naquela noite. Havia sido reforçado com pedaços de madeira pregados em ângulos estranhos, que funcionavam como apoios perfeitos para mãos e pés. Miles devia tê-los colocado lá. O truque para escalar era não me deixar consumir pela dor ardente que tomava conta do meu corpo todo.

Em poucos minutos, tanto Tucker como eu estávamos no telhado molhado e escorregadio da varanda, seguindo para o quarto iluminado.

A janela estava aberta o suficiente para enfiar os dedos por baixo e erguê-la para cima. Tucker e eu caímos para o lado de dentro.

Comecei a perceber as pequenas coisas: os cadernos caídos para fora do armário; o pedaço do Muro de Berlim sobre a cômoda, desmoronando de um lado, como se parte dele tivesse sido quebrada e arrancada; as palavras rabiscadas nas paredes. Um porta-retratos estava sobre o criado-mudo. A imagem em preto e branco era de um homem quase idêntico a Miles, uma sobrancelha arqueada, vestindo uma jaqueta preta de aviador e parado ao lado de um avião de combate da Segunda Guerra Mundial.

— Ele não está aqui — eu disse. — Temos que procurar no resto da casa.

— E o Cleveland? — Tucker perguntou.

— Acho que ele se foi. O carro não está aqui.

Ele não pareceu estar tão certo.

— Venha. — Andei até a porta e a puxei para abrir. Um cheiro de coisa velha me atingiu, e percebi como o quarto de Miles tinha o cheiro dele: sabonete de menta e massa folhada.

Tucker me seguiu para fora, depois até um corredor estreito ladeado por portas, todas abertas. A chuva e o vento uivavam lá fora. Aquele lugar era tão frio, tão triste que eu me perguntava como Miles conseguia viver ali. Tucker caminhou até outra ponta do corredor, onde uma escada descia para o térreo. Uma única lâmpada sobre as escadas lançava um halo ao redor de seus cabelos pretos.

Ele respirou fundo.

— Que merda.

— O quê?

— Que merda, Alex, que merda. — Começou a descer a escada, dois degraus de cada vez. Corri para o início dos degraus e olhei para baixo.

Miles estava sentado, encostado na parede lá embaixo, o corpo todo esquisito.

Um segundo eu estava no topo da escada e, no próximo, estava no térreo. Tucker já estava no celular, falando com um atendente do serviço de emergência. Ajoelhei-me ao lado de Miles, querendo tocá-lo, mas com medo do que eu sentiria. O sangue escorria lentamente sobre seus óculos; o peso extra os puxou para baixo, até ficarem pendurados em uma orelha só.

Será que ele estava frio? Tão morto e vazio como a casa em torno dele?

Isso não podia estar acontecendo. Era tudo alucinação. Eu podia fazer tudo desaparecer se tentasse com bastante afinco.

Mas não consegui. Era real.

Coloquei a mão trêmula sobre o coração dele. Não consegui sentir nada. Pressionei o ouvido em seu peito, fechei os olhos e rezei, rezei de verdade, pela primeira vez na vida, a qualquer deus que estivesse ouvindo.

Não vá embora. Não vá embora.

Então ouvi. E senti o movimento de sobe e desce quase imperceptível de seu peito, respirando.

Tucker me arrastou para trás.

— Ele está respirando? — perguntei. — Ele está mesmo respirando?

— Sim — disse Tucker —, sim, ele está.

58

Ficamos sentados nos degraus da frente enquanto os paramédicos tiravam Miles da casa em uma maca. Os policiais encontraram o carro de Cleveland não muito longe, amassado em torno de uma árvore, e o cara andando trôpego em volta, em um estupor raivoso e bêbado. Não foi difícil conectar as coisas.

Tucker me levou de volta para o hospital. Para minha surpresa, ninguém gritou comigo, mas alguns pontos se abriram, minha pressão arterial subiu e eu ganhei mais alguns dias de internação, sob confinamento rigoroso no quarto.

Por mim tudo bem. Porque, na manhã seguinte, eu ganhei um companheiro de quarto.

59

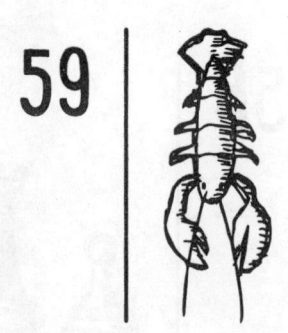

— Sr. Lagosta. Você acha que o meu cabelo é mais para vermelho-comunista ou vermelho igual ao seu?

A luz da manhã banhava o chão de ladrilhos e os lençóis brancos, enchendo o quarto de calor. O aparelho de ruído branco sob a janela abafava os bipes dos monitores ao lado da cama. O único outro ruído vinha de passos ocasionais no corredor e de uma tevê em algum lugar.

— Caminhão de bombeiro.

Mal ouvi, pois ele falou muito baixo. De início, não tive certeza de que ele estivesse acordado; seus olhos quase não abriam, mas ele lambeu os lábios.

— Carro de bombeiro — disse ele de novo, um pouco mais alto. — Morango, sinal de PARE, joaninha, tomate, tulipa...

Ele levantou lentamente o braço e estendeu a mão, tateando sobre a mesa de cabeceira.

— Óculos.

Seus óculos estavam comigo, pendurados em meu dedo indicador direito. Peguei a mão dele com cuidado e coloquei os óculos em sua palma. Ele se atrapalhou por um momento, antes de finalmente colocá-los no rosto do jeito certo. Piscou algumas vezes e ficou olhando para o teto.

— Estou morto?

— Felizmente não. Eu sei que você estava muito determinado a isso, mas fique sabendo que não funcionou.

— O que aconteceu com "os bons morrem jovens"? — ele disse, a voz falhando no final. Sorri, embora parecesse que pregos estavam sendo martelados do lado esquerdo de meu rosto.

— Não somos bons, lembra?

Ele franziu a testa e tentou se sentar, mas largou o corpo novamente, com um gemido.

— Meu Deus... O que aconteceu?

— Você foi espancado e jogado escada abaixo. Quer explicar o que estava fazendo?

— Não lembro realmente. Eu estava irritado...

— Sim, isso eu imaginei.

— Não era para ter sido assim. Eu o provoquei. — Ele olhou ao redor. Viu a outra cama. — Você também está neste quarto?

Confirmei com a cabeça.

— Alguém gosta da gente.

Ele virou a cabeça cuidadosamente, encolhendo-se, para olhar para mim.

— Seu rosto.

Sorri de novo; eu estava me perguntando quando ele ia notar.

— Foi só do lado esquerdo — respondi. — O médico tirou todo o vidro. Disse que, quando o inchaço e a vermelhidão diminuírem, eu vou parecer basicamente a mesma de sempre. Mas com um monte de cicatrizes.

Miles franziu a testa.

— Você está bem?

— Ótima — respondi. — Concussão, eletrocussão e cicatrizes... Nada com que eu não possa lidar, acredite. Você devia estar mais preocupado com você mesmo. Eu sei como você gosta de manter as pessoas afastadas, mas, depois disso, acho que pode ganhar o seu próprio fã-clube.

— Do que você está falando? — ele perguntou, lambendo os lábios novamente. — Tem água por aqui?

Estendi a mão para o copo de água que a enfermeira tinha trazido mais cedo. Enquanto ele bebia, expliquei o que tinha acontecido com Cleveland depois de jogá-lo pelas escadas.

— Ele foi pego. Ficou louco de raiva. Acho que ele pensou que a polícia ia ajudá-lo ou algo assim, porque disse exatamente onde morava e o que tinha acontecido. Já tinha uma ambulância na sua casa, então eles uniram os pontos da história. — Fiz uma pausa e dobrei as pernas sob mim. — Enfim, o Cleveland está preso. Ele só vai a julgamento quando as três testemunhas principais estiverem prontas para falar.

Miles abriu a boca para dizer alguma coisa, mas então sorriu e meneou a cabeça. Procurei uma palavra para o que estava sentindo, para aquela mistura de alívio, júbilo e serenidade, mas não consegui pensar em nada.

Palavras eram a praia dele, não a minha.

•••

Alguns instantes depois, a enfermeira voltou para verificar as ataduras de Miles e perguntar como ele estava se sentindo e se precisava de alguma coisa.

— Bem, acho que, se você estiver se sentindo disposto, seus amigos podem entrar — disse a enfermeira.

— Quem...?

— Ela disse podem *entrrarrr*? — Jetta enfiou os cabelos encaracolados pela porta e olhou em volta. O restante do clube estava visível por cima do ombro dela.

— Não façam barulho demais. — A enfermeira saiu pelo canto da porta quando o clube veio entrando.

— Oi, chefe!

— *Mein Chef!*

— Você está com uma cara péssima!

Miles olhou para todos eles — Art, Jetta e os trigêmeos —, reunidos ao pé e do lado da cama, e franziu a testa.

— O que vocês estão fazendo aqui?

— Somos seus amigos — Theo disse lentamente, como se estivesse explicando alguma verdade fundamental para uma criança. — A gente ficou preocupado com você.

— Está vendo? — falei. — Eles *gostam* de você.

— Quem falou em gostar dele? — perguntou Evan.

— É, a gente nunca disse que gostava de você — disse Ian, sorrindo. — Só preferimos que você não morra.

— Como ficaríamos sem o nosso destemido líder? — Theo acrescentou.

— Como vocês saíram da escola? — perguntou Miles.

— Matamos aula — disse Art. — Não foi difícil.

— Vocês dois são, tipo, heróis — disse Theo. — A história está em todos os jornais. Já viram todos os presentes que estão recebendo? — Ela apontou para as pilhas de cartões e flores sobre a mesa, perto da janela. Estavam chegando de hora em hora, desde que a reportagem tinha saído.

— Eu ainda não entendo por que enviariam presentes — Miles disse rispidamente.

— Foi a sua mãe — disse Theo. — Ela nos contou a história... por que você fazia todas aquelas coisas na escola, por que você trabalhava o tempo todo.

— Por que você nunca contou pra gente? — Ian perguntou, mas Miles não pareceu ouvi-lo. Estava olhando além de Jetta, em direção à porta.

— Mãe.

June se inclinou no vão da porta, segurando uma bolsa grande nas duas mãos, parecendo um cervo na frente de faróis. Deu alguns passos para dentro do quarto. Será que era a primeira vez em anos que ela saía de Crims... Woodlands? Eu me perguntei se ela só pôde sair por causa de Miles.

Passamos por ela e saímos.

Parei no corredor diante da porta e olhei para dentro. June abraçou Miles com força, embalando-o para a frente e para trás. Eu não conseguia ver o rosto dele, mas ouvia seu riso e seu choro, dizendo algo abafado pela blusa de June. Um momento depois, uma mulher bem-vestida passou por nós e entrou no quarto. Esperei na porta por tempo suficiente para ouvi-la tranquilizá-los, dizendo que tudo ficaria melhor, e depois segui pelo corredor.

Os trigêmeos desceram para comprar comida, e todos os outros se dirigiram à sala de espera. Fui com eles; meus pais estavam em algum lugar, e eu queria contar o que estava acontecendo.

Nem precisei sair daquele andar para encontrá-los. Estavam sentados em uma salinha de espera isolada, em companhia do meu médico e da Coveira. Suas vozes eram tensas e duras. Senti a ansiedade se assentar no estômago. Eles não tinham me visto chegar pelo corredor, por isso pressionei as costas na parede e cheguei mais perto com cuidado, me posicionando bem na curva do corredor.

— Acho que não temos outra opção neste momento. — Essa era a Coveira, falando como se tivesse algum poder de decisão no que acontecesse comigo.

— Como ela poderia saber que aquilo ia cair? — perguntou minha mãe.
— A menos...?

— Mas disseram que o diretor afrouxou os suportes — disse meu pai.
— Ele estava tentando derrubar o placar em cima daquela menina. A Lexi não tem nada a ver com isso, ela só reagiu.

— Mesmo assim. — Coveira, sua maldita. Cale a boca. Cale a boca, porra. — Esse incidente não pode ter feito nenhum bem a ela. Ela é instável. Tenho notado que ela vem piorando este ano.

— Mas nós também vemos a nossa filha — pressionou meu pai. — Coisas boas também têm acontecido. Ela está *lidando* com a situação. Tem amigos. Até um namorado. Eu não me sentiria bem em tirar tudo isso dela.

— Eu acho que a Leann pode ter razão, David — disse minha mãe.

A Coveira se meteu de novo:

— Na minha opinião profissional, este é um momento crítico, e ela precisa estar em um local seguro e monitorado, onde possa recobrar o controle. Não quero restringi-la, e estou feliz que ela tenha fortificado sua estrutura de apoio, mas isso não muda os fatos.

Eu não podia mais ouvir aquilo. Voltei para o quarto, onde a advogada tinha ido embora, mas Miles e June ainda estavam sorrindo e dando risada.

— Alex, querida, você está aí! — June fez sinal para mim. — Venha sentar aqui um pouquinho, temos muito para conversar!

— Estou me sentindo meio cansada. Acho que vou dormir um pouco — disse eu.

— Descanse o tempo que precisar. — Ela sorriu calorosamente. — Vamos ter muito tempo para conversar depois.

Eu me enfiei na cama e puxei os lençóis para me cobrir. Meu rosto ainda queimava de dor, e me perguntei quanto tempo mais eu teria.

Porque, por mais que eu odiasse a ideia, que odiasse isso, que a odiasse, a Coveira estava certa.

60

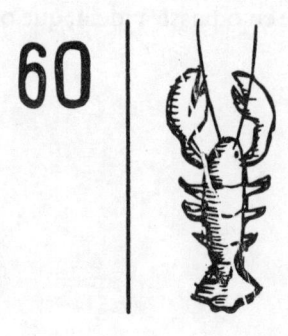

Acordei uma vez no meio da noite. Miles Sangrento estava na ponta da cama, com os olhos azuis arregalados e penetrantes e sangue escorrendo das sardas. Segurando sua mão havia uma menina de cabelos vermelho-sangue e um milhão de cortes na lateral do rosto, de olhos tão arregalados quanto os dele. Ficaram ali por um longo tempo, olhando para mim. Nenhum dos dois disse uma palavra, mas ambos sorriram com dentes manchados de sangue.

61

Acordei mais tarde. Ainda era de noite. Miles estava escrevendo no caderno. Ele olhou para cima quando rolei de costas e me sentei.

— Está se sentindo melhor? — perguntou, sorrindo.

— Não, na verdade não.

Miles fechou o caderno e o apoiou no colo.

— Venha aqui.

Fui me arrastando para a beirada da cama dele, levantei as pernas ao lado das dele e inclinei a cabeça em seu ombro. Ele passou o braço ao meu redor.

O mundo estava vazio. Qual tinha sido o sentido daquele ano? Último ano do ensino médio, todas as inscrições na faculdade... Teria sido melhor ir direto para o hospital, depois da Hillpark? Fui eu que disse não; eu que afirmei ter tudo sob controle. A única coisa de que meus pais poderiam ser acusados era confiar demais em mim.

Miles esperou pacientemente, fingindo estar interessado em afastar meus cabelos para trás.

— Meus pais vão me mandar para Crimson... para aquele hospital. Eu ouvi os dois conversando sobre isso.

— Mas você tem idade suficiente, eles não podem decidir por você — ele disse baixinho. — Você não precisa ir, se não quiser.

Depois vieram as lágrimas, derramando-se antes que eu pudesse segurá-las, queimando meu rosto conforme caíam.

— Eu não quero — falei. — Mas acho que preciso. Não consigo diferenciar mais as coisas. Não mais.

Eu não sabia se ele entendia tudo o que eu estava dizendo em meio ao choro, mas seu braço me pressionou com mais força e ele beijou minha têmpora. Não disse nada. Não tentou me convencer do contrário.

Ele havia escapado do tanque. Eu não sabia se algum dia eu conseguiria.

62

Mais tarde, quando eu estava mais calma, Miles se inclinou pela lateral da cama e pegou a mochila. Ele a abriu e tirou algumas coisas.

— Posso olhar seu caderno? — perguntei.

Ele arqueou a sobrancelha.

— Por quê?

— Porque sim.

Ele me entregou. A maior parte daquele caderno estava em alemão, mas ainda havia fragmentos em inglês. O nome de June estava salpicado pelas páginas.

— Por que você usa o sobrenome de solteira da sua mãe? — perguntei.

— Como você sabe?

— Quando o Tucker e eu estávamos procurando sobre a Scarlet na biblioteca, a June aparecia em um artigo. Ela foi a oradora da turma.

— Ah. É. Nós começamos a usar o sobrenome dela quando fomos para a Alemanha.

— Ah. — Ele não precisava dar mais explicações. Folheei algumas outras páginas e disse: — Tenho uma confissão: eu já li um desses cadernos.

— O quê? Quando?

— Hum... Quando o Erwin morreu e você me deu carona para casa. Você entrou na escola para entregar os papéis, e eu espiei.

— Por que você não me contou? — ele perguntou, mas não arrancou o caderno de minhas mãos. Dei de ombros. Uma dor perfurou minha clavícula.

— Bom, obviamente, eu não queria que você soubesse que eu tinha olhado. Você não parecia a pessoa mais compreensiva do mundo. — Folheei mais algumas páginas. — O que são essas anotações em alemão?

— Partes de um diário — disse ele. — Eu não queria que outras pessoas lessem.

— Bom trabalho — falei. — Mas eu vi meu nome algumas vezes naquele outro caderno.

— Ah, sim — disse ele, rindo novamente. — É, eu fiquei um pouco irritado no primeiro dia de escola. Não achei que você fosse a pessoa certa. Foi idiota, mas talvez eu não tenha pensado que era você porque você não agia nem um pouco como eu imaginei que agiria.

— Ha, desculpa. Eu pensei o mesmo de você.

Fui para as últimas páginas.

"O que você amava quando criança vai amar para sempre."

— Acho que você é melhor do que a minha imaginação — eu disse, voltando pelas páginas.

— Você também — disse ele. — Minha imaginação... bom, a pouca imaginação que eu tenho não faz jus à realidade.

— Concordo — respondi. — A realidade é muito melhor.

63

Pude voltar mais uma vez. Talvez eles pensassem que eu tinha tirado toda a loucura de mim, por ora. Talvez tivessem pena de mim. Talvez eu realmente tivesse mais poder do que pensava, já que concordara em ir para Woodlands. Não importava a razão, eles me deixaram ir para a escola para me formar.

Havia algumas condições, claro. A primeira: eu não poderia participar da cerimônia, mas poderia ficar nas portas do auditório e assistir. A segunda: eu tinha de estar acompanhada por dois funcionários de Woodlands (leia-se: capangas com roupa de hospital) em todos os momentos. Claro, eles me levariam de volta para Woodlands assim que a cerimônia terminasse, mas precisavam parecer tão ameaçadores enquanto isso? A terceira era a pior: por causa do lance com McCoy e pelo fato de o conselho querer evitar quaisquer percalços, eu não tinha permissão para sair do carro sem imobilizadores nos pulsos. Pelo menos eles concordaram em me deixar usar um moletom para cobrir parcialmente as algemas. A única razão pela qual eu ia para o maldito hospital era porque eu tinha decidido — era de imaginar que eles seriam mais lenientes.

Quando chegamos ao auditório, todo mundo já estava sentado. Os pais e parentes ocupavam os lados direito e esquerdo do palco do auditório. Notei June por causa do halo dourado dos cabelos cor de areia. Meus colegas estavam sentados no meio. Todos usavam o verde-graduação da East Shoal.

O palco estava banhado em luz brilhante. Foi o sr. Gunthrie quem ocupou o assento de diretor do sr. McCoy; seu terno cinza o fazia parecer um gigante de pedra. Eu poderia definitivamente acreditar que o sr. Gunthrie era animado por magia.

Ao lado dele estavam os quatro funcionários responsáveis pelo corpo de formandos, a maioria se remexendo no lugar. Tucker estava sentado ao lado do tesoureiro da turma, óculos reluzindo sob a luz, torcendo o discurso impiedosamente entre as mãos.

Miles estava lá, o cordão dourado de orador da turma pendurado nos ombros. Suas mãos estavam no colo, seus olhos focados em algum lugar na beira do palco.

O sr. Gunthrie começou a cerimônia com seu grito estrondoso usual. As luzes se apagaram até que eu já não conseguia distinguir as pessoas no auditório.

O presidente da turma se levantou e proferiu seu discurso. O vice-presidente disse algumas palavras curtas, a banda tocou o hino da escola e então o sr. Gunthrie começou a anunciar nomes. Os alunos com honras foram primeiro. Tive de ranger os dentes para me impedir de rir quando Miles apertou a mão do sr. Gunthrie — mesmo de onde eu estava, pude ver o sorriso radiante que se espalhou no rosto de Miles e a carranca pétrea que o sr. Gunthrie ofereceu em troca.

Quando meu nome deveria ter sido chamado, eu me curvei para a frente, quase na ponta dos pés, sentindo minhas entranhas doerem. Eu tinha me esforçado tanto por aquele diploma...

Um dos funcionários do hospital agarrou o capuz do meu moletom e me puxou com cuidado de volta. Resmunguei, me acomodando de novo sobre os calcanhares, e fiquei parada enquanto o restante dos alunos se formava. Evan e Ian fingiram pegar o diploma um do outro e tentaram apertar a mão do sr. Gunthrie ao mesmo tempo. Theo parecia pronta para ir buscar os dois de cima do palco. Art fazia o sr. Gunthrie parecer um grande pedregulho quando eles ficaram lado a lado. Em seguida, todos se sentaram em seus lugares, exceto o sr. Gunthrie.

— Antes de terminar a cerimônia, temos algumas palavras de despedida. A primeira é do nosso segundo orador, Tucker Beaumont. — Uma morna salva de palmas percorreu o teatro. Tucker, rosto vermelho, foi até o púlpito.

Senti uma onda de orgulho. O sr. Salada de Batatas Moles, que tinha decidido invadir a casa de McCoy, que entrou na briga no Finnegan's e ajudou a trazer Miles para casa. Que tinha me perdoado por tudo o que eu tinha feito e mais um pouco. Eu não sabia se merecia um amigo como ele, mas estava feliz por tê-lo.

Ele passou um instante ajustando o microfone e desamassando o discurso, então pigarreou e olhou para todos.

— Acho que vou começar com um certo clichê — disse. — Conseguimos! — O auditório explodiu em gritos de emoção e vitória.

Tucker sorriu.

— Certo, agora que isso saiu do caminho... acho que podemos dizer com segurança que este ano foi o mais louco que qualquer um de nós já viveu. — Olhou para Miles, que só levantou uma sobrancelha. — Mesmo que vocês não estivessem presentes em cada momento, ouviram falar. Ainda foram parte. Sobreviveram. E, sério, se conseguiram sobreviver a pítons saindo do forro, podem sobreviver a quase qualquer coisa.

Risos. Tucker arrumou os óculos e respirou fundo.

— Dizem que adolescentes pensam ser imortais, e eu concordo. Mas acho que existe uma diferença entre pensar que é imortal e saber que pode sobreviver. Pensar que se é imortal leva à arrogância, a pensar que você merece o melhor. Sobreviver significa ter o pior jogado na sua cara e, ainda assim, ser capaz de seguir em frente. Significa se esforçar pelo que você mais quer, mesmo quando parece fora do seu alcance, mesmo quando tudo está trabalhando contra você. E aí, depois de ter sobrevivido, você supera. E você vive.

Tucker respirou fundo e se encostou no púlpito, olhando para todos os presentes. Sorriu.

— Somos sobreviventes. Então agora vamos viver.

O auditório explodiu novamente, e Tucker mal conseguiu esconder o sorriso enquanto caminhava de volta ao lugar, girando suas borlas de prata de segundo orador. Não pude deixar de sorrir também. *Sobreviventes.*

Que palavra melhor para descrever pessoas que conseguiram sair vivas daquele lugar?

O sr. Gunthrie esperou que os aplausos e as aclamações terminassem e então disse:

— Senhoras e senhores, o orador da turma, Miles Richter.

O silêncio repentino no auditório foi ainda mais acentuado por causa do barulho ensurdecedor que o havia precedido. Ninguém aplaudiu. Eu não sabia se era porque eles estavam com medo, com raiva ou surpresos.

Miles se levantou e olhou em volta, muito como Tucker tinha feito, mas não vacilou quando fez isso. Seus dedos tamborilaram sobre a madeira do púlpito. *Tap, tap, tap, tap.* O sr. Gunthrie pigarreou alto, mas Miles ficou em silêncio.

Então olhou para onde eu estava, na porta. E sorriu.

— Eu sei que a maioria de vocês não quer ouvir nada do que eu tenho a dizer — começou. — E sei que o restante quer muito. E também sei que essas duas coisas significam que todos vocês estão ouvindo atentamente. É isso mesmo que eu quero. James Baldwin disse: "A criação mais perigosa de qualquer sociedade é o homem que não tem nada a perder".

Miles suspirou e tirou o barrete de formatura da cabeça. Ele o olhou por um instante e depois jogou para o canto do palco. Atrás dele, o rosto do sr. Gunthrie adquiriu um tom manchado de roxo.

— Eu sempre achei essas coisas ridículas — Miles resmungou para o microfone. Apenas algumas risadas hesitantes surgiram da multidão, pois os presentes não tinham certeza se ele estava brincando ou não. Então ele disse: — Por muito tempo, eu não tinha nada a perder. *Eu* era essa criação perigosa. Sei que a maioria de vocês provavelmente pensa que eu sou um babaca — olhou para mim de novo —, e vocês estão certos, eu sou. Não do tipo que vandaliza carros e mata bichinhos, mas eu sou um babaca pretensioso e arrogante. Eu acho *mesmo* que sou melhor do que todos vocês, porque sou mais inteligente. Sou mais inteligente e mais determinado a fazer o que me propus.

Eu não sabia que orientações Miles tinha recebido para seu discurso, mas, se o tom do rosto do sr. Gunthrie dizia qualquer coisa, ele as tinha ignorado largamente.

— Enfim, eu costumava pensar nisso tudo — continuou ele. — Ainda penso. Mais ou menos. Estou aprendendo a... não a mudar, porque, com toda a sinceridade, eu gosto do jeito que sou. Não do que eu faço, mas de quem eu sou. Não, eu estou aprendendo a... manter isso oculto? Afastado? A controlar minha frustração? Seja o que for, está dando certo. Não me sinto mais a criação perigosa. Eu não tenho mais nenhuma motivação para fazer as coisas que fiz aqui. A todos que eu possa ter prejudicado: peço desculpas. Tudo o que eu fiz e por qualquer razão que tenha sido, me desculpem. *Meine Mutter* — imaginei Cliff se contorcendo na cadeira — sempre me ensinou que pedir desculpas é a coisa educada a fazer.

Eu podia imaginar o sorriso radiante que distendia o rosto de June.

— Quero dizer mais algumas coisas. A primeira é para nosso maravilhoso segundo orador. — Ele virou e se dirigiu a Tucker. — Eu não estava falando a verdade quando te disse aquilo. Você era o meu melhor amigo, e eu estraguei tudo. Você merecia coisa melhor. A segunda é para o Clube de Apoio aos Esportes Recreativos da East Shoal. Acho que, se não fosse por vocês, eu teria me matado há muito tempo.

Nós provavelmente éramos os únicos que percebiam como ele estava falando sério.

— A terceira é para todos vocês. Eu tinha medo de vocês todos. É verdade. Eu me importava com o que vocês pensavam e me importava que pudessem tentar me machucar. Bem, não mais. Então, para esses últimos, vejam até onde podemos chegar em uma briga. E, para os primeiros, ouçam isto: eu estou apaixonado pela Alexandra Ridgemont e não me importo com o que vocês pensam sobre isso.

Ele olhou para mim de novo, e o mundo se solidificou sob meus pés.

— Eu sinto que tinha algo mais, mas não consigo lembrar... — Seus dedos tamborilaram no púlpito. Ele deu de ombros e começou a caminhar de volta ao lugar... depois juntou as mãos com um "Ah, lembrei!" e deu meia-volta rapidamente, puxando o microfone para perto a tempo de dizer: — *Fickt euch!*

De algum lugar no meio do mar de estudantes, as mãos de Jetta dispararam para o ar e ela gritou um triunfante:

— *Mein Chef!*

Não entendi por que todo mundo começou a gritar — tinham percebido que Miles provavelmente havia falado um palavrão? —, mas suas vozes fizeram o chão tremer.

O sr. Gunthrie se levantou, talvez para tirar Miles do palco, mas ele escapou no último segundo e desceu pelo corredor da plateia. Os funcionários do hospital me puxaram para fora do auditório. Ouvi as portas se abrirem novamente, mas estávamos lá fora, no ar fresco da noite, antes de Miles nos alcançar.

— Espera!

— Eu só quero falar com ele! — pedi, olhando por cima do ombro para Miles. — Por favor. Eu não vou tentar fazer nada.

Os capangas olharam um para o outro, depois para mim.

— Dois minutos — disse um deles. — Temos que ir antes que todo mundo saia.

— Tudo bem. Entendi.

Eles soltaram meus braços. Eu me virei e corri a curta distância até Miles.

— Não achei que eles fossem te dar permissão para voltar — disse ele.

— Sou muito persuasiva.

Ele riu, mas o som era oco.

— Eu te ensinei bem.

— Você está brincando? Se eu fizesse as coisas do seu jeito, teria sido presa no hospital há muito tempo.

Miles não disse nada em resposta, mas estendeu a mão para tocar meu rosto, o lado ferido, ainda mutilado, do meu rosto. Peguei a mão dele.

— Quando você ficou tão adepto ao toque e a sentimentos? — perguntei. Ele não estava escutando. Olhou para as algemas macias, para o fecho de metal entre elas. — São uma precaução — eu disse, antes que ele pudesse perguntar. — Eu tive que usar isso para poder vir aqui. Pelo visto a escola estava sentimental o suficiente para me deixar voltar, mas não tão sentimental para arriscar uma ação judicial.

— Eu não gosto disso — disse ele.

— É... bem-vindo ao clube.

— Quando você vai?

— Hoje. Agora, na verdade. Era para ter sido de manhã, mas, como a escola concordou em me deixar vir, eles adiaram...

Seu cenho franzido ficou mais vincado.

— Mas eu também não tenho mais um futuro me esperando — falei.

— Tudo bem. Vou te visitar amanhã.

— Em... em Woodlands?

Sua sobrancelha se levantou.

— O que, você achou que ia se livrar de mim tão fácil? A essa altura você já devia saber: eu tenho a tenacidade de uma barata.

Pisquei para ele.

— Com certeza você tem coisas melhores para fazer.

Ele deu de ombros.

— Tenho algumas ideias muito boas, mas elas podem esperar.

— Precisamos ir! — um dos funcionários do hospital chamou. Acenei com as mãos para mostrar que entendia, então me virei para Miles.

— Então... eu acho... — Dei um passo rápido adiante, escondendo o rosto na beca dele. — Para de me olhar assim!

Ele riu (eu ouvi e senti) e me abraçou com força. Sabonete de menta e massa folhada. Depois de um momento, ele me empurrou.

— Você está chorando?

— Não — respondi, fungando. — Meu rosto dói quando eu choro, então eu não choro.

— Certo.

Meu rosto doeu, agora que pensei sobre isso.

— Não quero ir embora — falei.

Miles não disse nada. Realmente, não havia nada que ele pudesse dizer. Tudo estava acabado. Não haveria mais aventuras para nós. Era hora de ir.

Ele se inclinou e me beijou. Então me abraçou de novo. Agarrei a frente da beca com as duas mãos e puxei Miles para baixo, para poder sussurrar em seu ouvido:

— *Ich liebe dich auch.*

• • •

Voltei para os enfermeiros, que esperavam no carro, me joguei no banco de trás, prendi o cinto e me virei. Miles estava sozinho na calçada escura, passando a mão sobre o local do peito onde minhas lágrimas tinham manchado sua beca verde. Acenei sem entusiasmo, uma das mãos arrastando a outra.

Miles ergueu a outra mão, mas ela despencou de novo, como se fosse pesada demais para ele sustentar. Fiquei vendo-o diminuir à distância, assim como a calçada, o estacionamento, a escola e o estádio grande demais. Passamos por uma fileira de árvores e ele desapareceu.

Eu me virei no assento e fiquei ouvindo os funcionários do hospital conversando, "We Didn't Start the Fire" tocando no rádio e o ronco constante do motor do carro.

Descansei a cabeça na janela, observando a noite cálida disparar como um raio, e sorri.

EPÍLOGO | A libertação da lagosta

— Então foi assim que aconteceu — eu disse.

— Isso foi muito detalhado para uma história tão longa. — Lil cortou um pouco mais do meu cabelo e soprou os fios para longe. Mal tocava meus ombros; minha cabeça parecia leve.

— Bom, sim, é muito para lembrar, mas eu não podia esquecer dos detalhes, podia? Que tipo de história seria?

— Ãrrã.

Lil raramente acreditava nas histórias que eu contava. No que lhe dizia respeito, a East Shoal e tudo o que tinha acontecido não eram nada além de fruto da minha imaginação.

Não importava; eu ia sair naquele dia.

— Então, o que aconteceu com o Miles? — perguntou Lil.

— Como assim, o que aconteceu com ele? Ele vem me visitar todo fim de semana.

— Vem?

— Se ele viesse durante a semana, você o teria visto.

Ela ficou parada a minha frente, uma pequena linha se formando entre suas sobrancelhas. Ela não achava que ele fosse real. Nunca achou.

Lil terminou meu cabelo e me ajudou a arrumar a mala. Comecei a jogar coisas dentro dela pela manhã, quando não estava muito preocupada com economizar espaço. Eu achava a bagunça encantadora. Lil parecia enojada.

O restante do meu quarto agora estava vazio. Tudo estava pronto para partir, exceto o pedaço do Muro de Berlim empoleirado em minha mesa. Peguei-o discretamente e passei os dedos sobre a superfície áspera. Alguns lugares estavam começando a ficar lisos onde eu sempre esfregava com o polegar. Mais de uma vez, Lil tinha me acordado e me repreendido por ter dormido com a pedra abraçada ao peito. Eu tentava dizer a ela que não a levava para a cama de propósito, que eu devia ter acordado no meio da noite para pegá-la. Ela também não acreditava nisso.

Acenei um adeus aos outros pacientes — meus amigos, por mais estranho e absurdamente normal que isso fosse — enquanto atravessávamos a sala de recreação, o lugar onde passei todos os fins de semana com Miles, durante meses. Ele parecia achar perfeitamente óbvio vir me visitar tantas vezes, mesmo que fosse tão fora de mão.

Agora, finalmente, eu poderia ir até ele. Tudo o que eu tinha a fazer era sair pela recepção e completar a última jornada até a porta. E estaria livre.

Quando saí do prédio, piscando sob a luz do sol de outono, olhei para a calçada e encontrei uma caminhonete azul-celeste estacionada junto ao meio-fio. Miles estava apoiado na lateral do veículo, parecendo familiar em uma velha camiseta de beisebol e jaqueta de aviador. Porém algo havia mudado no rosto dele desde a formatura. Toda vez que eu o via, ele estava um pouco mais brilhante, um pouco mais feliz, um pouco mais animado a respeito do que quer que o dia tivesse reservado para ele.

— *Aquele* é Miles Richter — eu disse a Lil. — E ele não é imaginário, muito obrigada.

Peguei minha mala, dei um abraço nela e me aproximei de Miles.

Parei na frente dele, sorrindo. Ele sorriu de volta e se inclinou para me beijar. Um sentimento entrou em erupção no meu estômago, como se nada jamais fosse ser o mesmo novamente. Como se um carma bom estivesse se aproximando de mim. Como se alguém tivesse aberto a tampa do meu tanque de lagostas e eu estivesse finalmente respirando o ar chocantemente fresco.

— Pronta? — Seu sorriso parecia permanente. Um pouquinho de sotaque alemão envolvia sua voz. — Eles estão todos esperando para te ver. — Seus dedos traçaram distraidamente as cicatrizes no lado esquerdo do meu rosto, mas agora elas estavam desaparecendo e não doíam mais. Eu não tentei impedi-lo.

Subi na caminhonete, inspirando profundamente o cheiro de sabonete de menta e massa folhada. Ele jogou minhas coisas na caçamba.

— Aposto que eles inventaram histórias — eu disse.

— Ah, inventaram. — Ele olhou para mim quando fechei a porta do passageiro. Seus impossíveis olhos azuis brilhavam ao sol. — Inventaram sim, confie em mim. Mas as histórias não são tão boas como a coisa real, é claro. — Ele deslizou para o banco do motorista. A caminhonete ganhou vida com um rugido.

Olhei para trás apenas uma vez quando Miles se afastou da calçada. Fragmentos de música de violino flutuaram no ar. "Abertura 1812", de Tchaikovsky.

Virei e fechei os olhos.

— Elas nunca são.

AGRADECIMENTOS

Em primeiro lugar, quero agradecer a minha editora, Virginia Duncan, por encontrar a verdade em minha história bagunçada e arrastá-la, gritando e esperneando, para a luz do dia. Sem você, este livro não teria espinha dorsal.

A Sylvie Le Floc'h, cujo design, tanto exterior quanto interior, absolutamente me espanta cada vez que eu olho para o livro; a Tim Smith, pelas revisões afiadas (e por apreciar minha referência a Norm Abram); e a Katie Heit e todos os outros na Greenwillow e na HarperCollins, por serem uma família tão acolhedora.

Obrigada a minha fantástica agente pit bull, Louise Fury, por dar uma chance a este livro estranho (e a meus futuros empreendimentos literários estranhos) e por saber exatamente quando me segurar e quando me deixar correr solta. Eu sinceramente não acreditava em agentes dos sonhos até você aparecer.

A Kristin Smith, por trabalhar tanto para tornar este livro perfeito e para devolver a voz de Alex. Ao incrível Team Fury, pelo apoio inabalável, e às pessoas maravilhosas tanto na L. Perkins Agency como na Bent Agency.

Milhares de obrigadas a Erica Chapman, cuja crença em *Inventei você?* começou tudo isso. (Ela vai tentar ser humilde e negar esse fato. Vou ignorá-la.)

A todos os meus parceiros de crítica que me mantiveram no caminho: Darci Cole, Marieke Nijkamp, Leigh Ann Kopans, Dahlia Adler, Caitlin Greer, Lyla Lee, Jamie Grey, Gina Ciocca, Megan Whitmer, Jenny Kaczorowski e

Angi Nicole Black. E obrigada a Christina Bejjani, que me mantém sã no pequeno mundo editorial. Também aos grupos Class of 2K15, Fearless Fifteeners e We Are One Four. Vocês tornaram esta viagem muito mais fácil.

Obrigada aos meus amigos que levaram este livro de um lado para o outro na escola, em um fichário, para que pudessem ler durante a aula, e a todos que pediram para ser mencionados nos meus agradecimentos, porque vocês acreditaram que, um dia, eu teria agradecimentos para redigir.

Obrigada a Dominic e Andrea, por me ensinarem todas as melhores maneiras de aterrorizar uma irmã mais nova (eu ainda não superei todas aquelas coisas nojentas que vocês me fizeram beber). E, finalmente, agradeço aos meus pais. Eles gemiam e resmungavam toda vez que eu dizia que estava reescrevendo este livro, mas apenas porque sabiam que se tornaria algo quando eu terminasse.

Impresso no Brasil pelo Sistema Cameron da Divisão Gráfica da
DISTRIBUIDORA RECORD DE SERVIÇOS DE IMPRENSA S.A.